ro
ro
ro

Thomas Chatwin, geboren 1949, ist promovierter Literaturwissenschaftler und ein profunder England-Kenner. Er liebt Cornwall und verbringt jede freie Minute dort. Seiner langjährigen Freundschaft mit der englischen Bestsellerautorin Rosamunde Pilcher und vielen gemeinsamen Reisen verdankt er ungewöhnlich detailreiche Einblicke in Cornwalls Alltag.

«Wenn jemand einen Cornwall-Roman schreiben kann, dann dieser Autor – er kennt Cornwall wie kaum ein anderer.»

*Rosamunde Pilcher*

ro ro ro

THOMAS CHATWIN

# Post für den Mörder

EIN CORNWALL-KRIMI

Rowohlt Taschenbuch Verlag

4. Auflage Dezember 2021
Veröffentlicht im Rowohlt Taschenbuch Verlag,
Hamburg, Juli 2019

Redaktion Heike Brillmann-Ede
Umschlaggestaltung nach einem Entwurf
von FAVORITBUERO, München
Umschlagabbildung
PMUK, Tanasut Chindasuthi/shutterstock.com
Satz aus der Abril Text, InDesign
Gesamtherstellung CPI books GmbH, Leck, Germany
ISBN 978-3-499-27446-6

*Für Wally und ihre wunderbare Fähigkeit,*
*im richtigen Augenblick unter der Atlantiksonne*
*sichtbar geworden zu sein*

# Prolog

Schon immer hatten sie in Fowey Respekt vor der Ebbe, aber auch verschiedene Meinungen darüber. Ein Meer, das zweimal am Tag die Bucht leer trinken konnte, musste eine Menge Leben in sich haben.

Die Großmutter von Daphne Mary Penrose, die als junges Mädchen noch *pilchards*, Cornwalls Sardinen, in die Bottiche geschaufelt hatte, behauptete fest, dass Gott mit jeder Ebbe auch ein bisschen Sünde aus den Buchten spülte.

Daphnes einigermaßen gebildete Mutter glaubte zwar nicht mehr an den Unfug mit der Sünde und kannte die Kraft des Mondes, aber eine Naturgewalt, die einem etwas wegnahm, konnte in keinem Fall etwas Gutes bedeuten.

Erst Mrs. du Maurier, die in der Nähe von Fowey im Herrenhaus *Menabilly* ihre berühmten Bücher schrieb und nach der Daphne benannt worden war, hatte eine interessantere Variante in das Leben der kleinen Daphne Mary gebracht.

An einem Tag im Mai war Daphne Mary mit klappernden Schutzblechen nach *Menabilly* geradelt, wo ihre Mutter im Haushalt half. Mrs. du Maurier hatte wieder Bücher bereitgelegt. Draußen am Gartentisch, vor einem frisch signierten Stapel der Neuauflagen von *Rebecca* und *Jamaica Inn*, zog die Schriftstellerin augenzwinkernd eine große Tüte unter ihrem Stuhl hervor und drückte sie ihr in die Hand. Obendrauf lag die langersehnte *Geschichte von Fowey* von John Keast. Daphne Mary kannte niemanden, der so elegant und doch burschikos wirkte wie Mrs. du Maurier. Wahrscheinlich sahen nur berühmte Schriftstellerinnen so aus.

Nachdem sie noch zusammen Kekse gefuttert hatten, war Mrs. du Maurier mit der Kleinen zum Meer hinuntergegangen, und sie hatten den hohen, langen Wellen zugeschaut. Mrs. du Maurier erklärte Daphne Mary, dass die wahren Geheimnisse in der Flut lagen, nicht in der Ebbe, wie die meisten Menschen glaubten.

«Bleiben die Geheimnisse dann in Fowey?», hatte Daphne gefragt. Schließlich kam danach die Ebbe wieder.

«Oh ja», hatte Mrs. du Maurier lächelnd gesagt. «Fowey ist voller Geheimnisse. Man muss nur die Augen aufhalten.» Dann hatte sie ihre weite Männerhose hochgekrempelt und war mit Daphne an der Hand bis zu ihrem Segelschiff gewatet.

# 1

«In der Luft schwebte ein Geruch von Teer und Tauen und verrosteten Ketten, ein Geruch von Flut. Unten, vor dem Hafen, um die Spitze, war das offene Meer.»

**Daphne du Maurier, *Mein Cornwall***

Dass ausgerechnet die fröhliche Daphne in eine Reihe von Mordfällen verwickelt werden würde, hätte niemand von ihren Freunden gedacht. Mellyn Doe und die Fergusons hatten zwar schon mal darüber gewitzelt, dass sie vielleicht auch einen mumifizierten Rentner hinter einem Briefkastenschlitz in der Tür entdecken könnte, so wie kürzlich dieser Postbote in London, aber alles andere wäre undenkbar gewesen. Erst recht in einem beschaulichen Küstenort wie Fowey, in dem man jeden Fremden schon daran erkannte, dass er den Ortsnamen falsch aussprach und nicht «Foy» sagte, so wie die Einheimischen.

Wie konnte man Daphne Penrose am besten beschreiben?

Francis hatte bei seiner letzten Geburtstagsrede mit dem Glas in der Hand über sie gesagt, sie sei so einzigartig wie der Sonnenaufgang am Strand von Porthcurnow, so belesen wie Mrs. du Maurier und für mehr Überraschungen gut als der Hafen von Fowey. Alle hatten begeistert applaudiert.

Ihre Freundinnen beschrieben Daphne – den zweiten Vornamen Mary hatte sie irgendwann verschwinden lassen – als fröhlich und zupackend, zuverlässig, pragmatisch und in jeder Lebenssituation wissbegierig. Francis nannte diese letzte Eigenschaft schlichtweg Neugier. Auch daran, dass sie gerne mit dem Kopf durch die Wand ging, hatte er sich in über fünfundzwanzig Jahren Ehe gewöhnt. Meistens tat sie es erfolgreich und ohne nennenswerte Blessuren, wie er zugeben musste.

Daphne selbst sah sich natürlich kritischer. Bei genauem Hinsehen war ihre Nase einen kleinen Tick zu spitz, die Lachfältchen zeichneten sich zu auffällig ab, die Wangenhaut war ab fünfzig etwas eigenwillig geworden, und die braunen Haare hätten ruhig voller sein können – von ein paar schlechten Gewohnheiten, die sie gut verbergen konnte, nicht zu reden. Alles in allem war die Unvollkommenheit aber erträglich.

Francis liebte vor allem Daphnes trockenen Humor, ein Erbe ihres englischen Großvaters und vieler kornischer Vorfahren. Leider hatte Großvater Colonel Waring auch einen kleinen genetischen Scherz an seine Enkelin weitergegeben – seine Schlaflosigkeit bei Halbmond. Und nur bei Halbmond.

Es war eine Macke, die ganz und gar nicht zu Daphnes Ausgeglichenheit passte. Unzählige Male hatte sie in den vergangenen Jahren das Internet nach Erklärungen durchforstet und sich Ratgeber gegen Schlafstörungen gekauft. Doch nichts half. Sie wurde ihre seltsame Insomnie nicht los. Solange der Vollmond hell leuchtete oder das Nichts des Neumondes regierte, schlief sie tief und fest. Doch kaum stand nachts eine schmale silberne Sichel am Himmel, wurde sie zum Hamster. Francis sah die Sache pragmatischer und erklärte sie zu einer Profiteurin der Nacht, die kreativ sein konnte, wenn andere schliefen.

Auch die Nacht vom Dienstag zum Mittwoch, dem ersten Tag im Juli, war eine Hamsternacht. Der heftige Wind hatte sich im Laufe des Abends gelegt und war einer milden Brise gewichen. Während sich die letzten grauen Wolkenfetzen über dem Ärmelkanal verzupften und einem dauerhaften Hoch Platz machten, erschien vor Daphnes Schlafzimmerfenster der schönste Halbmond seit Monaten, «ein verdammter halber französischer Brie», wie Großvater Waring immer gesagt hatte.

Entsprechend kurz war Daphnes Schlaf. Gegen vier stand sie genervt auf, warf sich ihren roten Bademantel über und ging in den Garten. Langsam wanderte sie barfuß über den Rasen. Sie genoss die kühle Feuchtigkeit des Grases und den milden Wind aus der Bucht. Vom Rasenhügel hinter dem Rosenbeet konnte sie nach unten zur Hafeneinfahrt blicken.

Die breite Flussmündung des *River Fowey*, der aus dem Bodmin Moor und dem Hügelland kam, bildete zugleich die Hafenbucht des Küstenstädtchens Fowey. Selbst im fahlen Licht des Halbmondes konnte man die Hanglage Foweys erkennen, die Umrisse der riesigen Kiefern oben auf dem Kamm und die pittoresken Fischerhäuser darunter, die sich in Etagen bis zum Quai hinab erstreckten. Wie Glühwürmchen leuchteten überall in der Bucht die Positionslichter der ankernden Segelschiffe und Motorboote. Nur das Dorf Polruan auf der anderen Seite der Hafeneinfahrt blieb verschwommen im Nachtdunst.

Wie überall an der Südküste Cornwalls war das Ufer zerklüftet, sobald man die schützenden Häfen oder Sandstrände verließ. In Fowey erstreckten sich die Klippen sogar bis in die Bucht. Noch im Garten konnte Daphne hören, wie das Meer an die Felsen klatschte. Dahinter lag tiefschwarz der Ärmelkanal wie ein schlürfender schwarzer Riese, der sich nicht zeigen wollte. Auch das Tuckern von Booten drang herauf, es gehörte nachts zum Hafen wie das Klirren eingeholter

Ankerketten oder die fernen Stimmen der Fischer und Angler, die noch vor Morgengrauen auslaufen wollten.

Nur im hinteren Teil der Bucht, wo der *River Fowey* sich mit dem Hafenwasser vermischte, fiel Daphne etwas Ungewöhnliches auf.

Es war ein Privatboot, das unbeleuchtet und lautlos dahinglitt, als wollte es nicht gesehen werden. Der robuste, fast rundliche Rumpf des Kajütbootes – gerade groß genug, um bei Wind und Wetter die Bucht und die Küste zu befahren – war typisch für die Gegend. Da Daphne am Fluss aufgewachsen war, erkannte sie schnell, dass am gewohnten Bild etwas nicht stimmte. Nur wer die Strömung und die Untiefen genau kannte und etwas zu verstecken hatte, wagte, ohne jedes Licht zu manövrieren. Daphne wusste von Francis, dass auch in dieser Saison wieder Diebe unterwegs waren, die sich auf Bootsmotoren und Schiffsausrüstungen spezialisiert hatten.

Das Schattenboot, immer noch unbeleuchtet, wurde langsamer. Jetzt war doch ein Motor zu hören, der die Fahrt zu stoppen schien. Für Sekunden sah Daphne eine Gestalt an der Reling, die etwas über Bord hievte. Es sah aus wie eine Boje, aber das machte keinen Sinn. Es musste sich um etwas anderes handeln.

Sie überlegte, ob sie schnell das Nachtfernglas holen sollte, das Francis für seine Wildbeobachtungen benutzte und das er in seinem Arbeitszimmer aufbewahrte. Doch sie ließ es. Er hätte sich am nächsten Morgen zu Recht über ihre Neugier lustig gemacht.

Plötzlich wendete das Boot und fuhr in den Fluss zurück, als wäre seine Aufgabe erledigt. Daphne hegte den Verdacht, dass jemand Müll entsorgt hatte, der mit der nächsten Ebbe ins Meer hinaustreiben sollte.

Ihr wurde kalt. Sie zog ihren Bademantel enger und ging quer über den Rasen ins Haus zurück, um sich noch einmal für ein Stündchen hinzulegen.

Als sie um halb sieben wach wurde, hatte Francis das Haus schon verlassen. Auf dem Küchentisch lag ein Zettel, der sie daran erinnerte, dass er heute früher als sonst zu einer Besprechung im Hafenamt sein musste. Eigentlich hätte sie die Notiz gar nicht gebraucht, die hastig aufgerissene Packung mit Cornflakes und die halbvolle Tasse Tee auf dem Küchentisch verrieten alles. Verschlafen blickte sie nach draußen zu ihrer Wetterstation, den beiden Cornwall-Palmen, auf deren hohen Stämmen die dichten Palmwedel wie gefiederte Kugeln saßen. Kein Windhauch bewegte sie, kein Blatt war nass.

Daphnes eigene Routine begann um acht. Während der Hafenort wieder zum Leben erwachte, war sie bereits auf dem Postfahrrad unterwegs. In ihrer orangefarbenen Weste der *Royal Mail* fühlte sie sich zwar wie ein Käfer, aber wenigstens war der Käfer bunt. Wie immer im Dienst hatte sie ihre braunen Haare zu einem Pferdeschwanz nach hinten gebunden. Da sie bei jedem Wetter unterwegs sein musste, erschien es ihr praktischer, sich um ihre Frisur keine Sorgen machen zu müssen. Sie mochte ihre Arbeit, zumal es nur ein Halbtagsjob war. Seit ihre Tochter Jenna in London studierte, wäre es ihr zu eintönig gewesen, jeden Tag nur sehnsüchtig darauf zu warten, bis Francis abends vom Hafen zurückkam. Früher hatte sie in einem von Foweys Buchläden gearbeitet, aber dort hatte man Personal einsparen müssen.

Fahrradfahren in Foweys steilen Gassen war eine Herausforderung. Daphnes Waden waren inzwischen so hart wie Eisen.

Sie liebte es, Fowey erwachen zu sehen. In den engen Gassen, in denen früher die Sardinenfischer gelebt hatten, wurden die Cafés geöffnet, unterhalb der Esplanade legte die erste Fähre quer über die Bucht nach Polruan ab. Janet Burton schrubbte eifrig den Bürgersteig vor ihrem Modegeschäft, weil sie gehört hatte, dass vormittags ein Bus mit Amerikanerinnen ankommen sollte. Der alte Wilbert, gestützt auf seinen Stock, sah ihr dabei zu. Ihm fehlten zwei Vorderzähne, die er bei der Marine verloren hatte, als er in Falmouth vom Mast gefallen war – Prinz Philip direkt vor die Füße. Es war eine berühmte Geschichte.

«Amerikanerinnen?», fragte Wilbert bissig. Er war knorrig wie die Eichen am Fluss. «Die wollen euch die Männer wegnehmen. Richtige Männer gibt's nur noch hier.»

Janet lachte. «Richtige *cornishmen* wissen, was sie an uns haben.»

Nebenan wurde die Tür von Foweys Aquarium aufgesperrt. Der Kassierer schleppte wie jeden Morgen das Klappschild mit dem lebensgroßen Konterfei des berühmten Riesenhummers Leonard vor die Tür. Auch nachdem Leonard längst das Zeitliche gesegnet hatte, blieb er eine Attraktion in Cornwall:

*Leonard – Foweys Lobster aus dem Guinnessbuch der Rekorde. 1,26 Meter lang und 20 Pfund schwer.*

Als Daphne ein Bündel Briefe an der Kasse des Aquariums abgegeben hatte und wieder auf die Straße trat, fiel ihr der Rummel am Hafenplatz auf. Sie schob ihr Fahrrad zum Quai, wo sich eine neugierige Menschenmenge versammelt hatte.

Gerade war das neue Kreuzfahrtschiff der Reederei Hammett in die Bucht eingelaufen. Die Luft vibrierte vom

Motorenlärm des Schleppers, der die marineblaue *Princess of Cornwall* zu ihrem Ankerplatz gezogen hatte. Jetzt lag die *Princess* – eher klein, aber nobel – auf der anderen Seite der Bucht, wo der Hafen genügend Tiefe hatte. Offensichtlich waren nur Mannschaft und Schiffshandwerker an Bord, was aber niemanden erstaunte, denn als Einwohner von Fowey führte der Reeder Edward Hammett traditionell jedes neue Schiff als Erstes seinen Mitbürgern vor.

Die Meinungen am Quai waren gespalten. In erster Reihe stand Betty Aston, groß, blond und ladylike. Ihr kritischer Blick auf Boote war gefürchtet. Da es für sie noch sehr früh war, hatte sie als wettergegerbte Seglerin einfach einen blauen Regenhut über die unfrisierten Haare gestülpt. Mit zusammengekniffenen Augen nörgelte sie lautstark am Bug des neuen Schiffes herum, den sie als zu kurz und ästhetisch unbefriedigend empfand. Vom Bootsbauer Trevillian Ward kam dagegen Lob für die Aufbauten, aber Kritik am Heck. Der Hotelier Jake Ferguson rechnete allen vor, dass die viel zu wenigen Kabinen kaum Gewinn machen konnten, wobei ihn Betty genüsslich daran erinnerte, dass sein Hotel wohl auch keinen großen Gewinn einfuhr. Alle lachten und winkten fröhlich dem Kapitän der *Princess* zu, der sich auf der Brückennock zeigte.

Daphne kannte fast jeden hier. Jetzt, mit zweiundfünfzig Jahren, war ihre Menschenkenntnis so weit gereift, dass sie mit ziemlicher Sicherheit sagen konnte, ob jemand einen guten oder schlechten Tag hatte. Mrs. Plummer beispielsweise, die füllige Haushälterin von Vikar Ipswich, musste heute einen schlechten Tag haben. Sie wirkte fahrig, während sie auf das Schiff starrte. Ihr Blick schien geistesabwesend, und ihre Hände spielten nervös am weißen Kragen ihrer geblümten Bluse. Ipswich selbst war nicht am Quai zu sehen.

Amüsiert beobachtete Daphne, wie Betty Aston sich energisch ihren Weg durch die Menschenmenge bahnte, um wieder nach Hause zu gehen. Betty war zwar ihre Freundin, aber ihre scharfe Zunge war nur zu ertragen, wenn es gelegentlich kleine Freundschaftspausen gab. Jetzt war gerade wieder einmal Zeit dafür, nachdem Betty ihr neulich einige Taktlosigkeiten an den Kopf geworfen hatte.

Der Druck der Flut hatte zugenommen. Nachdem die Ebbe sechs Stunden zuvor den *River Fowey* nahezu leer gesogen hatte, füllte das Meer ihn wieder auf. Zusehends erhoben sich die Schwimmstege zu normaler Höhe.

Trevillian Ward – braun gebrannt, unrasiert und mit strubbeligen schwarzen Haaren – hatte Daphne entdeckt, die mit beiden Händen ihr Fahrrad hielt. Er arbeitete sich zu ihr durch.

«Morgen, Miss Royal Mail.» Er hatte einen kleinen Tick und zwinkerte mit den Augen. Das hatte er schon als Nachbarjunge im Sandkasten getan.

«Hallo, Trevillian. Was sagst du zu Edwards Schlachtschiff?»

«Nicht schlecht. Angeblich hat er sich mächtig dafür verschuldet.»

«Er wird's schon irgendwie verkraften.»

Auf dieser Seite des Hafens roch es nach Fisch, Schiffsmotoren lärmten. Eine Horde Möwen hatte entdeckt, dass auf der Quaimauer leckere tote Krabben zu finden waren. Das ohrenbetäubende Vogelkreischen machte jedes Gespräch schwer.

«Ich wollte dir was zeigen», rief Trevillian durch den Lärm.

«Wie bitte?» Daphne musste sich zu ihm vorbeugen.

«Ich will dir was zeigen.» Trevillian deutete zum blauen

Rumpf des Kreuzfahrtschiffes. «Siehst du die rote Boje vor der *Princess*? Die gehört nicht hierher. Hat sich irgendwo losgerissen und könnte gefährlich werden. Du solltest deinen Mann informieren.»

Jetzt sah Daphne die Boje auch. Langsam trieb sie am riesigen Schiffsrumpf der *Princess* vorbei, von links nach rechts, als wollte sie unbedingt bemerkt werden. Foweys und Polruans Bojen war gelb und blau, eine rote Boje war hier so fremd wie ein Kakadu in der Möwenkolonie. Als Bootsbauer wusste Trevillian nur allzu gut, wie leicht die Eisenkette oder eine Leine unter der treibenden Boje in eine Schiffsschraube geraten konnte.

«Danke, Trevi, ich werde Francis gleich anrufen.»

«Okay.» Ohne noch mehr Worte zu machen, verschwand der Bootsbauer wieder zwischen den Beobachtern in der ersten Reihe.

Die auffällige Boje driftete jetzt am Bug des Kreuzfahrtschiffes entlang. Daphne fiel die nächtliche Szene auf dem Fluss ein. Vielleicht hatte sie es doch richtig gesehen, und der unbekannte Skipper hatte tatsächlich eine Boje über Bord geworfen. Genau diese Boje.

Aber warum?

Eine Privatjacht fuhr vorbei. Die Bugwelle warf den prallen Kunststoffballon wie ein Wurfgeschoss gegen den Schiffsrumpf der *Princess*. Für Sekunden tauchte etwas Dunkles, Schweres unter dem roten Schwimmkörper auf. Daphne hatte keinen Zweifel: An der Eisenkette unter der Boje hing etwas Illegales, was immer es sein mochte. Sie zog ihr Handy aus der Posttasche und wählte die Nummer von Francis. Als Flussmeister war er auch für die Sauberkeit von Foweys Hafenwasser verantwortlich.

Statt Francis ging die Sekretärin der Hafenoffiziere ans

Telefon, Sybil Cox. Daphne beschrieb ihr, was sie beobachtet hatte, auch nachts.

«Wie geheimnisvoll», meinte Sybil kichernd. «In China versenken sie so ihre Leichen.»

«Dann hoffen wir mal, dass es nur ein Müllsack ist», antwortete Daphne. «Und machen Sie die Meldung bitte gleich, Sybil.»

«Schon auf dem Bildschirm», sagte Miss Cox fröhlich. «Seltsamer Sack bedroht Fowey.»

# 2

«Sein Blick, der über die niedrige Brüstung der Kaimauer wanderte, ruhte auf dem stillen Hafen, die Schiffe schwangen langsam mit der Flut.»

**Sir Arthur Thomas Quiller-Couch, *The Mayor of Troy***

Von allen interessanten und weniger interessanten Adligen Cornwalls war Baronet Sir Tyler Killigrow der witzigste und exzentrischste. Er war so rund wie Churchill, führte in fünfter Generation eine Porzellandynastie und war ein leidenschaftlicher Angler. Sein verbeulter Pick-up stand immer dort am Ufer, wo es Meeräschen oder Lachse zu fischen gab. Ein schlauer Reiher müsste nur nach Sir Tylers Pick-up Ausschau halten, um die besten Fischgründe zu finden, behauptete Francis immer.

Diesmal hockte Killigrows wuchtiger Körper auf einem Klappstuhl neben der Autofähre. Seine Angelrute war in den Kies gerammt. Während er selbst in Bodinnick saß, fiel sein Blick auf Foweys Hafen schräg gegenüber. Er sah Foweys gesamte Wasserfront, die steilen Treppen und Leitern, die von den Häusern nach unten zu ihren Liegeplätzen führten, und die Uferlokale mit ihren Markisen. Er liebte diesen Platz direkt neben dem hübschen weiß-blauen Haus *Ferryside*, das schon in den zwanziger Jahren im Besitz der Familie du Maurier gewesen war, lange bevor Tochter Daphne später das Herrenhaus *Menabilly* für sich entdeckt hatte.

Neben Sir Tyler lagen zwei Labradorhunde, einer mit

braunem, der andere mit schwarzem Fell. Als sich das kleine Patrouillenboot des Hafenamtes mit Francis Penrose an Bord näherte, sprang nur der schwarze Hund auf, der andere blieb wie tot liegen. Tyler Killigrow hob winkend die Hand. Francis setzte den flachen Bug des Kunststoffbootes sanft aufs Ufer, blieb aber hinter dem Steuerstand.

«Guten Morgen, Mr. Penrose», rief Sir Tyler zum Boot hinüber. Seine graue Angelweste hatte Flecken und war sonnengebleicht. «Was für ein herrlicher Meeräschentag!»

«Wir wollen uns nicht beklagen», antwortete Francis mit kurzem Blick zum Beuteeimer und zum faulen Labrador. «Was ist mit Ihrem Hund?»

«Fuffy ist beleidigt», sagte Sir Tyler. «Mein Vetter Adrian ist gestorben und hat ihm so gut wie nichts vererbt.»

«Wie bedauerlich!» Francis kannte die Marotte des Baronets schon. «Sie werden ihn hoffentlich trösten.» Tatsächlich war die Sippe der Killigrows dafür bekannt, auch ihren Hunden etwas zu vererben. Dem schwarzen Labrador gehörte die alte Mühle von Polham, die Cockerspanielhündin von Sir Tylers Ehefrau war Eigentümerin eines Parkhauses in Newquay. Das war zwar juristisch wertlos, und die Killigrows behandelten die Erbschaften durchaus augenzwinkernd, aber abschaffen wollte diese Tradition der Wertschätzung von Hunden auch niemand.

«Probleme in der Bucht?», fragte Sir Tyler. Ihm war nicht entgangen, dass das neue Kreuzfahrtschiff den Hafenbetrieb durcheinandergebracht hatte. Seine Wangen leuchteten von der frischen Luft.

«Wir suchen eine rote Boje, die nicht hierhergehört. Irgendetwas scheint damit nicht zu stimmen.»

«Ach die!», rief der Baronet. «Die ist vor zwei Stunden an uns vorbeigeschwommen. Merkwürdiges Ding, sah aus, als wenn eine Jacke darunter hing. Kurs Hafeneinfahrt.» Als erfahrener Segler und alter Geschäftsmann begann er, flink im Kopf zu rechnen. «Jetzt ist Flut, vier Knoten Fahrt, sieben Knoten Wind – ich würde mal bei der Fähre nach Polruan nachsehen.»

Francis dachte nach. Sir Tyler konnte recht haben. Es war immer wieder verblüffend, wie ein scheinbar simples Gespräch mit ihm neue Erkenntnisse ins Spiel brachte. Das passierte Francis nicht zum ersten Mal, Understatement war immer noch Sir Tylers beste Waffe. Anders hätte seine verschrobene Familie die veränderten Zeiten vielleicht auch nicht überstanden. Auch die Lords aus der Gegend erkannte man vor allem an ihren mottenzerfressenen Pullovern.

Francis bedankte sich bei Sir Tyler und steuerte das Boot mit hohem Tempo zum Hafen zurück. Erleichtert sah er, wie das Kreuzfahrtschiff aus der kleinen Bucht verschwand. Die Premiere der Reederei Hammett war beendet, zurück blieb aufgewühltes Wasser.

Die Diskussion mit dem Hafenchef dauerte nun schon Monate an. Die Mündungsbucht des *River Fowey* war ein Naturhafen, in dem Handelsschiffe, Fischer und Piraten schon vor Hunderten von Jahren Schutz gesucht hatten. Francis war der Meinung, die Zahl der Kreuzfahrtschiffe sollte weiter reduziert werden, um die Natur nicht noch mehr zu stören. Andererseits lag in der Waagschale, dass ohne große Schiffe die Zahl der Touristen sinken würde. Also hatte man Francis überstimmt und nur wenig am Status quo verändert.

Noch schienen einige im Hafenamt nicht so recht vertraut zu sein mit dem, was Francis seit einem Jahr als Flussmeister tat. Offiziell arbeitete er als einer von zwanzig Mitarbeitern des *harbour master* Captain Matthew Nevil. Da er aber Meeresbiologe war, hatte man eigens für ihn die neue Funktion des Flussmeisters geschaffen. Denn was immer man über Nevil sagen konnte, er liebte den Fluss Fowey genauso wie Francis und sah, was alles am Flussbett getan werden musste.

Francis drosselte den Bootsmotor und griff nach dem Fernglas. Vor dem Fähranleger Fowey-Polruan hüpfte etwas Rotes in den Wellen auf und ab.

Es war die Boje.

Jetzt musste er schnell sein. In fünfzehn Minuten kehrte die kleine Fähre von Polruan zurück, dem Dorf auf der anderen Seite der Bucht. Er drückte den Gashebel und hielt auf die Stelle zu. Kurz vor dem Anleger griff er nach dem Bootshaken und zog die Boje zu sich. Sie lag ungewöhnlich tief im Wasser. Er beugte sich über Bord und nahm sie in beide Hände, um sie hochzuheben.

In diesem Moment sah er das aufgeschwemmte Gesicht, bärtig und bleich, sogar die offenen Augen, die ihn vorwurfsvoll anzustarren schienen. Der tote Körper steckte in einem blauen Anzug und war seltsam um die Bojenkette gewunden.

Es war ein schrecklicher Anblick. Noch schrecklicher aber war, dass Francis den Toten kannte.

Wie in Trance drückte er die Funktaste im Boot und benachrichtigte das Hafenbüro.

«Wer?», fragte Officer Harvey Clifford ungläubig. Er war auch der stellvertretende Hafenmeister. «Hab ich das richtig verstanden?»

«Ja», sagte Francis mit rauer Stimme. «Edward Hammett. Der Reeder.»

«Oh Gott, was für ein Scheißtag», fluchte Harvey. «Gerade haben sie draußen vor Mevagissey die Havarie von zwei Seglern gemeldet.» Er machte eine Pause. «War Hammett nicht euer Nachbar und Freund?»

Francis hörte gar nicht richtig zu. «Ja ... Harvey, ich brauche jetzt vor allem schnell die Polizei!»

«Hat er Verletzungen? Das ist das Erste, was die Cops wissen wollen.»

«Ein paar Kratzer, mehr kann ich nicht sehen», sagte Francis. «Er ist vollkommen bekleidet.»

«Okay, ich komme. Pass auf, dass keine Gaffer in der Nähe sind.»

Nachdem Francis die schwere Aufgabe hinter sich gebracht hatte, den Toten auf die Böschung zu hieven, war er mit dem schlaffen, gekrümmten Körper allein. Hammett war in diesem Zustand seltsam zeitlos, als hätte das Wasser sein Alter aus dem Körper gespült. Er trug den dunkelblauen Anzug, den er oft getragen hatte, wenn er in die Firma fuhr. Das weiße Hemd ohne Krawatte war grau von Schleifspuren und Schlamm, an den Knöpfen hingen grüne Fäden aus Seegras. Das Gesicht war aufgedunsen, unter den dunklen, nur am Ansatz weißen Haaren gab es eine blutige Stelle. Auf den Handflächen waren ebenfalls Kratzer zu sehen. Francis führte sie darauf zurück, dass Edward Hammett mit dem ganzen Körper in der Bojenkette gehangen hatte. In Edwards angegrautem Vollbart saßen winzige Muscheln, was seltsam entrückt aussah. Die Schuhe fehlten, vermutlich hatte die Strömung sie mitgerissen.

Als endlich das Boot mit Harvey Clifford und zwei jungen Constables an Bord kam, war Francis erleichtert. Er hatte schon öfter Wasserleichen geborgen, aber den eigenen Nachbar so zu sehen, das ging ihm doch unter die Haut. Erst vor einigen Tagen hatten Edward und er noch ein Feierabendbier im Pub zusammen getrunken.

Harvey sprang mit seinem schweren Körper an Land. Er war ein Hüne und der Ruppigste im Hafenteam. Sein straffes weißes Offiziershemd mit den Schulterstücken ließ den Bauch voluminös und seine Figur raumgreifend erscheinen. Als er auf die Böschung kletterte, klopfte er Francis im Vorübergehen mitfühlend auf den Rücken und beugte sich dann tief über den Toten.

«Armer Kerl! Und das am Tag seiner Schiffspremiere.» Als er sich aufrichtete und sich an die beiden Polizisten wandte, wurde seine tiefe Stimme wie gewohnt laut. «Okay, Jungs, jetzt seid ihr dran.»

Beide Polizisten waren noch jung. Einer von ihnen war Tom Curnow, der Sohn von Daphnes Cousine in St. Austell. Er war Mitte zwanzig und wirkte immer etwas tollpatschig. Francis sah ihn von Zeit zu Zeit auf Familienfesten und wusste, dass Tom ein begeisterter Polizist war. Als Tom seinen Verwandten Francis jetzt neben der Boje stehen sah, hob er nur kurz unbeholfen die Hand, sagte aber nichts.

Während er und sein Kollege damit begannen, alles zu fotografieren, setzte sich Francis ins Gras und ließ die anderen machen. Er fühlte sich seltsam ausgelaugt, was nicht oft bei ihm vorkam. Obwohl er in zwei Wochen seinen fünfundfünfzigsten Geburtstag feierte, war er immer noch schlank und belastbar. Als Student hatte er sehr erfolgreich an Ruderregatten auf der Themse teilgenommen. Harvey zog ihn immer damit auf, er sei der Einzige im Hafenteam, den man sich heute noch als Sportler auf einem Titelblatt vorstellen könnte. Natürlich war das Unsinn. Auch Francis sah im Spiegel seine dunkelblonden Haare grau werden und spürte seit Monaten die rechte Schulter schmerzen.

Edward Hammetts Tod schmerzte ihn auf andere Weise. Wäre Edward mit einem Herzinfarkt in seinem Büro umgefallen, wäre das zwar nicht weniger schlimm gewesen, aber Francis hätte es besser hinnehmen können. Als Wasserleiche im *River Fowey* zu enden, erschien ihm dagegen als besonders grausames Schicksal.

Er stand auf und ging zu den anderen. Tom Curnow hatte gerade damit begonnen, den Toten näher zu untersuchen. Vorsichtig schob er den Kragen von Hammetts Hemd ein Stück hinunter. Zum Vorschein kam ein länglicher, fingerbreiter Bluterguss neben dem eingedrückten Adamsapfel.

«Diese verdammte Kette», sagte Harvey. Er begann zu spekulieren. «Vielleicht hat er die Boje aus dem Wasser ziehen wollen und hat sich darin verhakt. Oder ihm ist auf dem Steg schlecht geworden.»

Francis hörte gar nicht richtig zu. Irgendetwas gefiel ihm nicht an dem Bild der Kette um Hammetts Hals. Der Streifen über dem Adamsapfel war dafür viel zu schmal. Und als er den Toten vorhin aus dem trüben Wasser gezogen hatte, schien ihm die Kette eher um die Brust geschlungen zu sein. Natürlich war es möglich, dass sie beim Bergen der Leiche nach unten gerutscht war, aber ...

«Das sollen die Fachleute klären.» Harvey blickte auf die Uhr, als würde ihm die Sache jetzt doch zu lange dauern. «Wie geht es nun weiter?»

Constable Curnow knöpfte dem Toten wieder das Hemd über der Brust zu, als hätte ein so prominenter Mitbürger wie Hammett Anspruch darauf. «Wir lassen ihn nach Bodmin bringen. Das ist Vorschrift.»

Jeder von ihnen wusste, dass der Fall damit in die Hände der Kriminalpolizei überging, ans *Major Crime Investigation Team*. Kleine Reviere wie Fowey waren schon vor Jahren aus Ersparnisgründen geschlossen worden. Der Kahlschlag hatte fast alle Gemeinden an der Küste getroffen. Lediglich St. Austell, Bodmin, Exeter und Truro waren verschont geblieben.

Francis war währenddessen vor der Boje in die Hocke gegangen, um sie sich näher anzugucken. «Wer ist in Bodmin zuständig?», fragte er beiläufig. «Fred Barnsley?»

«Nein», sagte Tom. «Sie haben einen Neuen. Detective Chief Inspector Vincent.»

Francis fuhr herum. Auch Harvey Clifford blickte überrascht auf. «*Der* James Vincent?», fragten sie fast gleichzeitig.

«Ja. Er war lange in London ...»

«Gott sei mir gnädig!», stöhnte Harvey,

Francis spürte, wie ihn der Zorn von damals wieder einholen wollte. Aber er ließ es nicht zu, das alles lag mehr als dreißig Jahre zurück und kam ihm heute lächerlich vor. James Vincent, damals Mitte zwanzig, war zu jener Zeit nur ein Jahr lang Polizist in Fowey gewesen, trotzdem gab es kaum jemanden, der nicht davon zu berichten wusste, wie Vincent ihn in seinem arroganten Übereifer mit Strafzetteln und Belehrungen geärgert hatte. Zu Vincents Spezialitäten gehörte es, sich erst privat im Gewühl der einzigen Disco herumzutreiben, um später, nach Dienstbeginn und in Uniform, vor der Tür derselben Disco gezielt Autofahrer abzupassen und sie auf Alkohol zu testen. Auch Francis war ihm zweimal in die Falle gegangen. In einer einsamen Gegend wie Cornwall war der Verlust des Führerscheins für jeden eine Katastrophe – und Vincent wusste das. Aus seiner Verachtung für die Landbevölkerung machte er keinen Hehl. Deshalb war jeder froh, als der Sohn eines Diplomaten, der ein abgebrochenes Studium hinter sich hatte, nach London weiterbefördert wurde.

Doch das war nur ein Teil der schlechten Erinnerung, die Francis an James Vincent hatte.

Der zweite Teil betraf Daphne. Bevor Francis seine spätere

Frau auf einem Hafenfest kennengelernt hatte, war sie für kurze Zeit James Vincents Freundin gewesen. Nur sieben Tage lang, keinen Tag und keine Stunde länger, wie Daphne schon hundertmal versichert hatte. Denn diese eine Woche war ausreichend gewesen, um sie entsetzt erkennen zu lassen, dass sich hinter der Fassade des gutaussehenden James ein angeberischer, egoistischer Idiot verbarg. Nach Vincents Versetzung hatten sich Daphne und ihre drei besten Freundinnen in einer legendären Strandnacht vor Erleichterung mit italienischem Spumante betrunken.

Francis verzichtete auf jeden weiteren Kommentar über den neuen Chief Inspector, um seinen Neffen nicht in Verlegenheit zu bringen. Stattdessen hob er die rote Boje vom Boden auf und betrachtete sie ausgiebig von allen Seiten. Seine Fingerabdrücke befanden sich ohnehin schon darauf.

Die Kette unter dem roten Kunststoffballon war etwa zwei Meter lang. Überrascht stellte Francis fest, dass sie gar nicht abgerissen war. Es war eine der Bojen, die man nur für gelegentliche Markierungen benutzte und die deshalb mit kürzerer Kette versehen waren. Man verband die Kette durch eine Leine mit einem Betonblock auf dem Grund des Flusses. Wenn man sie nicht mehr benötigte, wurde die Leine einfach gelöst. Alle Bojen in Fowey waren nummeriert und in einem Plan des Hafenamtes festgehalten, diese gehörte definitiv nicht dazu.

Harvey Clifford stellte sich neben Francis und schaute ihm bei der Bojenüberprüfung zu. «Welcher Flussabschnitt?», fragte er. «Vielleicht oben in Lostwithiel?»

«Nein», sagte Francis irritiert. «Sie hat keine Nummer. Sie kann von überall her geschwommen sein.»

«Na bitte», brummte Harvey. «Sag ich doch: Hammett fällt nachts ins Wasser, ertrinkt und bleibt an der Boje hängen, die zufällig mit der Flut angeschwommen kommt. Er hatte einfach Pech.»

Francis fischte mit den Fingern zwischen den Gliedern der Kette herum und zog mit Zeigefinger und Daumen einen Gegenstand heraus. Es war eine halbrunde Drahtschlinge, die offenbar beim Einholen der Boje ins Gras gefallen war. Sie war einen halben Meter lang und an beiden Enden zu Haken geformt, mit denen man sie in die Ankerkette einhängen konnte. In so einer Schlinge hätte ein menschlicher Kopf perfekt Platz gehabt. Und sie passte zu dem schmalen Streifen an Hammetts Hals.

Francis hob sie in die Höhe, damit jeder sie sehen konnte. «Und was ist das?», fragte er und gab sich Mühe, nicht allzu triumphierend zu klingen. «Ist diese mysteriöse Schlinge etwa auch zufällig an Hammetts Hals geschwommen?»

«Was willst du damit sagen?»

«Jemand hat seinen Kopf absichtlich in die Schlinge gehängt.»

Ungläubig starrten ihn die jungen Polizisten an. Harvey war der Erste, der sich wieder fing. «Verdammte Scheiße», fluchte er. «Ein Mord ist das Letzte, was wir vor der Regatta brauchen!»

# 3

«Das wahre Geheimnis ist das Sichtbare,
nicht das Unsichtbare.»

**Oscar Wilde, *Das Bildnis des Dorian Gray***

Daphnes *Royal Mail*-Tour, wie sie die Runde selbst ironisch nannte, führte morgens durch die unteren Gassen von Fowey und erst später nach oben. In den Läden und Lokalen von Fore, Webb, Market und South Street hatte sie eine Menge Post auszutragen. Auch die gotische Kirche St. Fimbarrus – benannt nach dem heiligen Finbarr – lag auf ihrem Weg. Der Kirchhof von St. Fimbarrus befand sich etwas tiefer als die Straße darüber. Daphne stieg ab und schob das Rad durch den schmiedeeisernen Torbogen mit der großen Laterne. Entlang der grauen Kirchenwand aus Schieferstein wuchsen seit Jahrzehnten Anemonen. Auf drei Gräbern saßen gurrende Tauben, auch auf dem verwitterten Grabmal von *Mary, Wife of Robert Hearle, 1837*, das traurig an der Mauer lehnte und für Daphne seit ihrer Kindheit ein Symbol des Abschiednehmens war.

Über dem hinteren Teil der Kirche hob sich der quadratische Zinnenturm mit den acht Glocken. Unmittelbar an die Kirche grenzte der riesige Park des Herrenhauses *Place House*, Foweys prachtvollstes Anwesen, mit eigenem Zinnenturm, der die Kirche sichtlich zu übertrumpfen suchte. *Place House* gehörte seit Jahrhunderten der Familie *Treffry*, deren Mitglieder als Piraten und Kaufleute eng mit Foweys Geschichte verwoben waren. Ihre einflussreichen Gegenspieler, die *Rashleighs*, standen Daphne vor allem deshalb näher, weil ihnen auch *Menabilly* gehörte, Mrs. du Mauriers ehemaliger Wohnsitz.

Daphne ging mit der Post zum Kirchenportal. Der neue Vikar hatte es gerne, dass man ihm seine Briefe in die Sakristei legte, solange das eigentliche Pfarrhaus renoviert wurde. Es war eine ungewöhnliche Bitte, vor allem Mrs. Plummer gegenüber, die im Ersatzpfarrhaus wacker versuchte, dem Neuling das Leben angenehm zu gestalten. Doch Vikar Peter Ipswich ließ niemanden an sich heran. Er war erst im März von Plymouth nach Fowey versetzt worden, und keiner hatte bisher herausgefunden, ob das ein gutes oder schlechtes Zeichen war. Trotz seiner sechsunddreißig Jahre wirkte er alterslos. Wenn Daphne ihn sah, musste sie immer an den Vikar von Altarnun denken, Mrs. du Mauriers rätselhaften Geistlichen aus dem Roman *Gasthaus Jamaica*, dessen Verschlossenheit so irritierend wirkte. Auch Vikar Ipswich, mit bräunlichem Haarkranz, blickte einen aus seltsamen Augen an, die einen krassen Gegensatz zu seiner weichen, eindringlichen Stimme darstellten.

Als Daphne vor dem Portal stand, fiel ihr sofort der große Zettel auf, der an der Tür klebte:

*Aus organisatorischen Gründen findet der nächste Gottesdienst erst wieder am kommenden Montag statt. Gez. E. Plummer, Pfarrhaus.*

Die Kirchentür stand offen, aber das alte Gotteshaus war dunkler als sonst. Ohne das übliche Lampenlicht verlor die hohe weiße Decke mit den ungewöhnlichen Rechtecken aus dunklen Balken ihre Wirkung. Während Daphne noch ratlos dastand, kam David herein, der vierzehnjährige Sohn des Chorleiters; er trug einen Stapel Notenhefte. Jenna, Daphnes Tochter, hatte ihm früher Nachhilfestunden gegeben. Mathematik war nicht seine Stärke, dafür spielte er genial Orgel.

Daphne zeigte auf den Zettel an der Tür.

«Hallo, David! Weißt du, was das bedeutet? Ist der Vikar krank?»

David schüttelte den Kopf. Seine Pubertätsstimme krächzte tiefer als sonst. «Nein, Mrs. Plummer hat gesagt, er ist verreist.»

«So kurz vor dem Chorfestival?»

David zuckte mit den Schultern. «Der ist doch sowieso ein bisschen komisch.»

«Wieso meinst du das?»

«Man kann sich nicht auf ihn verlassen, dauernd ändert er seine Meinung. Neulich hat er mich aus der Kirche geschickt, nur weil er Besuch in der Sakristei hatte. Ich hätte ihm am liebsten die ganze Orgel vor die Füße geschmissen.»

«Ach, da ging es sicher um seine Sakristeigespräche.» Daphne war nicht allzu überrascht. «Er hat doch die Hoffnung, dass wieder mehr Leute in die Kirche kommen, wenn sie ein Problem haben und mit ihm ungestört sprechen können.»

Die Unzuverlässigkeit des Vikars stellte ein echtes Problem für die Gemeinde dar.

«Ist ja auch egal», sagte David.

Halbherzig rang Daphne um eine Erklärung. «Es ist nicht jedem angeborenen, offen auf andere zuzugehen. Sagt dir der Begriff introvertiert was?»

David grinste. «Die Klappe nicht aufkriegen, oder?»

«So ähnlich. Alles klar?»

«Cool.»

Sie zwinkerte ihm zu und ging zu ihrem Fahrrad zurück. Jetzt musste sie die Post für den Vikar doch im Ersatzpfarrhaus einwerfen.

Bei David hatte sie einen Treffer gelandet. Das Grinsen wollte gar nicht mehr aus seinem Gesicht verschwinden. Zufrieden damit, jemanden auf seiner Seite zu wissen, klatschte er voller Energie mit den Notenheften an die wuchtige Kirchentür und verschwand Richtung Orgel.

Der letzte Teil der *Royal Mail*-Tour war unterhaltsamer. Auf diesem Abschnitt lagen nicht nur die Tanzschule von Fowey, sondern auch der Kindergarten. Daphne hatte für die Kleinen Plätzchen mitgebracht, dafür durfte sie im Kreis mit ihnen singen. Wehmütig dachte sie dabei an die Zeit, als sie die kleine, heulende Jenna jeden Tag zum Bleiben überreden musste. Hatten ihre Knie damals eigentlich auch schon so geknackt, wenn sie in die Hocke ging?

Aus Filipes Tanzschule, einen Straßenzug höher, wummerte der laute Rhythmus bis auf die gepflasterte Gasse. Auch das ist Fowey, dachte Daphne mit einem gewissen Stolz, in der Enge der Straßen und in den dicht aneinander gebauten Häusern die Vielfalt des Lebens unterzubringen. In einem Dorf unter südlicher Sonne hätte es nicht turbulenter zugehen können.

Sie betrat das Studio mit der kleinen Bar am Ende und stand in einer Wolke aus Schweiß. Der gutaussehende Filipe probte gerade mit den *Fowey Zumba Girls*, zehn jungen Müttern, die wieder in Form kommen wollten. Ihre Bewegungen auf dem Tanzparkett zuckten durch das Licht der Retroleuchten an der Wand. Sobald Filipe Daphne sah, kam er ihr entgegen, nahm ihr swingend die Briefe ab und zog sie charmant auf die Tanzfläche. Lachend tanzte Daphne zwei Minuten lang mit.

Als die Glocken von St. Fimbarrus zwölf Uhr schlugen, radelte sie auf das kleine Haus von Sandra McKallan zu. Es war die letzte Adresse, die sie ansteuern musste. Sandra McKallan versuchte, sich als Malerin einen Namen zu machen, mit expressiven Bildern und Fotografien. Sie stammte ursprünglich aus Glasgow und war erst vor anderthalb Jahren nach Fowey gezogen.

Besser als ihre Bilder gefiel Daphne, wie sie das alte Fischerhaus der Hickerings zum Atelier umgebaut hatte. Oben auf dem Hügel stand es als letztes in einer Reihe frei stehender, betagter Häuser mit angebauter Garage, die in Foweys Preistabelle trotz der Hanglage ziemlich weit unten rangierten. Hier zu wohnen, war nicht so beliebt, weil die Straße ein gefürchteter Windkanal war und man nur auf unattraktive Mauern und Hecken blickte statt auf die Bucht.

Als Daphne auf das Granitgebäude mit dem Schieferdach zuging, bemerkte sie sofort, dass immer noch die Haustür angelehnt war, so wie gestern Mittag. Quer auf der Türschwelle lag ein gelber Regenschirm, der offenbar draußen gestanden hatte und so umgefallen oder hingelegt war, dass er das Schließen der Tür verhinderte. Auch die zwei breiten Fenster auf der Gartenseite standen unverändert offen. Gestern hatte sie gedacht, dass Sandra McKallan sich vielleicht gerade bei Nachbarn aufhielt. Deshalb hatte sie die Post einfach durch die offene Tür ins Haus geworfen, da es keinen Briefkasten gab.

Heute lag der Schirm immer noch so da, die Haustür bewegte sich im Wind.

Daphne lauschte. Von innen war kein Laut zu hören. Entschlossen klopfte sie an, gleichzeitig steckte sie den Kopf durch den Türspalt.

«Sandra? Sind Sie oben?»

Als niemand antwortete, drückte Daphne die Tür ganz auf und ging hinein. Das Erste, auf das sie trat, waren drei Briefe auf dem Fußboden – die Post von gestern. Also hatte die Malerin in der Zwischenzeit ihr Haus tatsächlich nicht mehr betreten.

Das Atelier, das gleichzeitig der Wohnraum war, sah aus wie immer. Zur Zeit der Hickerings hatte es in diesem schmalen Haus vier winzige Zimmer, ein schäbiges Bad und eine Küche gegeben, jetzt befand sich unten nur das Wohn-Atelier mit einer Art Pantry als Küche. Es gab keinen wirklichen Flur, sodass man nach der Haustür sofort zwischen der Wendeltreppe und der offenen Küchenzeile stand, direkt dahinter begann das Wohnatelier mit einer knallroten Couch und zwei Sesseln gleich hinter der Wendeltreppe und einer Schrankwand gegenüber den beiden Fenstern zum seitlichen Garten. Unter den Fenstern stand der Esstisch mit Stühlen. Da die morsche Zwischendecke zum ersten Stock herausgerissen worden war, konnte man in der hinteren Hälfte des Raumes bis hoch zum Schieferdach blicken. In diesem hinteren Teil des Ateliers, vor einer lichtdurchfluteten Glasfront, stand auch Sandra McKallans Staffelei. Hier arbeitete sie, hier hingen und lehnten ein Dutzend großformatiger Acrylbilder an den Wänden. Das einzige Ölbild im Haus stand auf der Staffelei, ein halbfertiges Gemälde. Es war ein Selbstbildnis von Sandra McKallan, gemalt mit kräftigen Pinselstrichen, aber nicht ganz realistisch. Daphne schien es, als sei die Sandra auf dem Bild sehr viel jünger, als sie es mit ihren zweiundvierzig Jahren tatsächlich war. Und sie wirkte auch weniger temperamentvoll als in der

Realität. Vielleicht sah sie sich so am liebsten, jeder Mensch versteckte doch irgendwo in seinem Gehirn ein optimiertes Bild von sich selbst. Die kurzen, leicht gelockten schwarzen Haare umrahmten ein hübsches, keckes Gesicht mit sehr intensiven blauen Augen. Sandras willensstarke, manchmal bockige Art kam nicht überall in Fowey gut an. Deshalb hatte die Hafengalerie ihr auch immer noch keine Ausstellungstermine gegeben.

Erst an der Staffelei sah Daphne, dass die beiden Türen des weißen Einbauschrankes offen waren, als hätte Sandra McKallan eilig etwas gesucht. Davor lagen, auf den Holzdielen verstreut, zwei Aktenordner, ein paar Briefe mit Firmenlogos, drei kleine Zettel, die aussahen, als wären sie von Hand beschrieben, sowie zwei neue Farbtuben. Ohnehin roch es im ganzen Atelier nach Farbe und Lösungsmittel. Ein kräftiger Windstoß durch die offenen Fenster ließ die Papiere flattern. Soweit Daphne sehen konnte, handelte es sich bei den Briefen um Rechnungen. Als sie zwei dieser Briefe aufhob, um sie auf den Stapel zurückzulegen, fiel ihr Blick noch einmal auf die drei Zettel. Auf einem erkannte sie die Anfangsworte *Hi, Darling*. Ihr wurde es unbehaglich. War Sandra McKallan das Opfer eines Einbruchs geworden? Vielleicht lag sie auf der Empore in ihrem Bett und war verletzt.

Vorsichtig stieg sie die Wendeltreppe hoch, die mitten im Schlafzimmer endete. Dahinter lag ein kleines Bad.

«Sandra? Sind Sie hier?»

Irgendwo im Haus knackte Holz. Daphne erschrak. Erst als es ein zweites Mal knackte, stellte sie zu ihrer Erleichterung fest, dass das Geräusch von einem alten Balken an der Decke kam. Sie schaute sich um. Hier oben gab es keine Acrylbilder, nur zwei gerahmte Fotografien, auf der sie den Leuchtturm von St. Ives und den Strand von St. Ives wiedererkannte, was sie seltsam fand, eher hätte sie bei einer Schottin ein Motiv aus Schottland erwartet. Auf dem Nachttisch lag die Biographie des amerikanischen Milliardärs Warren Buffett, der darin seine Anlagestrategien erklärte. Auch das war merkwürdig für eine Künstlerin, aber vielleicht hoffte Sandra McKallan ja auf die ganz große Karriere.

Das Doppelbett war sorgfältig mit einer dunkelgrünen Tagesdecke bedeckt, keiner der beiden Kleiderschränke stand offen. Das einzig Auffällige war ein leerer Koffer, der vor dem Fußende des Bettes auf dem Boden lag und aufgeklappt war. Über dem Kofferrand hing eine einzelne Sneakersocke, wie man sie in Sportschuhen trug.

Plötzlich hatte Daphne das Gefühl, sich in Sandra McKallans Leben eingeschlichen zu haben. Als Briefträgerin hatte sie weder das Recht noch die Pflicht, dem möglicherweise seltsamen Verhalten einer exzentrischen Malerin nachzuspüren. Oder wie Francis gerne ironisch sagte: «Ein Hering ist kein Hai.»

Sie stieg wieder nach unten, legte die neue Post – zwei Briefe mit dem Stempel des Bauamtes – auf den Fußboden zu den anderen Papieren und verließ das Haus. Erst wollte sie die Haustür wieder anlehnen, aber dann kam ihr der Gedanke, dass es nicht falsch sein konnte, wenn sie diesmal den umgefallenen Schirm ins Haus stellte und die Tür zuzog. Es war auf jeden Fall sicherer. Die Fenster auf der Gartenseite ließ sie so offen, wie sie waren.

Sie musste sich ja nicht um alles kümmern.

# 4

«Da halten wir inne; da stehen wir. Starr, nur das Skelett der Gewohnheit hält die menschliche Hülle aufrecht.»

**Virginia Woolf, *Mrs. Dalloway***

Helen Hammett und Daphne Penrose konnten sich nicht wirklich Freundinnen nennen, dafür war Helen zu anstrengend. Aber sie kamen gut miteinander aus. Während die Männer ihre gute Nachbarschaft mit gemeinsamen Bierchen im Pub genährt und gelegentlich auch etwas zu viel genährt hatten, beließen es die Frauen bei Teeeinladungen. Daphne war herzlich und impulsiv, Helen neigte eher zur Larmoyanz. Alles an ihr strahlte Skepsis gegenüber den Dingen des Lebens aus. Betty Aston hatte einmal behauptet, sie hätte Helen noch nie ohne hochgezogene Augenbrauen gesehen. Tatsächlich konnten diese totgezupften, fast haarlosen Brauen sich so missbilligend wölben, dass man sofort prüfte, ob man nicht einen Krümel im Gesicht hatte. Ihre Ehe mit Edward war kinderlos geblieben. Fröhlich sah man Helen nur, wenn sie shoppen ging oder wenn ihre fünf Neffen und Nichten zu Besuch kamen.

So gerne Daphne auch Helens Mann mochte, Helen selbst langweilte sie. Dabei war sie nett, doch manchmal reichte das Nette eben nicht für eine Freundschaft.

Nachdem Daphne ihre Postrunde beendet hatte und gerade nach Hause gekommen war, sah sie, dass der Anrufbeantworter blinkte. Es war eine Nachricht von Helen Hammett. Ihr Stammeln auf dem Band klang verwirrt. Daphne konnte nur ahnen, dass es etwas Schlimmes passiert sein musste.

Nur Sekunden später rief Francis an. Vorsichtig brachte er ihr die Nachricht von Edwards Tod bei. Daphne war so schockiert, dass sie sich beim Telefonieren auf die Treppe setzen musste.

«Edward?», fragte sie ungläubig. «Der unverwüstliche Edward?»

Sie hatte Edward immer gemocht. Er war das, was man in Daphnes Familie einen *Anpacker* nannte – voller Ideen, hemdsärmelig, witzig und trinkfest, so wie die meisten kornischen Männer. Als Reeder konnte er allerdings auch knallhart und arrogant sein, das wusste Daphne von seinen Zulieferern. Helen gegenüber hatte er sich immer geduldig gezeigt, solange sie nicht versuchte, ihn in seinen Aktivitäten zu bremsen.

Zögernd erwähnte Francis, dass sich bereits die Kriminalpolizei um den Fall kümmerte. Daphne begriff sofort: «Heißt das, es kann auch etwas anderes als ein Unglücksfall gewesen sein?»

«Es heißt gar nichts ... Du weißt doch, sie haben ihre Routine ...»

Daphne spürte, dass er ihr nicht die Wahrheit sagte. «Francis, würdest du mir bitte auch den Rest erzählen?»

Nach so vielen Jahren Ehe wusste Francis, dass es wenig Sinn machte, Daphne etwas vorzuenthalten. Sie spürte Unaufrichtigkeit wie ein Hund den Angstschweiß. Also gab er auf und berichtete von der Drahtschlinge, die er gefunden hatte. Daphne brauchte ein paar Sekunden, um auch das zu verarbeiten. Schon allein der Gedanke, dass jemand Edward Hammett brutal überwältigt hatte, entsetzte sie. Sie erinnerte sich noch genau an das letzte Verbrechen, das in Fowey geschehen war. Der Fall lag viele Jahre zurück, ein Fischer hatte im Alkoholrausch seine Freundin erschlagen. Für Wochen war jede Fröhlichkeit aus den Straßen des kleinen Ortes verschwunden.

«Es hilft nichts, wir müssen abwarten», sagte Francis. Es sollte beruhigend klingen, aber Daphne spürte, wie mitgenommen er war. «Wichtig ist, dass du dich jetzt um Helen kümmerst. Du wirst schon die richtigen Worte finden.»

«Das wird schwer.»

«Ich weiß.» Er machte eine kleine Pause. «Ach so, da gibt es noch etwas ...» Es sollte spontan klingen, aber die Ach-so-Sätze von Francis waren fast immer heiße Eisen. «Der neue Detective Chief Inspector in Bodmin ist James Vincent. Er ist aus London zurück.»

Daphnes langes Schweigen schien die Telefonschnur durchschnitten zu haben.

«Bist du noch da?»

Daphne stöhnte auf. «Ich wünschte, ich wäre weg. Oh Gott, dieser Idiot!»

Über dreißig Jahre lang hatte sie die peinliche Episode mit James Vincent wunderbar verdrängt. Sie wusste, dass es bei Francis diesbezüglich keinerlei Eifersucht gab, sie kommentierte ja auch nie seine Affären vor der Ehe. Dennoch hätte sie jetzt viel dafür gegeben, nicht noch einmal mit ihrem einzigen wirklichen Männermissgriff konfrontiert zu werden, selbst wenn diese unglückselige Beziehung nur sieben Tage gedauert hatte.

Francis klang nicht sehr bedrückt. «Nimm's locker, Liebling, vielleicht ist er heute ein brauchbarer Detective. Wir sollten keine Vorurteile haben.»

«Schön, dass du es so siehst.» Sie hätte ihn für seine Ruhe

küssen können. «Und was mich betrifft – ich weiß schon nicht mal mehr, wie er aussieht.»

Damit war das Thema James Vincent erledigt.

Zehn Minuten später klingelte sie bei den Hammetts, innerlich fröstelnd. Andere bekamen rote Backen vor Aufregung, sie fiel in ein Kälteloch, sobald es unangenehm wurde. Mit blassem Gesicht stand sie vor der weißen Villa mit ihrem pompösen Säuleneingang und wartete auf die schmerzliche Begegnung mit Helen.

Als Helen öffnete, blass und mit verheulten Augen, glaubte Daphne, einem Gespenst gegenüberzustehen. Helen trug ein schwarzes Kleid, das sie offensichtlich gerade erst angezogen hatte, denn am Rücken stand es noch halb offen. Ihre blonden Haare waren strähnig, aber wie immer trug sie ihre lang baumelnden Ohrringe mit Feenmotiven. Als sie Daphne jetzt vor der Tür stehen sah, fiel sie ihr weinend um den Hals. In ihrer Verzweiflung musste sie Alkohol getrunken haben, auch wenn es nur eine kleine Fahne war, die durch den Flur wehte.

«Oh Gott! Endlich bist du da!» Helens Einsamkeit war körperlich spürbar. «Meine Schwester ist heute mit den Kindern in Newquay und geht nicht ans Telefon.»

«Es tut mir so leid», sagte Daphne mitfühlend, trat ein und schloss die Haustür. «Auch für uns war es ein Schock. Du weißt, wie sehr wir Edward gemocht haben. Ich soll dich auch lieb von Francis umarmen.»

«Danke, die beiden haben sich immer so gut verstanden.»

Daphne ertappte sich dabei, dass sie möglichst viel reden wollte, um bloß keinen Stillstand zuzulassen. «Ich weiß, dass die ersten Tage die schlimmsten sind. Als damals mein Bruder starb, war ich selbst wie tot. Aber auch, wenn du es dir jetzt noch nicht vorstellen kannst, irgendwann kommt eine Zeit, da beklagst du nicht nur, was du verloren hast, da freust dich über das, was du am anderen hattest.»

«Wenn du es sagst.» Helen schien nicht wirklich daran zu glauben. Sie trat einen Schritt zurück. «Sieh mich an – ich fühl mich heute um Jahre gealtert. Was soll denn jetzt aus mir werden?»

«Das überlegen wir gemeinsam», sagte Daphne liebevoll.

Sie nahm Helen an die Hand und zog sie behutsam ins Wohnzimmer. Es war das weißeste Wohnzimmer, das sie kannte. Nur die vier modernen Bilder an den Wänden und das Bücherregal mit Helens bunten Märchenbüchern durften sich Farbe erlauben. Das größte Bild, eine blaue stilisierte Flusslandschaft aus Acryl, hatte Edward vor ein paar Monaten von Sandra McKallan gekauft.

Helen ließ sich bereitwillig auf die weiße Couch fallen und lehnte sich erschöpft zurück. Daphne setzte sich neben sie und nahm ihre Hand. «Erzähl mir, was du weißt.»

Stockend begann Helen zu berichten, wie mittags die Polizei vorgefahren war und ein Detective Chief Inspector Vincent geklingelt hatte. «Erst dachte ich, Edward ist wieder mit seinem Aston Martin zu schnell gefahren. Oder es gibt Ärger in der Firma. Sie hatten schon mal einen Einbruch. Aber dann ...»

Der Chief Inspector hatte ihr in knappen Worten, ohne jede persönliche Anteilnahme, die traurige Botschaft überbracht: «Leider haben wir Ihren Mann tot aus der Bucht bergen müssen. Tut mir leid.»

Arme Helen, dachte Daphne, dass sie ausgerechnet an einen wie James Vincent geraten musste. Offensichtlich war er noch ganz der Alte.

Helen war noch immer außer sich. «Das Schlimmste war,

dass er mir gar keine Zeit ließ, die Nachricht zu verarbeiten. Ich musste gleich seine ganzen Fragen beantworten, weil er es eilig hatte.» Sie fing an zu weinen. «Wie kann man bloß so herzlos sein?»

Daphne streichelte mitfühlend Helens Hand. «Was hat er sonst noch gesagt?»

«Er glaubt, dass es zwei Möglichkeiten gibt. Dass Edward frühmorgens am Hafen war und ins Wasser gefallen ist. Vielleicht wollte er nach dem späteren Liegeplatz der *Princess of Cornwall* sehen und ist unglücklich ausgerutscht, oder ihm ist schlecht geworden. Er hatte oft Magenprobleme. Ich weiß ja, dass solche Dinge passieren, so was steht schließlich jeden Tag in der Zeitung. Aber das andere ...» Sie schüttelte den Kopf. «... was er noch gesagt hat, das ist bestimmt nicht wahr.» Schluchzend hielt sie sich die Hand vor den Mund. «Dass ... dass Edward vielleicht freiwillig ins Wasser gegangen ist.»

«So ein Unsinn», sagte Daphne spontan. Offenbar hatte James Vincent die Möglichkeit eines Verbrechens unerwähnt gelassen hatte. Warum? Hatte er etwa so viel Anstand besessen, Helen nicht gleich zu überfordern? Oder hielt er die Selbstmordvariante weiter im Spiel, weil sie die einfachste Lösung wäre? Daphne konnte sich kaum vorstellen, dass einer wie Edward freiwillig in den Tod gegangen war. Selbst wenn er krank gewesen wäre, hätte er bis zuletzt gekämpft.

«Ich musste dem Chief Inspector lauter Namen auf einen Zettel schreiben», fuhr Helen fort. «Von Leuten, die mit Edward befreundet waren. Ihr steht auch drauf. Ich hoffe, es macht euch nichts aus.»

«Nein, schon in Ordnung. Das ist die übliche Befragung.» Daphne versuchte, die zeitlichen Zusammenhänge zu verstehen.

«Gab es bei Edward denn irgendetwas Besonderes in dieser Woche – außer der Jungfernfahrt seiner *Princess*, meine ich?»

Helen schüttelte den Kopf. «Nein. Er war von Montagnachmittag bis gestern Abend in London, im Wirtschaftsministerium, soweit ich weiß.»

«Und wann ist Edward heute Morgen in die Firma gefahren?»

«Als es noch dunkel war, morgens um vier», sagte Helen. «Er wollte nach Plymouth, wo die *Princess* über Nacht lag, und von dort an Bord bis Fowey mitfahren. Er war doch so stolz auf das Schiff!»

«Und wo steht sein Wagen?»

«Den haben sie noch nicht gefunden.»

«Aber man muss Edward doch vermisst haben. Hat dich denn niemand von der Reederei angerufen, als er nicht in Plymouth ankam?»

«Nein, warum denn?» Helen klang fast entrüstet. «Sie hätten mich nie mit solchen Sachen belästigt. Dafür hatte Edward doch Assistenten.»

Daphne vermutete, dass Edward in der Firma entsprechende Anweisungen gegeben hatte. Er hatte Francis erzählt, dass Helen nicht einmal wusste, wie viele Angestellte in der Reederei arbeiteten. Sie lebte so sehr in ihrer eigenen Welt, dass sie seine Arbeit nie interessiert hatte. Ihre verwunschene Welt waren die Märchen. Und war sie nicht in Truro, Penzance oder St. Ives unterwegs, um in den Buchhandlungen nach alten Schriften über englische Märchen und Sagen zu suchen, dann dachte sie sich selbst Märchen aus und schrieb sie auf. Die meisten Texte waren für ihre Neffen und Nichten gedacht, den Rest heftete Helen ab. Veröffentlichen wollte sie sie jedenfalls nicht. Es reichte ihr, die Elfen und Prinzessinnen erfunden und für die Ewigkeit zu Papier gebracht zu haben. Ein Spiel der Phantasie, das sie von der Leere ihres Alltags ablenkte.

Daphne empfand Mitleid mit Helen. Gleichzeitig war ihr klar, dass Helen kein Mitleid wollte, sondern mit der Naivität eines Kindes auf Anweisungen wartete, wie sie ihr Leben künftig gestalten sollte. Im Grunde war es für sie gar nicht so wichtig, wie Edward ums Leben gekommen war. Ihre schöne Märchenwelt war zersprungen, und nun suchte sie verzweifelt nach einem Hoffnungsschimmer für ihre Zukunft.

Daphne spürte, dass sie selbst wenig zu dieser Hoffnung beitragen konnte. Helens seltsame Art machte es schwer, ihr wirklich zu helfen. Plötzlich hatte sie eine Idee. «Warum ziehst du nicht für ein paar Tage zu deiner Schwester nach Falmouth? Die Kinder werden dich ablenken.»

Ein kleines Leuchten ging durch Helens Gesicht. «Ja, das könnte ich tun.»

«Wann kommt Anne denn aus Newquay zurück?»

«Heute Abend. Sie muss ja morgen wieder in die Praxis.»

«Also, Helen, wenn du nachher ein paar Sachen zusammenpackst, fahre ich dich gerne zu ihr.»

«Danke, du bist so lieb.» Helen wischte sich mit den Fingern ihre Tränen ab. Daphne reichte ihr ein Taschentuch, und Helen putzte sich kräftig die Nase. Dabei schien ihr wieder der Selbstmordverdacht der Polizei einzufallen, den sie so ungeheuerlich fand. «Ich bin froh, dass du auch sagst, Edward kann unmöglich selbst ins Wasser gegangen sein. Warum denn auch?»

Daphne fand es ein wenig merkwürdig, dass Helen bei diesem Thema so vehement nach Bestätigung suchte.

«Hast du etwa Zweifel?», fragte sie. «Du bist die Einzige,

die einen Grund kennen könnte. Hat sich dein Mann um irgendwas Sorgen gemacht?»

Helen zögerte einen Moment, es waren verräterische Sekunden. «Nein, keine richtigen Sorgen. Er war nur überarbeitet, und er war in letzter Zeit oft schweigsam. Vielleicht wegen der Veränderungen in der Firma. Er hatte so viele Pläne ...»

«Geschäftlich?»

«Ja, er wollte, dass seine Schiffe endlich auch international fahren statt immer nur in der Nordsee. Am liebsten hätte er mit der viel größeren Reederei Sturgess kooperiert. Ich glaube sogar, er hatte da irgendwas vor ...»

«Aber du hast ihn nicht gefragt, oder?», fragte Daphne ungläubig. «Weil das Geschäft allein seine Sache war? Oder wolltest du es nicht wissen?»

Helen zuckte mit den Schultern. «Du weißt doch, wie unterschiedlich wir waren.»

«Ja, das stimmt. Aber habt ihr euch noch geliebt? Oder nicht?»

«Auf unsere Weise. Er hat alles Überflüssige von mir ferngehalten. Dafür war ich ihm dankbar.»

Helen fing erneut an zu schluchzen. Daphne wurde den Verdacht nicht los, dass die Tränen vor allem aus Selbstmitleid flossen. Ihr wurde es zunehmend unangenehm, weiter in dieser seltsamen Beziehung herumzustochern. Was immer Edward Hammett Sorgen bereitet hatte, mit großer Wahrscheinlichkeit gehörte Helen dazu.

Daphne stand auf. «Ich mache uns jetzt erst mal einen starken Kaffee», sagte sie. «Bleib sitzen, ich bringe ihn dir.»

«Das ist gut», nuschelte Helen müde. Sie fiel immer mehr in sich zusammen.

Daphne ging in die Küche, die wie ein schickes, kaltes Küchenstudio aussah, und stellte die Espressomaschine an. Gegenüber, auf der anderen Seite des Flurs, befand sich Helens Zimmer. Die Tür stand halb offen. Während der Kaffee in die erste Tasse lief, konnte Daphne nicht widerstehen und warf einen Blick in den Raum, dann trat sie ein. Hier hatte sich nichts verändert: Helen hatte ihr Zimmer vollkommen im Laura-Ashley-Stil eingerichtet, für Daphnes Geschmack ein wenig schwülstig. Es gab raumhohe Regale voller Märchenbücher und Lexika sowie zwei rosa und grün geblümte Sessel an einem kleinen, quadratischen Beistelltisch. Auf dem alten Sekretär am Fenster stand Helens Computer, davor ein Schreibtischstuhl, hier schrieb sie ihre Märchen.

Daphne wollte das Zimmer gerade wieder verlassen, als sie neben dem Sekretär einen ledernen Hocker aus Marokko entdeckte. An einer Seite war das Leder aufgeschnitten und hing in Fetzen zur Seite. Obendrauf lag eine große Schere. Als sie näher herantrat, sah sie die Ursache für die Schnitte. Aus dem Inneren des Hockers quollen dicke Bündel von Zwanzig- und Fünfzigpfundscheinen. Es mussten Tausende Pfund sein, die unter dem Leder versteckt waren. Hatte Helen gerade erst damit begonnen, das Geld aus seinem Versteck zu befreien? Möglicherweise war sie von Daphnes Besuch dabei gestört worden.

Irritiert holte Daphne die Tassen mit dem heißen Kaffee aus der Küche und jonglierte sie auf einem Tablett ins Wohnzimmer. Auf dem Weg dorthin stellte sie sich die heikle Frage, ob sie über das viele Geld schweigen sollte oder etwas dazu sagen musste. Gesehen war gesehen, und sie verstellte sich nicht gerne. Möglicherweise war Helen bereits in einem Stadium der Verwirrung, in dem sie noch mehr Unsinn anstellen konnte.

Während Daphne den Kaffee vor Helen auf den Couchtisch

stellte, sagte sie so beiläufig wie möglich: «Dein Zimmer ist ja ein wahrer Tresor. Sei bloß vorsichtig mit so viel Geld.»

Helen starrte sie überrascht an. «Du hast es gesehen?»

«Man stolpert ja beinahe über die Bündel.» Daphne beugte sich vor. «Helen, warum machst du das? Was ist das für Geld?»

«Es ist mein Geld», nuschelte Helen trotzig. «Edward hat es mir geschenkt. Ich sollte mir Schmuck kaufen, aber ich hab es lieber für schlechte Zeiten versteckt.»

«Aber du wirst doch sicher etwas erben?», fragte Daphne irritiert.

«Weiß ich es?», fragte Helen weinerlich zurück. «Wie kann ich das wissen?»

# 5

«Befragung ist nicht die Art der Unterhaltung unter Gentlemen.»

**Samuel Johnson**

Die schockierende Nachricht von Edward Hammetts Tod machte schnell die Runde. Seine Firmenverwaltung mit zahlreichen Angestellten befand sich in Fowey, seine Schiffe lagen in Plymouth und Southampton.

Als Francis abends erschöpft nach Hause kam, hatte Daphne bereits auf der Terrasse unter dem reetgedeckten Vordach den Tisch gedeckt und ihm ein Glas Whisky hingestellt. Den ganzen Nachmittag über hatte er der Kriminalpolizei zur Verfügung stehen müssen. Chief Inspector Vincent hatte ihn zum Fundort der Leiche begleitet, während die Spurensicherung an der Uferböschung ihre Arbeit machte. Als Daphne wissen wollte, wie seine Wiederbegegnung mit James Vincent gewesen war, hatte Francis nur müde das Glas in den Händen gedreht und gesagt: «Du wirst ihn sehen. Er kommt vorbei, sobald er heute Abend mehr weiß.»

Noch bevor Daphne weiterfragen konnte, begann ununterbrochen das Telefon zu klingeln, jeder wollte etwas von Francis wissen. Es war so lästig, dass sie irgendwann nicht mehr auf das Klingeln reagierten.

Mehr zur Ablenkung als vor Hunger aßen sie den Räucherfisch, den Daphne morgens beim Fischhändler gekauft hatte. Hin und wieder kreiste eine Möwe über dem Garten und beäugte die Platte mit den Gräten. Als Daphne in die Hände klatschte, segelte sie weiter nach nebenan, in den Park von *Embly Hall*. In der Ferne sah man die weiße Villa der Hammetts durch die Bäume schimmern.

Daphne gab Francis Zeit, etwas zur Ruhe zu kommen, dann erst fragte sie behutsam: «War es sehr schlimm?»

Francis trank seinen Whisky aus und schob das Glas weg.

«Es war dieses Gefühl von Hilflosigkeit. Als ich das letzte Mal jemanden aus dem Fluss gefischt habe, war es ein Betrunkener, der von der Fähre gefallen war. Aber so, wie aus dem Nichts, Edwards Gesicht im Wasser zu erkennen ...»

Daphne streichelte ihm mitfühlend über den Kopf. Sie kämpfte mit sich, ob sie diesen Moment nutzen sollte, um etwas loszuwerden, das sie belastete, seit Francis nach Hause gekommen war. Es hatte mit Edward Hammett zu tun.

Sie beschloss, es ihm zu sagen.

«Francis, vor einer Woche kam Edward zu mir, um etwas für dich dazulassen. Er hat dir doch erzählt, dass er nicht zu deinem Geburtstag kommen kann. Er wollte mit seinem neuen Schiff unterwegs sein, deshalb hat er mir schon mal sein Geschenk gebracht. Ich hab es drüben in *Embly Hall* versteckt, damit du es nicht findest.» Sie sah ihn traurig an. «Willst du es sehen?»

Er holte tief Luft. «Natürlich.» Die beiden Falten neben seinem Mund waren tiefer als sonst. «Bringen wir es hinter uns.»

Sie standen auf und nahmen das Geschirr mit in die Küche. Normalerweise liebte es Daphne, über den Seitenflügel nach *Embly Hall* rüberzugehen. Heute tat sie es bedrückt.

Das weiß verputzte, zweistöckige Torhaus, in dem sie wohnten, reetgedeckt und mit einer Windfahne auf dem

Dach, bildete die Einfahrt für das prachtvolle Herrenhaus *Embly Hall*. Wenn man von der Straße kam, versperrte das breite Torhaus diskret jeden Blick in den Innenhof. War aber das grüne Portal in der Mitte des Torhauses geöffnet – darüber die Wohnräume des ersten Stocks –, konnte man wie durch einen Tunnel zum gepflasterten Hof von *Embly Hall* durchschauen, an dessen Ende sich das berankte Herrenhaus erhob. Rechts und links vom quadratischen Innenhof waren zwei Seitenflügel mit dem Torhaus verbunden, die *Laufgänge*, wie Daphne gerne sagte.

Das Hauptgebäude war sehr eindrucksvoll. In der Mitte zwischen den Erkern befand sich die mächtige, schwarz glänzende Eingangstür, sie führte in die Kaminhalle. Der Eingang war umrahmt von hohen Buchsbäumen in schweren Töpfen, aus der Tür stachen Messinggriffe hervor. Der silberne Stiefelabkratzer auf dem Sockel war einst das Geschenk der königlichen Familie gewesen.

Als das Gebäude vor zweihundert Jahren im verspielten Regencystil vom Schatzmeister Lord Wemsley erbaut worden war, wohnte im Torhaus der Major Domus mit seiner Familie. Der Charme von *Embly Hall*, das heute Francis' Cousin William gehörte, war einzigartig. Der Bau aus landesüblichem Granit, unter einem verwitterten Schindeldach und bewachsen von wildem Wein, atmete in jedem seiner Räume den Geist des 19. Jahrhunderts. Die schlanken, als Bogengruppe geformten Fenster, die zur weiten Bucht von Fowey und in den Park ausgerichtet waren, warfen ein so warmes Licht in den Salon und in die anderen Zimmer, dass Daphne immer an Bernstein denken musste, wenn sie *Embly Hall* betrat.

Fünfzehn Jahre lang hatten Francis und sie in einer Wohnung am Hafen gewohnt. In das Torhaus waren sie erst vor zehn Jahren eingezogen, nachdem William den Besitz und den Titel eines Lords geerbt hatte. William Wemsley lebte vorwiegend auf seinem Weingut in Südafrika und hatte nicht die Absicht, so bald nach Cornwall zurückzukehren. Er war froh gewesen, dass überhaupt ein Familienmitglied Lust zeigte, die sechs gemütlichen Räume des Torhauses – unter uralten, gebogenen Balken, mit krummen Wänden und einem rauchgeschwärzten Kamin – zu bewohnen. Dafür hatte Francis sich verpflichtet, *Embly Hall* mit seinen traditionsreichen Möbeln und dem exotischen Garten in Schuss halten. Etwas Besseres hätte man ihm nicht anbieten können, auch Daphne war hier glücklich.

Daphne ging voran. Nachdem sie den rechten Seitenflügel hinter sich gelassen hatte, durchquerte sie die Kaminhalle und den Salon von *Embly Hall*. Francis folgte ihr zögernd, wie jemand, der Schlimmes auf sich zukommen sah.

Die Bibliothek mit ihren hohen Regalen befand sich neben dem Salon. Aus den abgewetzten braunen Ledersesseln und den alten Folianten der Familie, darunter wertvolle Erstausgaben von William Wordsworth, Walter Scott und Charles Dickens, strömte noch immer der Geruch von kaltem Tabakrauch.

Vorsichtig zog Daphne ein längliches Paket aus einem Fach und überreichte es Francis. Er nahm es entgegen wie etwas, das er nicht haben wollte, doch dann packte er es beherzt aus.

Es war ein Modellboot, ein wertvolles Stück aus Mahagoni. Das Wesentliche war der fein geschliffene Rumpf, edel und ohne Aufbauten. Es steckte auf einem Fuß aus Messing. Gerührt strich Francis mit den Fingern über das glatte Holz. «Dass er daran gedacht hat! Wir haben es zusammen im Schaufenster von Herbert & Sons gesehen ...»

«So war er eben», sagte Daphne traurig.

Jetzt erst bemerkte Francis, dass im Geschenkpapier auch ein Briefumschlag steckte, versehen mit dem runden Label der Reederei Hammett. Francis holte den Brief heraus und las laut vor:

*Lieber Francis,*
*dem Bootsfreak wird dieses Schiff hoffentlich Freude bereiten! Helen und ich wünschen Dir Gesundheit und immer so viel Wasser unter dem Kiel des Lebens, dass Du noch viele Jahre schwimmen kannst. Das Holzschiff, das Du jetzt in den Händen hältst, ist auch ein Symbol für unser zweites Geschenk – eine Dreitagereise für Dich und Daphne an Bord meiner neuen «Princess of Cornwall» im Herbst.*
*Ad multos annos!*
*Edward*

Daphne sah zum ersten Mal einen von Edward handgeschriebenen Brief, sonst hatten die Hammetts nur Karten unterschrieben. Überrascht stellte sie fest, wie gestochen scharf die Schrift war. Eigentlich passte sie gar nicht zu Edwards Temperament. Die schwarze Farbe ließ die einzelnen Buchstaben noch steiler und gleichmäßiger erscheinen, als sie ohnehin schon waren. Es war die reinste Kalligraphie.

Francis faltete den Brief zusammen und steckte ihn ein. Seine Stimme klang belegt, als er das Schiff anschaute. «Ich werde es in Ehren halten.»

Daphne wusste jetzt schon, dass es einen besonderen Platz in der Bootsmodellsammlung erhalten würde, die Francis in einer großen Vitrine seines Arbeitszimmers hortete.

In der Halle ertönte die Klingel zweimal kurz hintereinander.

Daphne ließ Francis bei seinem Schiff stehen und trat an die Sprechanlage, die erst vor zwei Jahren installiert worden war. Als sie den Knopf drückte, erschien das Fischaugenbild der Videokamera. Vor dem Tor stand ein schlaksiger, älterer Mann in beigefarbenem Anzug. Er kam ihr bekannt vor.

«Ja, bitte?», fragte sie.

Der Mann beugte sich nicht etwa vor, um der Sprechanlage zu antworten, wie es die meisten Menschen taten, sondern blieb lässig stehen. Dabei sagte er betont: «DCI Vincent. Ich möchte mit Francis Penrose sprechen.»

Auf der Straße hätte sie ihn vielleicht nicht sofort erkannt, aber doch auf den zweiten Blick. Das längliche Gesicht war faltiger geworden, graue Strähnen durchzogen die dunklen Haare, die aber immer noch dandyhaft mit Gel nach hinten gekämmt waren. Daphne sah sofort, dass er wie früher das lässige Gehabe der englischen Oberschicht pflegte, die Art, wie er vor der Tür stand, eine Hand in der Hosentasche, das Kinn angehoben. Vermutlich wussten nicht viele Menschen, dass er sich gerne zu Hause gehen ließ, grellfarbene Unterhosen liebte und noch mit zwanzig an den Fingernägeln gekaut hatte. Umso smarter achtete er auf seine Fassade. Eigentlich war er eher eine Karikatur der Upperclass.

Sie beschloss, ihm entsprechend entgegenzutreten. Vielleicht war es kindisch, aber auch sie konnte das Adelstheater spielen, wenn sie wollte. Wie hatte Mrs. du Maurier immer gesagt: «Manchmal muss man auch Dinge tun, die kein anderer versteht.»

«Bitte kommen Sie rein, Chief Inspector Vincent», flötete sie in die Sprechanlage. Hatte sie ihn jetzt wirklich gesiezt? «Die Halle ist gegenüber vom Torhaus.» Sie drückte die Einlasstaste. Er hatte offenbar keine Ahnung, dass sie in Wirklichkeit vorne wohnten. Der Gedanke, ihn mit der Pracht von *Embly Hall* zu verblüffen, gefiel ihr.

«Wer war das?», fragte Francis irritiert, während er aus der Bibliothek kam.

«James Vincent. Ich habe ihn gleich hier reingebeten.»

«Ach, Daphne! Du weißt doch, dass ich nicht mag, wenn du mit *Embly Hall* prahlst.»

«Das hat nichts mit prahlen zu tun», antwortete Daphne. «Du hättest mal Helen hören sollen, wie mies er sie behandelt hat. Er ist immer noch so arrogant wie früher. Hier behalten wir diesen Snob wenigstens im Griff.»

Francis kapitulierte. Er kannte Daphnes Meisterschaft in psychologischer Kriegsführung.

Sie trat vor den ovalen Spiegel im Flur und zog sich schnell die Lippen nach, während er den kaputten Gartentisch versteckte, den sie hier neulich in der Eile abgestellt hatten.

Als Detective Chief Inspector James Vincent die große Halle mit den fünfzehn Gemälden betrat – Porträts von Lord Wemsleys Ahnen und Hundegemälde von Edwin Landseer –, verharrte er einen Augenblick und schaute sich bewundernd um. Die Decke über ihm war aus vergoldetem Holz. Daphne hatte Francis derweil in die Bibliothek verbannt, wo er den Besucher erwarten sollte.

Sie selbst erschien in dem Moment aus dem Salon, als James die ersten Schritte in die Mitte der Halle tat.

«Hallo, James!»

Der Inspector blieb überrascht stehen. Sein beigefarbener Anzug saß perfekt, das weiße Einstecktuch hatte genau die richtige Position.

«Daphne?»

«Ja. Überraschung gelungen?»

«Ich wusste gar nicht, dass du und – dass du jetzt Mrs. Penrose bist.»

Sie lächelte huldvoll. «Selbst die Polizei kann nicht alles wissen.»

«Du siehst gut aus.» James musterte sie unverhohlen von Kopf bis Fuß.

«Danke.» Hätte er das nicht gesagt, wäre sie explodiert.

«Ist das euer Familiensitz?»

«Der Sitz der Wemsleys, ja, die Penroses gehören dazu.»

«Sehr eindrucksvoll.» James sprach moduliert, mit kräftiger Stimme und im Oxfordstil, weil er dort zur Schule gegangen war. Er trug betont jugendliche braune Lederschuhe mit weißen Schnürsenkeln. Auch dieses Detail wirkte etwas gewollt, obwohl es schick aussah. Sein Gesicht mit der markanten Nase war gebräunt, als wäre er gerade aus dem Urlaub gekommen.

«Tja, da sehen wir uns unter solchen Umständen wieder.» James versuchte ganz offensichtlich, die Situation in den Griff zu bekommen – in seinen Griff. Er hatte mit Sicherheit nicht vergessen, welche Wahrheiten über seinen Charakter ihm Daphne damals bei ihrer Trennung an den Kopf geworfen hatte. «Ich dachte, dein Mann möchte die Neuigkeit aus der Gerichtsmedizin gleich hören.»

«Ja klar. Komm mit, er ist in der Bibliothek.» Erleichtert über den schnellen Themenwechsel führte sie ihn durch den Salon. «Edwards Tod hat alle ziemlich schockiert. Hast du ihn auch gekannt?»

«Nein.» Er rückte seine blaue Krawatte zurecht, während sie auf die Bibliothek zusteuerten und er sich immer wieder bewundernd umschaute. «Ich habe Bodmin erst vor vier Monaten übernommen.»

Ein typischer Satz von James, dachte Daphne. Er hat ganz

Bodmin übernommen, nicht etwa eine Abteilung der Kriminalpolizei. Offensichtlich wollte er Eindruck machen und glaubte sich hier unter seinesgleichen – wer immer das angesichts seiner misslungenen akademischen Karriere auch sein sollte.

Francis begrüßte ihn freundlich, während sie zu dritt auf den Ledersesseln Platz nahmen. James zog elegant ein Blatt Papier aus der Innentasche seines Jacketts, es war ein Computerausdruck. Als er ihn Francis reichte, flog durch die Bewegung ein leichter Hauch von teurem Rasierwasser in Daphnes Nase.

«Das hier ist gerade aus Bodmin gekommen. Sie haben Hammetts Obduktion auf meine Bitte hin vorgezogen. Wenigstens einen Teil davon.»

«Und?», fragte Francis. Er versuchte, die medizinischen Bezeichnungen auf dem Papier zu entziffern. Als der Chief Inspector merkte, dass Francis einen Augenblick dafür brauchte, sagte er arrogant: «Wenn es Ihnen lieber ist, kann ich es auch gleich auf den Punkt bringen. Mr. Hammett ist tatsächlich durch Fremdeinwirkung gestorben.»

Francis blickte von dem Bericht auf. «Dann passen die Stellen am Hals also zur Drahtschlinge?»

«Sieht so aus. Die Schlinge wurde unter dem Kinn in die Bojenkette gehängt. Damit war Hammett fixiert und ertrank.» Es schien Vincent zu irritieren, dass Francis recht behalten hatte. «Woher wussten Sie das?»

«Ich bin Meeresbiologe.»

«Deswegen kennt man sich nicht unbedingt mit Drahtschlingen aus», sagte Vincent streng, «selbst unsere Techniker rätseln noch.»

Daphne sah, wie es Francis genoss, dem belehrenden Ton etwas entgegensetzen zu können. Er zog einen Kugelschreiber aus der Brusttasche seines Rangerhemdes und zeichnete die Form der Schlinge auf den Rand einer alten Zeitung.

«Sagen Sie Ihren Leuten, es ist eine Kiemenschlinge. So sieht sie aus. Man hat sie früher benutzt, um große Fische wie Haie abzuschleppen. Hin und wieder findet man sie noch auf Trawlern.»

Vincent runzelte die Stirn. «Warum haben Sie das nicht schon heute Nachmittag gesagt?»

«Weil ich vorher einen alten Fischer fragen musste, der sich damit auskennt.»

Daphne mischte sich ein. «Weiß man denn schon, wann genau Edward ermordet wurde? Ich meine, wie lange war er im Wasser?»

«Etwa sieben, maximal acht Stunden», antwortete Vincent. «Es passt alles zusammen. Morgens um vier Uhr hat er das Haus verlassen. Vermutlich war er irgendwo in Fowey mit seinem Mörder verabredet, denn es gibt keine Überwachungskamera, die ihn auf dem Weg nach Plymouth zeigt, wo er ja angeblich hinfahren wollte. Seinen Wagen haben wir noch nicht gefunden.»

«Du hast gesagt, er ist ertrunken.» Es fiel Daphne schwer, danach zu fragen. «Heißt das, jemand hat ihn lebend ...» Sie brach den Satz ab.

«Ja. Er wurde mit einem stumpfen Gegenstand bewusstlos geschlagen, dann mit der Kette umwickelt und mit der Schlinge an die Boje gehängt.» Aus dem Handy des Chief Inspectors klang das Geräusch einer bellenden Hundemeute, sein Klingelton. «Entschuldigung.» Er nahm das Gespräch an. Anscheinend handelte es sich um einen Anprobentermin, denn der DCI sagte: «Nein, nur die weißen Hemden. Und sagen Sie Phil, er soll mir auch den weißen Sommeranzug reservieren. Danke.»

Daphne und Francis blickten sich vielsagend an. James Vincent gab den Snob, während sie gerade über ein erloschenes Menschenleben sprachen.

Der Chief Inspector wandte sich wieder an Francis. «Wie war eigentlich Ihr Verhältnis zu Mr. Hammett? In der Reederei sagte man mir, er konnte ziemlich laut werden.»

«Wir haben uns regelmäßig im Pub getroffen, manchmal gingen wir zusammen joggen. Zwischen uns gab es nie Streit, wenn Sie das meinen. Wir waren froh, nach dem Job gemeinsam ein bisschen abhängen zu können. Aufregen konnte er sich nur, wenn jemand in der Firma Ärger machte.»

«Also könnte es dort Feinde geben?»

«Möglich», gab Francis zu. «Aber im Grunde war er beliebt.»

«Was gibt es über seine Frau zu sagen?»

Diese Frage glaubte Daphne beantworten zu müssen. «Helen wollte nur, dass Edward sie in ihrer Märchenwelt ließ. Finanzielle Sorgen hatten die beiden sicher nicht. Ihre Ehe war – auf eine stille Weise in Ordnung.»

Vincent sah sie verständnislos an. «Auf eine stille Weise?», wiederholte er. «Ah, ein bisschen langweilig. Und was die Reederei angeht – neue Schiffe werden bekanntlich mit hohen Krediten und staatlichen Fördergeldern finanziert. Das war bei Hammett nicht anders. Deshalb war er auch am Montag und Dienstag in London. Nein, dort sehe ich kein Mordmotiv.»

«Sondern wo?», fragte Daphne.

«Im privaten Bereich. Wie ich Fowey in Erinnerung habe, hängen hier alle ziemlich eng aufeinander. Kein Wunder, dass es da zu Kurzschlüssen kommt.»

«Fowey ist keine Sardinenbüchse, James. Du solltest deine schwache Erinnerung dringend auffrischen.» Daphne wurde ironisch. «Jetzt, wo du Bodmin übernommen hast.»

«So empfindlich, Daphne? Aber du kannst beruhigt sein. Wir werden für ein paar Tage Detective Sergeant Burns in Fowey stationieren. Er kommt vom Land.»

Francis hatte begonnen, mit ein paar Strichen die Strömungsverhältnisse der Bucht von Fowey auf dem Zeitungsrand darzustellen. «Noch mal zum Thema Boje», sagte er beim Kritzeln. Mit der Genauigkeit des Wissenschaftlers versuchte er, die Kraft der Gezeiten zu rekonstruieren. «In diesen sieben, acht Stunden hatten wir erheblich länger Ebbe als Flut. Das heißt, die Boje wurde im Mündungsbereich des *River Fowey* ins Wasser geworfen, ist bis zur Hafeneinfahrt getrieben und mit der Flut wieder zurück. Genau dort, im oberen Bereich» – er tippte mit dem Zeigefinger auf seine Zeichnung –, «hat Daphne um kurz nach vier Uhr morgens das unbeleuchtete Schiff gesehen, von dem ich Ihnen erzählt habe. Deshalb nehme ich an, Sie könnten Edwards Wagen in der Nähe eines einsamen Bootsstegs finden, wo er sich ...»

James Vincent unterbrach ihn, er lächelte. «Sehr nett, Mr. Penrose, aber dafür haben wir unsere Fachleute. Zu Daphnes Beobachtung brauche ich allerdings noch eine schriftliche Aussage. Wann haben Sie eigentlich Edward Hammett zuletzt gesehen, Mr. Penrose?»

Daphne merkte, wie sehr Francis sich zusammennehmen musste. «Vergangenen Freitag, gegen zehn. Wir haben uns zufällig in der Fore Street getroffen.»

«Und, wie wirkte er?»

«Gestresst. Er war auf dem Weg zu Verhandlungen mit Leuten von der Hafenbehörde.»

«Sie sagten, Daphne ist um vier Uhr wegen ihrer Schlaflosigkeit im Garten gewesen. Waren Sie auch zu Hause?»

Daphne konnte es nicht fassen. Da war er wieder, der kleine Polizist James Vincent, der genüsslich vor der Disco auf seine Opfer wartete. Sie sah, wie Francis gereizt mit den Fingern auf dem Leder trommelte, darüber hinaus blieb er aber erstaunlich ruhig.

«Ich war im Bett. Wie die meisten Menschen um diese Zeit.»

«Ah ja.» DCI Vincent wollte gerade zu einer weiteren Frage ansetzen, als sein Handy erneut bellte. Als er die Nummer im Display erkannte, riss er das Telefon schnell an sein Ohr. «Hallo, Jeffrey!» Auch dieses Telefonat schien wichtig zu sein. Er lauschte für Sekunden in den Hörer. Dann sagte er lächelnd: «Reiner Zufall ... Nein, nicht nötig ... Ich sehe Lexie auf der Jagd meines Vaters – Sikahirsche und Schnepfen ... Und bring mir den neuen Bildband von deiner Schwester mit ... Danke, euch auch!» Er steckte das Telefon wieder ein.

Daphne konnte nicht widerstehen. «Meinst du, dass du den Mord bis zur Jagd aufgeklärt hast?», fragte sie spöttisch.

James schaute sie an, als wollte er zu einer großen Antwort auf ihre Frechheit ausholen, doch er ließ es. Stattdessen sagte er: «Sarkasmus hilft uns jetzt auch nicht weiter.» Er stand auf. «Ich denke, das war's für heute. Ich muss zurück nach Bodmin.»

«Danke, dass Sie gekommen sind», sagte Francis vermittelnd. «Ich bringe Sie zur Tür.»

Daphne blieb im Eingang zum Salon zurück und schaute den beiden nach. James schritt so elegant dahin, als würde er über einen roten Teppich laufen. Während sie den Salon durchquerten, zeigte er durch die offene Flügeltür in das vertäfelte Speisezimmer, wo ein riesiger Leuchter aus Kristall über dem Tisch hing. Er musste ihn schon vorhin beim

Hereinkommen bemerkt haben. Daphne hörte, wie er gegenüber Francis einen Kommentar dazu abgab.

«Wissen Sie eigentlich, dass ein Gegenstück zu diesem Leuchter in Harrington Castle hängt?»

«Ja», sagte Francis. «Harrington Castle gehörte früher den Wemsleys.»

«Den Wemsleys? Oh, das wusste ich nicht», sagte James Vincent betroffen. «Das ist wirklich eine Überraschung, obwohl ich doch sonst jede Verbindung zwischen den Häusern kenne.»

Betroffener als in diesem Moment hatte er den ganzen Abend nicht geklungen, nicht einmal, als es um den Toten ging.

Während die Männer sich in der Halle voneinander verabschiedeten, kehrte Daphne in die Bibliothek zurück, setzte sich noch einmal vor Edward Hammetts Bootsmodell und hoffte inständig, dass James Vincent sie im Laufe der Ermittlungen auch mit erfreulicheren Seiten überraschen würde.

# 6

«Sie konnte das Meer hören, aber es ging kein Wind.
Alles war still. Was hatte sie also so beunruhigt,
was verbarg sich am Rand ihres Bewusstseins?»

**Rosamunde Pilcher, *Die Muschelsucher***

Morgens um eins lag sie immer noch wach. Unter den vielen Ereignissen, die gestern auf sie niedergeprasselt waren, hatte es irgendetwas gegeben, das sie falsch eingeschätzt hatte. Sie wusste es, sie spürte es fast körperlich, aber ihr Gehirn wollte nicht verraten, was es war.

Leise richtete sie sich im Bett auf, um nachzusehen, ob ihr Wecker nicht doch stehengeblieben war, aber er machte ihr nicht die Freude.

Enttäuscht ließ sie sich aufs Kopfkissen sinken. Neben ihr schnarchte Francis, die Decke halb von sich geschoben.

Eigentlich hatte sie gestern Abend noch in ihr Tagebuch schreiben wollen. Als Francis aus dem Bad gekommen war und sie gefragt hatte, ob sie jetzt auch Schluss machen würde, glaubte sie zu spüren, wie sehr er sich wünschte, mit ihr zusammen einzuschlafen. Sie hatte ihr Tagebuch also wieder zugeklappt und sich ausgezogen. Doch kaum war sie unter die Bettdecke geschlüpft und hatte sich an ihn geschmiegt, fühlte sie, wie er sich in einen schweren Stein verwandelte und erschöpft wegdämmerte.

Es ging nicht, sie konnte nicht einschlafen.

Sie kroch aus dem Bett, deckte Francis ordentlich zu, zog

sich ihren Bademantel an und verließ das Schlafzimmer. Wie alle Räume im ersten Stock des Torhauses hatte auch der Flur eine niedrige Decke aus altem Gebälk, was ihm etwas Mittelalterliches verlieh. Zwischen Bad und dem Zimmer ihrer Tochter Jenna befand sich eine Gaube mit großem Fenster. Direkt davor hatte Daphne den Sekretär ihrer Großmutter gestellt.

Nachdem sie Platz genommen hatte, zog sie das Tagebuch aus der obersten Schublade und schlug es auf. Der Moment des Aufschlagens war wie ein Startschuss für sie, ein Akt der Inspiration. Sie und ihr Tagebuch waren Verbündete, seit sie zehn war.

Zu Weihnachten hatte Mrs. du Maurier ihrer Mutter neben einem Delikatessenkorb auch ein rotes Büchlein mitgegeben, auf dem *Mein erstes Tagebuch* stand. Daphne sollte künftig aufschreiben, was ihr am Tag Freude bereitet hatte, den Ärger dürfte sie weglassen, was pädagogisch sehr geschickt war. Bald wollte sie ganz von selbst gerade die unerfreulichen Dinge festhalten – den Streit mit einer Schulfreundin oder dass der Kuchen bei Mrs. Haggerty ekelhaft nach Seife geschmeckt hatte.

Auch als Erwachsene führte sie ihr Tagebuch weiter. Ihre Sprache veränderte sich, es kam der Wunsch dazu, den Dingen auf den Grund zu gehen. Francis sah ihr Interesse an den verborgenen Dingen des Lebens rein psychologisch. Er glaubte, dass es mit dem Handikap ihrer Kindheit zusammenhing, über das Daphne nicht gerne sprach.

Ein fehlentwickeltes Gehör, eine falsche Behandlung, ein arroganter Arzt – im Alter von nur acht Monaten war Daphne fast taub gewesen. Das Hörgerät, das man dem Kleinkind verpasst hatte, war nicht nur hässlich, es half auch nur bedingt. Sie lernte zwar, zu sprechen und zu schreiben, musste aber zusätzlich Lippen lesen, um andere verstehen zu können. Erst mit elf wurde sie in London operiert, niemand wusste, wie die Sache ausgehen würde. Wie sich später herausstellte, hatte Mrs. du Maurier die Operation eingefädelt.

Daphne hatte Glück, das Gehör kam vollständig wieder. Aber tief in ihr war das Gefühl geblieben, die Welt nie ganz zu verstehen. Das frühere Lippenlesen sah sie inzwischen als ein Geschenk, wie einen wertvollen Schlüssel, den man nur ihr anvertraut hatte und der ihr zusätzlich Sicherheit verlieh.

Edward Hammetts Tod.

Dass sie darüber heute in ihrem Tagebuch schreiben musste, quälte sie. Er hatte bei Francis und ihr eine tiefe Narbe hinterlassen. Auch ihr Besuch bei Helen beschäftigte sie immer noch.

**Donnerstag, 2. Juli**

Der Tag gestern war eine Qual. Ich bin dankbar, dass Francis mir nicht erzählt hat, wie Edward aussah, als er auf der Uferböschung lag. Auch dafür liebe ich meinen Mann und seine ruhige Stärke.

Womit ich klarkommen muss, ist Helens Selbstmitleid. Ich wollte ihr helfen, die Trauer zu tragen, aber sie hat gar nicht um Edward geweint, sondern um sich selbst. Ihr Desinteresse an ihm ist schlimm (fand ich jedenfalls). Jetzt verstehe ich auch, warum sie keine Freundinnen hat. Sie kann nicht lieben. Ihre Sorge, dass Edward sich umgebracht haben könnte, war verräterisch. Ein Selbstmord hätte sie nämlich entlarvt, vor allem die Lieblosigkeit, mit der sie ihre Ehe geführt hat. Auch dass sie in dieser Situation an ihr verstecktes Geld dachte, irritiert mich.

Bei Helen habe ich immer an die Frauenfiguren von Mrs. du Maurier denken müssen, an Heldinnen wie Mary Yellan aus *Gasthaus Jamaica*, die sich verzweifelt fragen, was der Sinn der Liebe ist, wenn dadurch alles nur noch schwieriger wird, und wie sie ihren Zwängen entkommen können. Wollte Helen Konsequenzen aus ihrer langweiligen Ehe ziehen? Bis jetzt dachte ich immer, die beiden hätten sich arrangiert ... Seit ich weiß, dass es Mord war, kann ich Helens Verhalten nicht mehr vom Rätsel der Mordmotive lösen. Hat James Vincent recht, und das Privatleben der Hammetts war nur eine Fassade, hinter der es brodelte? Was glaube ich?

Das andere, was mich beschäftigt, ist die Rückkehr von James. Ich muss aufpassen, dass meine Abneigung gegen ihn nicht ungerecht wird, ständig könnte ich ihn provozieren. Welche Frau begegnet schon gerne einem peinlichen One-Night-Stand – oder einem Seven-Night-Stand? Sogar Jenna wechselt da lieber die Straßenseite.

Die meisten von uns sind im Kern so geblieben, wie sie schon mit zwanzig waren, ein bisschen gut, ein bisschen schlecht. Meistens wachsen später aus dem Kern ein paar solide Blätter und bunte Blüten dazu. Bei James kamen leider nur bunte Pfauenfedern – optisch schön, aber außerhalb der Balz ein bisschen nutzlos.

Etwas wird aber auch er in dreißig Jahren dazugelernt haben. Also, Daphne, *play it fair*!

Was für ein schwerer Tag.

Morgen früh werde ich für Edward Hammett eine Kerze auf dem Altar von St. Fimbarrus aufstellen und daran denken, wie er mir in der vergangenen Woche beim Joggen entgegenkam, aus der kleinen Walcot Street, unserer windigsten Ecke ...

Daphne hörte auf zu schreiben.

In dieser Straße befand sich auch das Haus von Sandra McKallan, das ihr gestern so seltsam verwaist vorgekommen war. Sie sah sich wieder durch die angelehnte Haustür ins Innere gehen, sah die Unordnung im Atelier, die aufgerissenen Fenster, die geöffneten Türen der weißen Schrankwand mit dem verstreuten Inhalt davor.

Auf dem Holzboden hatten drei Zettel gelegen, handbeschrieben, mit feiner, sehr steiler, fast kalligraphischer Schrift. Hatte sie das richtig gesehen? Stand auf einem der Zettel tatsächlich *Hi, Darling*? Daphne runzelte die Stirn. Ja, sie sah es genau vor sich.

Sie hielt den Atem an. Jetzt wusste sie wieder, wonach ihre Erinnerung die ganze Zeit gesucht hatte. Diese unverwechselbare Schrift stammte von Edward Hammett.

# 7

«Niemand hat mir je gesagt,
dass das Gefühl der Trauer
so dem Gefühl der Angst gleicht.»

**C. S. Lewis, *Über die Trauer***

Der Donnerstagvormittag wollte kein Ende nehmen. Während sie ihre Briefe einwarf, kreisten ihre Gedanken um das, was sie danach vorhatte.

Kaum hatte sie irgendwo ihr Fahrrad abgestellt, huschte jemand aus einem Laden, um ihr mit trauriger Miene Fragen zu stellen. Die größte Attraktion des Lebens war eben doch der Tod. Herrenausstatter Gibson hatte mit Edward Hammett die Schulbank gedrückt – «Mann, war der früher ein Draufgänger» –, Eliza Ray hätte sich fast mit ihm verlobt – «das hat er nicht verdient, egal wie wir auseinandergegangen sind» –, und Janet Burton bedauerte den armen Francis, der die Wasserleiche geborgen hatte.

An der Place Road, oberhalb der Kirche, wurde es schließlich ruhiger. Hier waren viele Mieter nicht zu Hause, sodass Daphne die verlorene Zeit wiedergutmachen konnte. Sie warf die Post ein und radelte schnell weiter.

Als sie beim alten Fischerhaus ankam, sah sie schon von weitem, dass die beiden Fenster zum Garten immer noch offen standen. Überhaupt war alles ein Déjà-vu. Wieder ging sie zur Haustür, diesmal klingelte sie, auch das vergeblich.

Einmal glaubte sie zu hören, dass aus dem Flur ein Schlurfen kam, aber sie hatte sich wohl geirrt. Ihr fiel ein, dass dort auch der Boiler angebracht war, der von Zeit zu Zeit ansprang. Sonst regte sich nichts, die Haustür blieb zu.

Sie bedauerte, gestern die Tür ins Schloss gedrückt zu haben.

Nach kurzem Überlegen öffnete sie das Gartentor und ging über den Rasen zu den Fenstern. Der Ahorn hatte ein paar rote Blätter abgeworfen, die jetzt dekorativ auf dem Fensterbrett lagen. Beide Fensterflügel waren unverändert offen.

Daphne beugte sich weit nach innen und rief: «Sandra? Bitte antworten Sie doch, wenn Sie da sind!»

Wie gestern kam keine Antwort. Über ihr im ersten Stock knarrte etwas, vermutlich wieder die Dachbalken. Die Sessel vor der Wendeltreppe standen noch genauso da wie gestern, auf der Lehne des rechten Sessels lagen zwei grüne Lederhandschuhe. Alles wirkte so, als wäre Sandra McKallan nur mal kurz weggegangen.

Gegenüber vom Fenster stand der Schrank mit den geöffneten Türen. Davor schauten verlockend die Zettel mit Edward Hammetts Handschrift hervor, Daphne konnte sie vom Fenster aus sehen. Es waren Notizen, wie man sie auf einen kleinen Block kritzelte, abriss und für jemanden irgendwo hinlegte. Im ersten Jahr ihrer Beziehung hatte sie auch von Francis überall verliebte Zettelchen vorgefunden, heute erhielt sie höchstens noch eine SMS.

Daphne stemmte sich aufs Fensterbrett und kletterte mühsam über den darunterstehenden Tisch ins Atelier. Jetzt hätte sie die Fitness eines Zumba-Trainings gebraucht …

Sie hatte nicht die Absicht, sich lange aufzuhalten. Als sie sich bückte, um die Zettel aufzuheben, stellte sie fest, dass die Notizen noch privater und delikater waren, als ihr weiblicher Instinkt befürchtet hatte.

*Hi, Darling,* stand da in Edwards Schrift, *bin aus Plymouth zurück und vermisse dich. DB ist frei, wie ich weiß. Wir sollten es nutzen. Und es gibt Neuigkeiten! Dein Ed*

Darunter waren zwei weitere Worte gekritzelt, die Daphne aber nicht entziffern konnte.

Sie zog den zweiten Zettel hervor. Die Nachricht darauf war ebenso kurz gehalten. Edward war kein Mann vieler Worte, es passte zu ihm, dass er immer nur Anweisungen gab, wenn es eilig war.

*Sweetheart, jetzt ist das meiste besprochen. Muss dich aber kurzfristig sehen, weil ich noch Fragen habe. Leider wird es spät. Etwa zehn Uhr abends. Daisy weiß Bescheid. Love, Ed*

Die beiden waren also tatsächlich ein Paar.

Mit einer Wucht, die Daphne nicht erwartet hatte, fuhr ihr diese Erkenntnis in die Magengrube. Dass Edward in seiner Ehe unzufrieden war, hatte sie sich denken können, dennoch hatte sie ihn für treu gehalten. Vielleicht hing es auch mit seinem Geständnis zusammen, damals beim Sommerfest von St. Fimbarrus. Die Scheidung seiner Eltern habe ihm «wie ein Messer in die Seele geschnitten».

Männergerede, dachte Daphne bitter. Sie fragte sich, ob Francis vielleicht von diesem Verhältnis gewusst hatte.

Der dritte Zettel war der mit dem emotionalsten Text:

*Sweetheart, bin beim Joggen vorbeigekommen, aber du bist nicht da. Jetzt wird es stürmisch, halt dich an mir fest, und wir bringen es hinter uns. Nicht melden, ich tue es. Love, Ed*

Ihr kam eine Idee. Sie zog ihr Handy aus der Tasche und fotografierte Zettel für Zettel ab, bevor sie sie wieder auf den Boden vor dem Schrank platzierte. Vielleicht konnte ihr Francis später dabei helfen, die Bedeutung der Notizen einzuschätzen. Danach würden sie dann wohl oder übel auch den Chief Inspector einweihen müssen.

Nachdem sie die Fensterflügel diesmal angelehnt hatte, verließ sie das Atelier durch die Haustür. Anschließend warf sie einen Blick in die Garage. Sandra McKallans roter Wagen war da, seine breiten Reifen standen auf einem schrill bemalten Betonboden, den Sandra offenbar für Farbmuster benutzte.

Während Daphne das Garagentor wieder zudrückte, rätselte sie, was wohl das Kürzel DB bedeuten konnte, das auf dem einen Zettel stand. Handelte es sich um eine Person oder einen Treffpunkt? Und was hatte Daisy damit zu tun? In ganz Fowey gab es nur eine Daisy, und das war Daisy Elridge. Ihr gehörte das kleine Fischlokal *Daisy's Lobster Pot* am Ortsrand von Fowey.

Daphne schwang sich auf ihr Rad.

Am Ende der Straße bog sie auf den Wanderpfad ein, der zur Küste hinunterführte. Er war holperig, bot aber einen weiten Blick über die Bucht. Hier oben war es windig. Ein Stück weiter zogen die breiten Kronen der riesigen Montereykiefern an ihr vorbei, die ebenso zu Fowey gehörten wie die Anhöhen, auf denen sie standen.

Schon auf dem Parkplatz war Daisys kräftige Stimme aus der Küche zu hören. Auf dem Schild *Daisy's Lobster Pot* über der Tür schaute ein roter Hummer gut gelaunt aus einem Kupfertopf.

Viele Jahre hatte die alte Taverne leergestanden. Der graue Granit war fast schwarz, zumindest an der Wetterseite. Von außen verrieten nur die blau gestrichenen Fenster, dass Daisy Elridge einiges investiert hatte. Nachdem sie ihr Bistro in London verkauft hatte, war sie wieder nach Cornwall zurückgekehrt. Viele taten das jetzt. Das Lokal hatte nur zehn Tische, eine winzige Terrasse und eine begrenzte Karte. Hinter dem Parkplatz führte ein Holzsteg über matschiges Gelände zur Bucht und zu einem Bootshaus hinunter. Für die Gäste war der Steg jedoch mit einer Kette versperrt. Daisy hatte sich zu oft über die Auflagen des Ordnungsamtes ärgern müssen, was seine Sicherheit betraf.

Für die Mittagszeit war ziemlich viel los. Als Daphne eintrat, kam ihr Daisy mit fliegender Schürze und zwei dampfenden Tellern entgegen, die sie schwungvoll einem jungen Paar servierte.

«Seeteufel in Cidre», sagte sie. «Lasst es euch schmecken.» Sie wischte sich die Hände an der Schürze ab. «Cidre schenke ich gerne nach.»

Daisy hatte einfach ein gutes Händchen mit den Gästen. Daphne schlängelte sich an den Tischen vorbei, um an der Theke auf Daisy zu warten. Als sie kam, balancierte sie abgeräumte Teller auf ihrem Tablett. Sie knallte das Tablett neben Daphne auf die Theke.

«Keine Post heute, Lady?»

«Nein», sagte Daphne. «Nicht mal Rechnungen. Ich bin nur auf ein Ingwerbier da.» Sie zeigte auf die Fischteller am vorletzten Tisch. «Und das Seeteufelrezept hätte ich gern.»

«Na dann, gehen wir in die Küche.» Daisy fischte ein Ingwerbier und ein Glas von der Theke. «Der Drink geht aufs Haus.»

Daphne folgte ihr durch die Schwingtür. Es roch nach Bratfett. Am hinteren Ende sah man den jungen Koch vor brutzelnden Fischfilets stehen, die er von Zeit zu Zeit wendete. Daphne grüßte kurz, dann setzten sie und Daisy sich an den Küchentisch, auf dem selbst die karierte Kunststoffdecke nach Fisch roch. Daisy schob einen Eimer mit frischen Muscheln beiseite und goss das Bier ein. Ihr stämmiges, einfaches Aussehen – die kräftigen Schultern einer kornischen Bäuerin, die grüne Schürze und der derbe graue Rock – durfte nicht darüber hinwegtäuschen, dass sie eine gerissene Geschäftsfrau war. Davon konnte jeder ein Lied zwitschern, der sie mit Fisch und Gemüse belieferte.

Daphne trank einen Schluck. Mit dem Blick auf Daisys wachsame Augen musste sie daran denken, was sie über deren Londoner Zeit wusste, und daran, dass Daisy einmal sogar einen angetrunkenen Minister aus dem Lokal geworfen hatte. «Puh!», stöhnte sie. «Das ist die erste Minute heute, in der mich keiner ausfragt.»

Daisy schaute sie mitleidig an. «Kann ich mir denken. Harvey Clifford war gestern noch hier. Er hat ja wohl geholfen, den Toten zu bergen.»

Daphne verzog das Gesicht. «Typisch Harvey, seinen Appetit hat das bestimmt nicht gestört.»

«Nein, er hat ein Pfund Hummer verdrückt.»

«Kanntest du Edward Hammett nicht auch gut?», fragte Daphne wie nebenbei.

«Ach, was heißt schon gut?», sagte Daisy ausweichend. «Manchmal kam er mit Geschäftsfreunden. Oder am Wochenende mit Helen.»

Es war offensichtlich, dass sie diesem Thema weitläufig ausweichen wollte. Sie sprang breitbeinig auf, reckte sich nach dem Fach über ihr, einer vom Küchenfett klebrigen Krimskramsablage, und zog Papier und Kugelschreiber unter einem Kochbuch hervor. Sie reichte Daphne die Schreibutensilien. «Aber jetzt erst mal das Rezept. Schreibst du mit?»

«Ja.»

«Ein Pfund Seeteufel, ordentlich Fischfond, dünn geschnittene Karotten, Schalotten und eine Stange Lauch. Und vergiss die Sahne nicht, wir nehmen einen viertel Liter.»

«Wie viel Cidre?»

«Oh ja, der Cidre! Am besten eine ganze Flasche. Auch ein Schuss Gin ist nicht schlecht. Danach gut mit Pfeffer und Salz würzen. Wer kocht bei euch?»

«Ich. Manchmal kochen wir auch zusammen.»

«Wie nett! – Möchtest du was essen?»

«Nein, danke.» Daphne spürte, dass Daisy das Thema Hammett unbedingt vermeiden wollte. «Um noch einmal auf Edward zurückzukommen ...»

«Die arme Helen», sagte Daisy.

Daphne war klar, dass sie sofort zum Punkt kommen musste, wenn sie Daisy überrumpeln wollte. Ihre Finger spielten mit dem Stift, während sie Anlauf nahm. «Daisy, du weißt ja, dass Francis eng mit Edward befreundet war. Sie haben sich eine Menge anvertraut.»

Daisy wich ihrem Blick aus. «Das kann ich mir denken.»

«Deshalb weiß ich auch über Sandra McKallan Bescheid.»

«Was soll mit Sandra sein?»

«Die beiden hatten ein Verhältnis. Und du warst eingeweiht.»

«Hat Edward das behauptet?»

Daphne ging über die Frage hinweg und tat so, als würde ihr das heimliche Verhältnis schon länger Sorgen bereiten. «Ich fand es enttäuschend von Edward. Aber bitte, es war seine Sache.»

Daisy schwieg einen Augenblick. Sie kämpfte mit sich. Als sie schließlich kapitulierte, lag Bitterkeit in ihrer Stimme. «Also gut, aber denk bloß nicht, dass ich es gern getan habe. Ich saß verdammt in der Klemme.» Als ihr Koch näher kam, um den Eimer mit Muscheln vom Tisch zu holen, wurde sie sofort leiser. «Es war Anfang April, abends. Edward war der letzte Gast, wahrscheinlich ist er extra so lange geblieben. Erst hat er über seine Ehe mit Helen gejammert, dann kam er mit seiner Bitte rüber. Er bräuchte meine Hilfe, ob ich nicht ein Herz für zwei frisch Verliebte hätte. Ich hab erst gar nicht kapiert, was er wollte.»

«So kannte ich Edward gar nicht», sagte Daphne. Ihr Blick fiel nach draußen auf die Eschen am Parkplatz. Am vordersten Baum hing ein gerahmtes Holzschild.

*Daisy's Bootshaus kann für Veranstaltungen gemietet werden, Näheres im Restaurant.*

Das D von Daisy und das B vom Bootshaus waren groß und verschnörkelt geschrieben. DB – Daisy's Bootshaus!

Hatte sich das Paar dort getroffen?

Daphne wusste, dass sich in der umgebauten Hütte neben einer langen Tafel mit Stühlen auch eine Couch und zwei Sessel befanden. Sogar ein winziges Badezimmer hatte der Vorbesitzer einbauen lassen. Dicht über dem Wasser, auf dem früher zwei Boote dümpelten, war aus dicken Eichenbalken ein Fußboden eingezogen worden, unter dem es plätscherte. Ein besseres Versteck hätte man in Fowey kaum finden können. Seit der Zugangssteg für die Öffentlichkeit gesperrt war, kam auch niemand mehr zufällig an der Hütte vorbei.

Daphne startete einen neuen Versuch. «Ich nehme an, du hast den beiden das Bootshaus überlassen.»

Daisy nickte schuldbewusst. «Ja. Sie haben es komplett gemietet.»

«Hat Edward wenigstens gut gezahlt?»

«Geizig war er jedenfalls nicht», sagte Daisy, während ihr Koch im Hintergrund mit wüsten Flüchen über den Herd an den Töpfen herumpolterte.

«Du hättest doch nein sagen können.»

Daisy sah Daphne fragend an. «Wirklich? Nachdem er mir angeboten hatte, für seine Firma das Catering zu machen?»

«Ich verstehe.»

Daisy biss sich auf die Unterlippe. «Kann es sein, dass ich jetzt in der Scheiße sitze?»

«Möglich», sagte Daphne. «Natürlich habe ich DCI Vincent bisher nichts von dem Verhältnis erzählt, aber ...» Sie brach ab. «Wann waren die beiden denn zuletzt hier?»

«Keine Ahnung. Ich kriege nicht immer mit, wenn sie da sind. Sie haben jeder einen Schlüssel zum Bootshaus. Edward wollte auch nicht, dass ich dort saubermache.»

Das perfekte Doppelleben, dachte Daphne.

Der Kellner rief Daisy ins Restaurant zurück. Als sie ging, umarmte sie Daphne etwas unbeholfen, vielleicht war es ihr auch peinlich, jetzt eine Mitwisserin zu haben. Daphne versprach, vorerst den Mund zu halten, doch beiden war klar, dass die Polizeiermittlungen früher oder später ins *Lobster Pot* führen würden.

Daphne verließ die Küche durch die Hintertür. Vom Parkplatz aus sah sie zwischen Bäumen und Sträuchern das Strohdach des Bootshauses. Es reizte sie, einen Blick durch das Fenster der Hütte zu werfen. Obwohl sie sich dagegen sperrte, wollte ihre Phantasie unbedingt, dass sie sich vorstellte, wie Edward und Sandra McKallan dort unten – sicher mit Champagner – auf den Sonnenuntergang angestoßen hatten.

Entschlossen betrat sie den Holzsteg. Die Kette davor hing lose herunter, irgendjemand hatte sie schon geöffnet. Die Bretter auf den schwankenden Pfählen führten mitten durch den Schilfgürtel. Unter dem Quaken der Frösche musste sie sich nach jedem Schritt auf den glitschigen Brettern an dem wackeligen Geländer festklammern. Als Baubehörde hätte sie auch nicht erlaubt, dass dieses schwankende Skelett noch länger offiziell benutzt wurde. Erst kurz vor dem Wasser und immer noch im Schilf machte das Gebilde eine Linkskurve und endete direkt vor dem Giebel des Bootshauses, hier befand sich auch die Eingangstür. Ein paar Meter weiter führten Stufen zum winzigen grauen Strand hinunter.

Enttäuscht registrierte Daphne, dass die drei Fenster der Hütte uneinsehbar auf der Wasserseite lagen, der Rest waren nur braune Bretterwände. Wie an allen Bootshäusern wehten auch hier dicke Spinnweben unter dem Dach.

Probeweise drückte sie die Türklinke nach unten. Überraschenderweise ließ sich die Tür öffnen.

Der erste Blick in die Hütte war ernüchternd. Die Einrichtung war noch genau so, wie Daphne sie von einem früheren Besuch kannte. Der einzige Unterschied war, dass die dunkelblaue Couch und die beiden Sessel jetzt erheblich verschlissener aussahen, alles wirkte abgenutzt und unordentlich. Der Stuhl in der Ecke war umgefallen, der abgewetzte Teppich halb zur Seite geschoben. An der Wand stand eine aufgeklappte Reisetasche, aus der Boxershorts, Hemden und ein Waschbeutel hervorschauten. Die Badezimmertür am anderen Ende des Raumes war nur angelehnt, an der Türklinke hing ein gelbes Handtuch.

Daphne wollte gerade wieder gehen, als ein kräftiger Luftzug die Badezimmertür auffliegen ließ. Krachend schlug sie im Wohnzimmer an die Wand und gab den Blick in das enge Bad frei.

Entsetzt starrte Daphne auf den Fußboden.

Zwischen Dusche und Waschbecken lagen zwei blutige Körper, ein Mann und eine Frau, quer übereinandergelegt wie Abfall. Die Frau lag unten, mit weggestreckten Armen, das grüne Leinenkleid am Ärmel zerrissen. Es stank grauenvoll. Die schwarze Lache auf den Fliesen stammte aus einem Loch der Toten im Brustbereich, durch den Luftzug schwirrten fette Fliegen darüber. Daphne musste sich mit beiden Händen am Sessel festhalten, um nicht umzukippen.

Die Tote war Sandra McKallan.

Der Anblick war eine Tortur. Trotzdem ging Daphne tapfer zwei Schritte weiter, um auch das Gesicht des Mannes erkennen zu können. Er lag, mit dem Gesicht nach oben, quer über Sandras Hüfte, die dunkle Hose und das zerfetzte graue Hemd waren blutgetränkt. Auch in seiner Brust war ein Loch, darüber am Hals zusätzlich ein ekelhafter Schnitt. Der Kopf mit dem glatten, rundlichen Gesicht, der hohen Stirn und dem aufgerissenen Mund hing nach unten.

Daphne verstand gar nichts mehr. Was machte Vikar Ipswich im Bootshaus? Schockiert wich sie zurück und begann zu schreien.

# 8

«Mörder pflegen sich normalerweise nicht anzumelden. Mord ist eine Todesart, bei der dem Opfer, ungeachtet der grauenvollen Erkenntnis in letzter Sekunde, die Schrecken und Ängste im Vorfeld gnädig erspart bleiben.»

**P. D. James, *Was gut und böse ist***

Das zweistöckige weiße Haus am Albert Quay wirkte wie alle Häuser in den Gassen bescheiden und eher klein, dennoch beherbergte es mit seinem Nebengebäude die komplette Mannschaft der *Fowey Harbour Offices*, der Hafenbehörde. Von der Wasserseite aus sahen die Segler ein paar freundliche Erker mit Sprossenfenstern und die alte Hafenmauer darunter, aber im Inneren überwachten die Hafenoffiziere den gesamten Hafenverkehr.

Als Stellvertreter von Captain Nevil hatte Harvey Clifford dem Chief Inspector ein geräumiges Büro zur Verfügung gestellt. Es lag im Erdgeschoss, leicht zu erkennen an den Kisten mit Polizeiaufklebern und an den Pizzakartons, die sich davor im Flur stapelten. Drinnen werteten ein junger, braunäugiger Detective Sergeant namens Burns und zwei energische Frauen von der Spurensicherung die eingescannten Funde aus. Für die Verhöre hatte Harvey der Polizei den Bereich mit der Sitzgruppe reserviert, wo sonst die Kapitäne Platz nahmen.

Als Erste wurde Daisy Elridge vernommen, schließlich hatten die Toten in ihrer Hütte gelegen. Sie gab an, erst morgens aus London zurückgekehrt zu sein, wo sie alte Freunde besucht hatte. Da ihr Koch krank gewesen war, hatte sie ihr Restaurant schweren Herzens für vier Tage schließen müssen. In der ganzen Woche davor hatte sie niemanden zum Bootshaus gehen sehen, nicht einmal Sandra McKallan oder Edward Hammett. Das war deshalb glaubhaft, weil der ungeliebte Holzsteg in der hintersten Ecke des Parkplatzes begann, wo er vom Restaurant aus nicht zu sehen war. Was die Alibis für sie und ihren Koch betraf, hatte Daisy praktischerweise gleich eine überprüfbare Liste mit Aufenthaltsangaben mitgebracht.

Dennoch hatte sie Tränen in den Augen, als sie nach der Vernehmung auf Daphne zugestiefelt kam, die im Flur saß und auf ihre eigene Befragung wartete. «Das wird mich ruinieren!», weinte sie. «Ich blöde Kuh war eben zu gutmütig.»

Daphne versuchte, sie zu trösten, aber sie wusste so gut wie Daisy, dass man die ersten gehässigen Buschtrommeln schon bald hören würde.

Ihre eigene Vernehmung, die erste in ihrem Leben, verlief zunächst anders, als sie erwartet hatte. Sergeant Burns nahm höflich ihre Personalien auf, es war fast wie auf dem Standesamt. Dann stellte er Fragen zu ihrem Tagesablauf: Wann war sie wo gewesen? Was hatte sie in Sandra McKallans Atelier getan? Warum war sie allein ins Bootshaus gegangen, ohne die Wirtin darüber zu informieren? Wie lange hatte sie sich dort aufgehalten, und was hatte sie angefasst? Hatte sie jemals mit einem der beiden Toten Streit gehabt?

Letzteres konnte Daphne verneinen. Sie versuchte, so geduldig wie möglich zu antworten. Paradoxerweise fand sie das Vorgehen der Polizei interessant, obwohl sie doch selbst im Fokus der Befragung stand. Zum Schluss musste sie ihre

Fingerabdrücke hinterlassen, damit man sie mit den anderen Abdrücken im Bootshaus vergleichen konnte.

Erst nach all diesen Vorarbeiten tauchte Chief Inspector James Vincent auf. Wie ein Chefarzt, der nur im entscheidenden Moment dazugerufen wird, stürmte er auf die Sitzgruppe zu und nahm gegenüber von Daphne Platz. Er trug wieder einen eleganten Anzug, diesmal sommerlich hellblau, der einzige Makel waren seine ungeputzten braunen Schuhe.

Es war das erste Mal seit dreißig Jahren, dass sie miteinander allein waren. Wenn sie James so ansah, wurde Daphne den Verdacht nicht los, dass er die Situation ein klein wenig genoss – sie hier auf dem Sünderstühlchen, er mit übereinandergeschlagenen Beinen davor. Aber das konnte sie sich auch einbilden, sie sollte aufhören, so argwöhnisch zu sein. Immerhin versuchte er, sich nett zu verhalten.

«Geht es dir besser? Kann ich irgendwas für dich tun?»

«Danke, ich komme schon klar», sagte sie. «Auch wenn ich so was Brutales wie im Bootshaus noch nie gesehen habe.» Sie holte tief Luft. «Wie sind die beiden gestorben, James? War es schlimm?»

«Dr. Ballard meinte, es ging schnell.»

Nach Einschätzung des Pathologen waren die Schüsse aus der Entfernung einer Armlänge abgegeben worden, so dicht wie sonst selten, was dafür spricht, dass die Opfer den Mörder gut gekannt hatten und dass es mitten im Gespräch passiert sein musste. Die Pistole war eine Glock 17, aus der jedes der beiden Opfer ein Mal getroffen worden war. Sandra McKallan war sofort tot gewesen, dem Vikar hatte der Mörder zusätzlich die Kehle aufgeschnitten, als hätte er Peter Ipswich die zweite Kugel nicht gegönnt. Weder Pistole noch Messer konnten gefunden werden. Nur dass das Messer eine auffallend breite, leicht gebogene Klinge gehabt haben musste, stand schon fest.

«Ich tippe auf jemanden, der nicht zum ersten Mal tötet», sagte James. «Wir vermuten, dass er auch Edward Hammett hingerichtet hat.»

«Hingerichtet?», wiederholte Daphne. Das Wort klang grässlich.

«Ja, oder wie würdest du es nennen, wenn jemand lebend unter eine Boje gehängt wird?»

«Du hast ja recht.»

«Erlaubst du?» Angeekelt und mit zwei Fingern nahm James den Aschenbecher vom Tisch der Sitzgruppe und stellte ihn weit weg auf den Fußboden. «Ich kann diesen Gestank nicht ertragen.»

Daphne war mit ihren Gedanken immer noch im Bootshaus. Sie hatte dort einen ganz anderen Geruch aushalten müssen. «Wann wurden die beiden umgebracht?», fragte sie.

«Irgendwann zwischen Montagnacht und Dienstagnacht. Das wissen wir, weil der Vikar am Montagabend das Pfarrhaus verlassen hat, und zwar putzmunter und mit einer Reisetasche. Andererseits können die Pathologen mit Sicherheit sagen, dass die beiden vor mehr als sechsunddreißig Stunden getötet wurden. Das heißt also, sie sind entweder noch am Montag oder im Laufe des Dienstags erschossen worden.»

«Gott, ist das hart.» Daphne merkte, wie sie instinktiv die Hände faltete.

«Ich will es nicht beschwören, aber alles spricht für ein Eifersuchtsdrama. Mann liebt Frau, Frau hat einen abgewiesenen Ex-Lover ...» Er lächelte dünn. «Das soll's ja geben.»

Daphne sah ihn irritiert an. «Aber Vikar Ipswich? Was hat er denn damit zu tun? Willst du etwa behaupten, die drei hatten ...» Sie brach ab. «Also bitte, doch nicht Ipswich!»

«Keine Sorge», sagte James. «Dein Bild von der Geistlichkeit bleibt sauber. Er war Sandra McKallans Bruder.»

«Wie bitte?»

«Ein gut gehütetes Geheimnis. Die Haushälterin hat es bestätigt.»

Daphne brauchte ein paar Sekunden, um die Neuigkeit zu verarbeiten. «Warum war das ein Geheimnis?»

«Wenn du das nicht weißt.» Sein Ton wurde ironisch. «Deiner Detektivarbeit bleibt doch sicher nichts verborgen.»

Natürlich störte es James gewaltig, dass sie eigenmächtig in Sandra McKallans Haus eingedrungen war, statt ihn anzurufen. Genüsslich zählte er ihre Vergehen auf, darunter Hausfriedensbruch.

«So ein Quatsch», verteidigte sich Daphne. «Wenn ich nicht durchs Fenster geklettert wäre, hätte ich nichts vom Bootshaus gewusst und schon gar nicht die Leichen gefunden.»

«Und wo sind deine ominösen Zettel geblieben?»

«Wieso? Sie lagen doch direkt vor dem Schrank.»

Statt einer Antwort zog James sein Smartphone aus der Tasche und suchte zum Beweis die Polizeifotos, die seine Kollegen im Atelier gemacht hatten. Jeder Raum war mehrfach fotografiert worden, aus allen Perspektiven, allein drei Fotos zeigten die Schrankwand. Vor dem Schrank sah man deutlich den herausgerissenen Inhalt liegen. Nur die drei Zettel fehlten. «Und? Glaubst du mir jetzt?»

Daphne bekam nachträglich eine Gänsehaut. Vielleicht hatte sich doch jemand im Haus aufgehalten, während sie noch da war. Als sie James ihren Verdacht mitteilte, runzelte er die Stirn. «Kein schöner Gedanke, dass der Mörder dich vielleicht beobachtet hat.»

«Habt ihr wenigstens seine Fingerabdrücke gefunden? Oder seine DNA? So heißt das doch?»

«Bisher nicht, aber wir sind dran. Ich kann nur hoffen, dass du keine wichtigen Spuren zerstört hast.»

«Lass bitte deine ständigen Vorwürfe», sagte Daphne scharf. Sie hoffte, dass es wie ein Fauchen klang, damit er es verstand. «Und was die Zettel angeht – da solltest du in St. Fimbarrus drei Dankeskerzen anzünden, weil ich sie nämlich fotografiert habe.»

«Du hast was?», fragte er ungläubig.

«Hier.» Sie zog ihr Handy aus der Handtasche, suchte im Speicher nach den Fotos und zeigte sie ihm. Während er sie sich schweigend betrachtete, sagte sie: «Glaubst du mir jetzt? Ich werde dir die Fotos nachher zumailen.»

«Also gut.» Er lehnte sich zurück und verschränkte die Arme. «Kommen wir noch mal auf den Vikar zurück.»

Ganz offensichtlich hatte Ipswich von dem Liebesnest seiner Schwester gewusst, sonst wäre er nicht im Bootshaus gewesen. Wollte er dort die ganze Nacht bleiben?

«Vielleicht war er nur da, um seiner Schwester die Liaison mit Hammett auszureden», überlegte Daphne.

«Möglich», sagte James. «War er wenigstens ein guter Vikar?»

Sie musste nicht lange überlegen. «Das konnte man noch nicht sagen, er war ja erst seit März bei uns. Außerdem war er sehr zurückhaltend, fast scheu, niemand, der auf die Leute zuging. Und viele fanden seine Predigten etwas ... bemüht.»

James' Augenbrauen gingen nach oben. «Wie furchtbar! Dabei hat man es in Cornwall so gerne deftig.»

Daphne reagierte empfindlich. «Du musst dich nicht darüber lustig machen. Warum bist du nicht in London geblieben? Hier gefällt es dir doch gar nicht.»

«Kann ich's mir aussuchen? Auch mir läuft die Zeit weg, Daphne. Bodmin war eine Chance. Gleichzeitig haben sie mich zum Sicherheitsberater für die Cornwall-Besuche des Prinzen von Wales gemacht.»

«Glückwunsch», sagte Daphne. «Wann ist dein Schützling denn wieder hier?»

«In zwei Wochen. Er und die Prinzessin besuchen die Regatta in Falmouth. Wir rotieren jetzt schon. Du hast keine Ahnung, was uns der Buckingham-Palast für Wünsche schickt.»

Damit war Daphne einiges klar. Die Morde in Fowey kamen James sehr ungelegen. Seine eigentliche Karriere sah er in der Position des Sicherheitsberaters, so gut kannte sie ihn noch. Zum Herzogtum Cornwall gehörten nicht nur große Teile von Cornwall, sondern auch von Devon. Da der Prinz die unberührte Landschaft des Südwestens liebte, reiste er relativ oft hierher, sodass James reichlich zu tun hatte, wenn er sich einen Ruf als guter Sicherheitsberater aufbauen wollte. Daphnes erster Eindruck, ihm wäre es fast am liebsten gewesen, wenn Edward Hammett Selbstmord begangen hätte, war also gar nicht so falsch. Jetzt gab es zwei weitere Tote und damit neue Rätsel. Aber auch hier griff James sofort wieder zum erstbesten Strohhalm, dem Eifersuchtsdrama. Hauptsache, der Fall war geklärt, bevor er für die wirklich wichtigen Dinge in Falmouth gebraucht wurde.

«Wie geht es jetzt weiter?», fragte sie.

James zupfte an seinem Anzugärmel herum, eine der Gesten, die er benutzte, wenn er jemandem auswich. «Wir haben unsere Routine. Spuren auswerten, das Umfeld der Opfer durchleuchten. Alles Weitere wird man sehen.»

Daphne verstand, was er wirklich sagen wollte: *Lass mich in Ruhe, davon verstehst du nichts.*

Es war eine dumme und arrogante Haltung. Als Briefträgerin von Fowey, die fast jeden in der Gemeinde kannte, hätte sie mit Sicherheit viele seiner Fragen beantworten können. Aber sie musste sich nicht aufdrängen.

An der Sitzecke trampelten zwei Seeleute mit dicken Arbeitsschuhen vorbei. Sie verbreiteten Fischgeruch im Gang. Daphne stand auf. «Wenn es dir recht ist, würde ich jetzt gerne gehen. Mein ganzer Tag ist durcheinander.»

Der DCI legte keinen Widerspruch ein. Mit glattem Lächeln erhob er sich, knöpfte sein Sakko zu und reichte ihr zum Abschied seine Karte. Am Ausgang hielt er ihr die Tür auf. Als sie schon halb draußen war, rief er ihr nach: «Und wenn dir doch noch was einfällt, ruf mich bitte an.»

Doch noch? Sie hätte explodieren können. Das meiste, was er wusste, hatte sie ihm erzählt.

Ihre Füße liefen ein wütendes Stakkato auf dem Vorplatz, quer durch eine Pfütze und vorbei an ihrem Auto. Direkt daneben senkte sich der Schwimmsteg zum Wasser hinunter. Jetzt musste der arme Francis dran glauben, bei ihm konnte sie am besten Dampf ablassen. Wenn sie sich beeilte, war er noch im Hafen, bevor er seine zweite Kontrolltour auf dem Fluss begann.

Sie zog ihre Schuhe aus, nahm sie in die Hand und rannte barfuß den Schwimmsteg hinunter. Schon von weitem sah sie Francis auf dem roten Patrouillenboot arbeiten, wo er die Messgeräte für die Überprüfung der Wasserqualität aufbaute. Es war ein wissenschaftliches Programm, das er für die Universität Bristol durchführte. Mit Stolz sah sie, wie exakt er alles aufbaute, den kleinen Kasten mit dem Display, die

Testbehälter, die Analysestäbe. Das war ihr Francis, vorausschauend, zuverlässig, wenn auch manchmal etwas zu beharrlich. Aus den Taschen seiner blauen Windjacke quollen kleine Kabel, die er für seine Gerätschaften brauchte. Auf dem Kopf trug er eine graue Golfkappe mit dem Schriftzug *Ranger*.

Er startete gerade den Motor, als Daphne in letzter Minute an Bord sprang.

«Hi, Skipper», sagte sie. Das Boot schwankte ein wenig nach ihrem Sprung, und sie musste sich an Francis festhalten. «Nimmst du mich mit?»

Er schaute überrascht vom Steuerstand auf, blieb aber cool. «Einen Platz gibt es noch», sagte er. «Solange der Captain nicht gestört wird.»

Sie setzte sich am Bug des Schiffes auf den Boden, eine Sitzbank gab es nur für den Skipper. Zu ihren Füßen lagen zusammengerollte Leinen und drei Eimer, in denen Francis seine Seegrasproben aufhob. Der Motor begann zu dröhnen, und das Boot löste sich vom Steg. Daphne schwieg und sah nur zu. Als sie nach ein paar Minuten den Hafen hinter sich gelassen hatten und Francis in der Flussmitte weniger aufpassen musste, schaute er besorgt zu ihr hinüber. «Kann es sein, dass du dich geärgert hast?»

«Volltreffer», sagte Daphne. «Er hat mich wieder zur Weißglut gebracht.»

Sie berichtete, wie das Gespräch mit James Vincent verlaufen war. Über vieles war Francis schon informiert. Daphne hatte ihn noch vom *Lobster Pot* aus angerufen, wo sie mit der schockierten Daisy Elridge auf das Eintreffen der Polizei gewartet hatte. Im Hafenbüro hatte ihm Sergeant Burns dann weitere Details erzählt. Da Francis von ihrem kurzen Verhältnis mit James Vincent wusste, sah Daphne auch keinen Grund, ihm ihr Unbehagen zu verschweigen, mit James allein gewesen zu sein. Francis nahm es zur Kenntnis, während er mit einer Hand an dem kleinen Messgerät vor seinem Steuerstand herumfummelte.

«Lass sie ihre Arbeit machen», sagte er. «Als Profis werden sie schon wissen, was zu tun ist.»

Sie widersprach. «Verstehst du denn nicht? Für James sind diese Morde lästig. Er würde viel lieber in Bodmin bleiben und sich um den Prinzen von Wales kümmern.»

Francis schaute sie an, als müsste er einem bockigen Kind zuhören. «Ihr begegnet euch beide mit Skepsis, das ist das Problem. Du weißt, was ich von diesem Dandy halte, aber ein Anfänger ist er nicht.»

Daphne ließ sich nicht beirren. «Ich weiß, was ich weiß. Er mag Fowey nicht. Und mit der Theorie, dass es ein Eifersuchtsdrama ist, hat er eine vorgefasste Meinung. Mehr will ich ja nicht sagen.»

«Achtung!» Francis warf ihr eine Art Thermometer zu, das an einer Leine hing. «Würdest du das bitte neben dir ins Wasser hängen?»

Daphne verstand, er wollte das Thema nicht weiter diskutieren. Manchmal hasste sie seine Sturheit. Dabei beschäftigte ihn das alles genauso wie sie, aber im Gegensatz zu ihr war er in der Lage, auf Knopfdruck ganze Themenkomplexe auszublenden. Oder wie Betty Aston immer sagte: «Männer haben Tarnkappen für ihre Gedanken. Wie praktisch.»

Schweigsam ruckelte Daphne mit ihrem Po zur Seite, damit sie sich an die Bordwand lehnen konnte. Mit geschlossenen Augen hielt sie ihr Gesicht in den Fahrtwind, während hinter Francis der Außenborder dröhnte. Es sah aus, als ob sie sich entspannte, dabei war sie noch nicht mit dem Thema James Vincent fertig. Und Francis ahnte es.

Nachdem er das Boot am kleinen Hafen von Mixtow vorbeigelenkt hatte, gab es nur noch wenige Häuser. Hier war der Fluss in seinem für ihn typischen Bett, mit hügeligen Ufern und Eichen, die zum Wasser drängten. Langsam lavierten sie zwischen den Segeljachten hindurch, die bis zum Dorf Golant im Fluss verstreut an ihren Bojen lagen. Danach wurde der *River Fowey* immer ursprünglicher, mit Wasserfällen und Blumen am Ufer, bis hinauf zu seiner Quelle im Bodmin Moor.

Daphne liebte es, hier unterwegs zu sein. Manchmal konnte man bei Mixtow Delfine beobachten, die aus dem Meer zu Besuch kamen. Heute war nirgendwo eine Rückenflosse zu sehen, nur zwei Eisvögel ließen sich aus ihren Bäumen wie Geschosse auf die Wasseroberfläche fallen.

Sie wartete bis kurz vor Golant. Plötzlich öffneten sich ihre geschlossenen Augenlider wie zwei Fenster, und sie sagte so harmlos wie möglich: «Aber wir könnten der Polizei doch ein bisschen helfen.»

«Daphne!»

«Nein, warte! Ich gebe zu, die Polizei muss ihren Job machen. Aber keiner kann uns verbieten, selbst die Augen aufzuhalten. Du und ich, wir kennen uns hier besser aus als jeder andere. Das macht doch Sinn! Schließlich haben wir auch alle Leichen gefunden.»

Francis stöhnte kurz auf. Er nahm das Gas zurück, kurvte langsam um eine Sandbank, die sich mitten im Fluss erhob, und fragte: «Wie stellst du dir das vor?»

Er hatte angebissen, Daphne war aber klug genug, trotzdem sachlich zu bleiben. «Du könntest das Umfeld von Edward Hammett erkunden, und ich kümmere mich um Sandra McKallan. Es gibt so viel, was ich nicht verstehe. Und was ist mit Helen Hammett los? Seit wann sind Edward und Sandra McKallan ein Paar? Wo haben sie sich kennengelernt? Und warum erwähnt Edward auf einem der Zettel so ehrfurchtsvoll eine dritte Person?»

«Deine Neugier wird dir noch mal auf die Füße fallen», sagte Francis kopfschüttelnd. Er musste zwar zugeben, dass auch er viele Fragen hatte, aber wie genau sich seine Frau ihre zukünftigen Recherchen vorstellte, konnte sie ihm nicht verraten. Das war doch alles noch ziemlich vage.

Plötzlich hörten sie am linken Ufer Sirenengeheul. Es stammte von einem Polizeiwagen, der zwischen den Hügeln aus dem Wald auftauchte. Der schmale, holperige Feldweg, auf den er einbog, führte zu einem Angelsteg, dem einzigen weit und breit. Wie die meisten dieser Stege lag er im Schatten hoher Bäume, deren dicke Wurzeln am Ufer wie riesige Zehen ins Wasser ragten. Ein kleiner Grillplatz mit Feuerstelle ergänzte die Anlage.

Francis fuhr näher heran. Mit leise tuckerndem Motor hielt er das Boot gegen die Strömung, während Daphne am Bug aufstand und über die Messgeräte hinweg zu ihm an den Steuerstand stieg. «Kann ich mal das Fernglas haben?»

Er reichte es ihr und ließ das Boot noch ein Stück näher ans Ufer treiben. Als er in der Höhe des Stegs war, konnte er auch ohne Fernglas sehen, warum es die Polizei so eilig hatte. Am Grillplatz unter den Bäumen stand einsam ein schwarzes Cabriolet mit geschlossenem Verdeck.

«Edwards Auto», murmelte Daphne. «Du hattest recht, er hat sich mit seinem Mörder am Fluss getroffen.»

Sie beobachteten, wie Sergeant Burns und einer der jungen Constables aus dem Auto stiegen und vorsichtig die Tür des Cabriolets öffneten. Von ihrem Boot aus sahen Daphne und Francis, dass der Wagen leer war. Jetzt schaute Burns kurz hinein, dann ging er zum Einsatzwagen zurück. Mit seinem Handy in der Hand lehnte er sich an die Kühlerhaube und begann zu telefonieren.

Francis schaute zum Himmel. «Sie werden den Wagen mit dem Hubschrauber gesucht haben.»

«Ja, nachdem du ihnen den Tipp gegeben hast.»

Sergeant Burns beendete sein Telefonat, stopfte das Handy in die Hosentasche und ging zu seinem Kollegen hinüber, der aus allen Positionen Fotos vom Cabriolet machte. Sie unterhielten sich angeregt, ihre Gesichter waren dabei dem Fluss zugewandt. Als Burns das rote Boot der Hafenbehörde auf dem Wasser erkannte, winkte er kurz zu Francis und Daphne hinüber.

«Kannst du verstehen, was sie sagen?», fragte Francis, während er den Bug des Bootes noch stärker Richtung Grillplatz drehte. «Wär doch mal interessant.»

«Ach ja?», fragte Daphne spöttisch, stellte aber bereits das Fernglas scharf. Die Lippen des Sergeants und des Kollegen waren deutlich zu sehen, dennoch fiel es ihr nicht leicht, den Wortlaut zu erkennen, schließlich war sie seit ihrer Jugend aus der Übung. Während sie krampfhaft auf die Münder der Polizisten starrte, holte sie mit dem Lippenlesen auch die Erinnerung an ihre Taubheit zurück. Normalerweise vermied sie alles, was an diese traumatische Zeit erinnerte, aber nun musste es sein – und es klappte tatsächlich!

Sie fasste das, was sie entziffern konnte, für Francis zusammen.

Sergeant Burns berichtete, so Daphne, dass der Chief Inspector einen Abschleppwagen und die Spurensicherung vorbeischicken wollte. Neuigkeiten gab es wohl auch über Sandra McKallan. Sie stammte nicht aus Glasgow, wie sie immer behauptet hatte, sondern aus St. Ives bei Land's End.

Dort hatte sie offensichtlich bis vor zwei Jahren in einer Töpferei gearbeitet.

Francis staunte über seine Frau, er wusste, was das Lippenlesen für sie bedeutete. Doch er war inzwischen genauso neugierig wie Daphne. Fast atemlos lauschte er ihr.

Konzentriert machte Daphne weiter. Jetzt schien Sergeant Burns etwas zu Vikar Ipswich zu erzählen, über den er bereits recherchiert hatte. Offensichtlich war man bei der Kirchenleitung zurückhaltend gewesen. Niemand hatte der Polizei etwas über die Personalie Ipswich sagen wollen, man hatte nur seine Festigkeit im Glauben gelobt.

Mehr gab es nicht. Burns steckte sein Handy ein, und er und sein Kollege schlenderten nebeneinander zu ihrem Einsatzwagen zurück. Ohne jede Eile öffnete Burns den Kofferraum und kramte eine Rolle Absperrband sowie zwei Äpfel hervor.

Daphne setzte das Fernglas ab und legte es vor Francis auf den Steuerstand. Sie sahen sich an und schüttelten beide gleichzeitig den Kopf. Jetzt war klar, dass Sandra McKallan und Vikar Ipswich tatsächlich zwei geheimnisvolle Schlüsselfiguren in den Mordfällen waren. Was da an Lügen zum Vorschein kam, hätte Daphne noch vor zwei Tagen für unmöglich gehalten.

Im Schilf am Ufer raschelte es, als hätte jemand zugehört, aber es war nur ein Reiher, der sich wohl gestört fühlte und wegflog. Daphne sah, dass eine Bootsleine ins Wasser gerutscht war. Sie zog das pitschnasse Ende an Deck, legte es ordentlich zusammen und musste plötzlich wieder an die Boje und Edward Hammett denken. Der Fluss, Foweys Kirche, das Restaurant *Daisy's Lobster Pot* mit dem Bootshaus, der Hafen, die bunten Bojen – alles, was in diesen Mordfällen eine Rolle spielte, war auch mit ihrem Leben verknüpft. Und erst recht mit dem Alltag von Francis. Wie konnte sie da in Ruhe abwarten, bis James Vincent irgendwann Ordnung in das ganze Desaster brachte?

Offensichtlich gingen Francis ähnliche Gedanken durch den Kopf. Er stand unbeweglich am Ruder und starrte nachdenklich über das schwappende Uferwasser hinweg zum schwarzen Cabriolet seines Freundes Edward Hammett. Dort unter den Bäumen war Edward vermutlich zusammengeschlagen und auf ein Boot verfrachtet worden. Warum hatte er seinen Mörder ausgerechnet hier getroffen? Wozu hatten sie sich in aller Frühe morgens um vier verabredet?

Wellen schlugen an den Schiffsrumpf, das Patrouillenboot begann zu dümpeln. Die drei Eimer mit dem Seegras rutschten von einer Seite des Decks auf die andere. Francis schob den Gashebel nach vorne und startete erneut, sie hatten genug gesehen. Langsam ließen sie den Angelplatz hinter sich zurück, während ein neuer Uferabschnitt mit Wiesen und krummen Weiden an ihnen vorbeizog. Der Begriff *alles im Fluss* erschien Daphne plötzlich treffender als je zuvor.

«Was ist?», fragte sie und sah Francis erwartungsvoll an. «Wollen wir loslegen? Ich hätte schon eine Idee, wo wir anfangen können.»

Ihr Mann verstand genau, was sie meinte, wenn er auch nicht ahnen konnte, dass sie bereits ein komplettes detektivisches Szenario im Kopf hatte.

«Also gut», sagte er, während er seine Rangerkappe gerade rückte. «Wo fangen wir an?»

«Beim Vikar», sagte Daphne lächelnd. «Gleich morgen.»

# 9

«Die Ahnung einer Frau ist sehr viel sicherer
als die Gewissheit eines Mannes.»

**Rudyard Kipling,** ***Falsche Dämmerung***

Daphne hatte sich für Freitagnachmittag im Pfarrhaus angesagt. Das Wort *Ersatzvikariat* hörte Mrs. Plummer gar nicht gerne, denn es klang, als hätte die Kirche von Fowey nur zweitklassiges Personal. Tatsächlich wurde das alte Vikariat seit zwei Jahren modernisiert, leider mit technischen Schwierigkeiten. Also hatte die Stadt ihren Mietvertrag für das Ersatzhaus, ein ehemaliges Arztgebäude, ein weiteres Mal verlängert.

Daphne drückte den Klingelknopf.

Der Eingangsbereich beeindruckte durch das Vordach, ganz im alten Stil. Blickte man zum ersten Stock hoch, sah man nur weiße Sprossenfenster, so dicht nebeneinander, dass man sich fragte, wo es wohl in diesem Haus noch ganze Wände geben sollte. An der Hausmauer roch es nach feuchter Erde, dort wucherten in einer langen Reihe Farne, Gräser und ein paar lilafarbene Anemonen.

Der kurze Kiesweg von der Straße bis zur Haustür verriet, dass Mrs. Plummer noch schnell mit einem Rechen darübergegangen war. Nur der Garten mit den Buchsbäumen und den meterhohen Rhododendren blieb sich selbst überlassen. An der südlichen Hauswand, das wusste Daphne, gab es einen verwunschenen Sitzplatz mit weißen Korbstühlen. Gelegentlich hatte man Vikar Ipswich hier sitzen sehen.

Jeder wusste, dass die Haushälterin mit dem Vikariat überfordert war. Aber sie hatte es nicht mehr lange bis zum Ruhestand, wobei ihre steifen Knie sicher schon länger in Pension waren.

Als Mrs. Plummer jetzt mit Teig an den Händen zur Haustür kam und Daphne öffnete, entschuldigte sie sich wortreich. Ganz früher musste sie eine recht hübsche Frau gewesen sein, mit den Jahren und der vielen Arbeit war sie jedoch kräftiger und derber geworden. Ihre kleinen Augen über den rundlichen Wangen schauten aber immer freundlich. Sie steckte in einem viel zu engen schwarzen Kleid, und ihre Pölsterchen am Bauch schienen heftig zu rebellieren, doch es war der Anblick ihres rotbackigen Marktfrauengesichts, der Daphne berührte. Mrs. Plummer wirkte verweint.

«Guten Tag, Mrs. Plummer!» Daphne hielt zur Begrüßung einen Eimer und einen Schrubber in die Höhe. «Da bin ich. Wie geht es Ihnen?»

«Wie man sich so fühlt, wenn man die ganze Nacht Albträume hatte.» Mrs. Plummers Stimme klang nicht so kräftig wie sonst. «Aber Sie haben den schrecklichen Anblick im Bootshaus ertragen müssen, Mrs. Penrose. Eine noch größere Strafe!»

«Reden wir nicht davon, ich lenke mich lieber mit Arbeit ab.»

«Wie nett, dass Sie das machen wollen. Bitte kommen Sie doch herein.»

Daphne trat in den Flur und stellte den Putzeimer ab. «Mein Mann hilft uns später in der Garage. Da muss man sicher auch noch einiges tun.»

«Ich darf gar nicht dran denken.» Mrs. Plummer führte

Daphne in das kleine Wohnzimmer. Es war mit fleckigen gelben Sesseln, einer abgenutzten Samtcouch und einem verschnörkelten Tisch bestückt, alles Möbel aus dem alten Vikariat. «Sehen Sie sich dieses Chaos an! Die Polizei hat gestern alles auseinandergenommen, auch das Büro.»

Daphne schaute sich um. Sämtliche Möbel waren quergestellt und die Bilder von den Wänden genommen. Chief Inspector Vincents Leute hatten offenbar keine Zeit gehabt, die Dinge hinterher wieder in Ordnung zu bringen. Mrs. Plummer tat ihr wirklich leid.

«Wie ich es mir dachte, gut, dass ich Ihnen helfen kann», sagte sie mit aufmunterndem Ton. «In dieses Durcheinander darf man doch den neuen Pfarrer nicht einziehen lassen!»

Sie hatte die Pfarrhaushälterin am Abend angerufen und ihr ein verlockendes Angebot gemacht. Francis und sie wollten Mrs. Plummer beim Saubermachen des Vikariats unterstützen. Es waren bestimmt Möbel abzurücken, Sachen des Vikars einzupacken und Nägel aus den Wänden zu ziehen. Mrs. Plummer hatte sich vor Dankbarkeit gar nicht beruhigen können. Wegen des bevorstehenden Kirchenjubiläums sollte nämlich schon in wenigen Tagen der neue Aushilfsvikar eintreffen, und die Kirchenleitung erwartete bis dahin ein sauberes und geräumtes Domizil.

Daphne war stolz auf die geniale Idee. Sie tat etwas Nützliches, nahm sich aber gleichzeitig die Freiheit, das Vikariat unter die Lupe zu nehmen. Francis hatte anfangs nur mitleidig das Gesicht verzogen. Er biss erst an, als sie ihm eine attraktive Mohrrübe vor die Nase hielt, indem sie ihm vorschlug, sich bei dieser Gelegenheit die Garage des Vikariats anzusehen. Dort konnte er beim Aufräumen nach Oldtimerschrauben suchen, die der verstorbene Vorgänger von Vikar Ipswich gehortet hatte, ein Geistlicher, der in jungen Jahren als der Rennstreckenpfarrer von Silverstone berühmt geworden war.

Neben dem wenig einladenden Wohnzimmer lag das Büro von Vikar Ipswich. Mrs. Plummer stieß die braune Tür auf und ließ Daphne als Erste eintreten.

«Hier geht das Chaos weiter», jammerte sie. «Sehen Sie sich das an!»

Der ganze Raum wirkte seltsam unbewohnt. Wenn nicht die Bücherwand mit Bibeln, Gebetbüchern und kirchlichen Schriften gewesen wäre, hätte man denken können, der Bewohner des Zimmers sei schon lange ausgezogen. Der mächtige Eichenschreibtisch bildete das zentrale Element, aber auf seiner Platte befanden sich nur die üblichen Bürountensilien – Locher, Hefter, ein paar Kugelschreiber und zwei teuer aussehende Federhalter. Nur ein Gegenstand fiel aus der Reihe: ein Aschenbecher aus Messing, auf dessen Rand zwei jubilierende Vögelchen saßen, ebenfalls aus Messing. Mit solch einem Unsinn hatte man vor einem halben Jahrhundert die Raucher erfreut.

Alle Schubladen standen auf, wahrscheinlich hatte die Polizei den Inhalt in Tüten verpackt und mitgenommen. Dabei war der Schreibtisch von seinem angestammten Platz vor dem Fenster weggeschoben worden. Auch der hohe Aktenschrank in der Ecke war leer. Das einzige Überbleibsel darin war eine angebrochene Packung Zigaretten.

«Ich wusste gar nicht, dass der Vikar rauchte?», fragte Daphne.

Mrs. Plummer winkte ab und nahm die Packung in die Hand. «Nur manchmal, wenn er nervös war. Meinen Sie, ich kann sie wegwerfen?»

«Bestimmt.»

«Sogar den alten Globus hat die Polizei konfisziert»,

jammerte Mrs. Plummer. «Als sie aber auch noch die Privatfotos von Mr. Ipswich einpacken wollten, habe ich ihnen den Marsch geblasen. Sie haben das Ganze dann fotografiert.»

Sie zeigte auf den schmalen Beistelltisch, der zwischen den beiden Stühlen vor der Bücherwand stand. Daphne machte einen Schritt darauf zu und nahm die drei Fotos in den Silberrahmen nacheinander in die Hand. Darauf zu sehen war Vikar Ipswich als Kind mit seinem Vater, Ipswich auf der Kanzel, und auf dem dritten Bild stand Ipswich neben der damals noch jüngeren Sandra McKallan an einem Strand im Liegestuhl. Der Vikar trug eine lange schwarze Hose und ein graues Hemd, alles sehr vikarhaft. Sandra McKallan hatte einen plüschigen Bademantel an, der ziemlich spießig aussah und eigentlich gar nicht zu ihr passte.

Daphne nutzte die Gelegenheit. «Mich geht es ja nichts an», sagte sie. «Aber stimmt es, dass Sandra McKallan die Schwester des Vikars war?»

Mrs. Plummer zog ein Staubtuch aus ihrem Kleid, wischte schnell den Beistelltisch ab und stellte die Fotos neu auf. «Ja, er hat es mir selbst verraten. Aber ich sollte es für mich behalten, weil es ihm peinlich war, dass er die Stelle hier in Fowey nur wegen seiner Schwester angenommen hatte.»

«Gab es denn keine anderen Verwandten?»

«Oh nein», sagte Mrs. Plummer mit einem Anklang von Rührung. «Sie hatten doch nur noch sich. Es war herzbewegend mit den beiden. Jeden Mittwochabend hat Sandra McKallan ihn besucht. Ich hatte dann frei. Meistens saßen sie drüben im Wohnzimmer, haben sich in der Küche einen Toast gemacht, Wein getrunken und bis in die Nacht geplaudert. Wenn seine Schwester da war, konnte man den Vikar kaum wiedererkennen.»

Daphne fragte sich, ob Ipswich die ganze Zeit gewusst

hatte, dass seine Schwester die Geliebte von Edward Hammett war. Es lag ihr auf der Zunge, die Haushälterin danach zu fragen, aber sie ließ es. Stattdessen bat sie, sich auch die anderen Zimmer anschauen zu dürfen.

Mrs. Plummer führte sie die Treppe hinauf. Im ersten Stock gab es nur noch zwei Räume, das enge Schlafzimmer des Vikars mit Bett und Schrank aus einfachem Fichtenholz – sämtliche Schrankinhalte waren auch hier von der Polizei mitgenommen worden – und eine Art Gästekammer, ebenso sparsam möbliert. Zwischen beiden Zimmern lag ein kleines, grün gekacheltes Bad mit einer vergilbten Deckenlampe. Der muffige Geruch war sprichwörtlich.

Daphne war enttäuscht. Das von außen so schöne Vikariat entpuppte sich innen als nüchtern und rückständig, ein gelebtes Provisorium. Kein Raum verriet eine persönliche Note. Sie erinnerte sich daran, wie frühere Vikare es immer verstanden hatten, ihr Vikariat zu einem geistigen Mittelpunkt der Gemeinde zu machen. Ipswich dagegen war offensichtlich lustlos gekommen, hatte lustlos gepredigt und wohl auch lustlos gelebt. War es vielleicht gar nicht sein Plan gewesen, länger in Fowey zu bleiben?

Sie fragte Mrs. Plummer danach. Die schüttelte den Kopf.

«Über so etwas sprachen wir nicht», sagte sie. «Ich glaube, es war eher so, dass ihm Besitz unwichtig war. Er besaß ja nicht einmal ein Auto.»

Sie gingen auf der schmalen Treppe zurück ins Erdgeschoss. Mrs. Plummers Küche entpuppte sich als der annehmbarste Raum im ganzen Haus. Allerdings verriet auch hier ein gewisses Chaos, dass die Pfarrhaushälterin permanent überfordert war. Daphne entdeckte gebrauchte Löffel, schmutzige Spültücher und angebrannte Töpfe, aber es roch angenehm nach Kuchen. Der erste von zwei gewaltigen

Hefezöpfen, die Mrs. Plummer für das Kirchenjubiläum zubereitete, ging bereits im Herd auf. Daphne musste aus Höflichkeit ein Stück Teig probieren und Mrs. Plummers Rezept loben, bevor sie weitere Fragen stellen konnte.

Während sie, bereit zum Putzen, ihren Wassereimer in der Spüle füllte, kam sie auf ein anderes Thema zu sprechen. Es ging um die Frage, warum die Haushälterin in den vergangenen Tagen davon ausgegangen war, dass Ipswich sich auf einem Kirchenkongress in Bournemouth befunden hatte.

«Weil er doch schon am Montag seine Reisetasche für den Kongress gepackt hatte und dann abends das Pfarrhaus verließ.»

«Wissen Sie noch, wann am Abend?»

«Ich hatte um sechs Uhr Feierabend, also irgendwann danach. Er sagte, eine Pfarrkollegin würde ihn mit dem Auto nach Bournemouth mitnehmen, damit er nicht den Zug benutzen musste.» Sie schüttelte schockiert den Kopf. «Dabei hat das gar nicht gestimmt, wie man jetzt weiß.»

«Und er hat sich auch später nicht mehr bei Ihnen gemeldet?»

«Eben nicht! Die Kongressleitung hat am nächsten Tag bei mir angerufen, wo er bleibt. Die hatten ihn aber erst am Dienstagmorgen erwartet und nicht schon in der Nacht.»

«Hat Sie das nicht skeptisch gemacht, Mrs. Plummer?»

Diese hob hilflos die Arme. «Du liebe Zeit! Ich dachte, er wird seine Gründe haben. Er war schon mal für zwei Tage verschwunden. Vor zwei Monaten.»

«Und wo war er? Hat er es Ihnen verraten?», fragte Daphne, während sie den Wasserhahn zudrehte.

«Nein. Nur, dass es was Privates war.»

Daphne musste daran denken, dass im Bootshaus eine aufgeklappte Reisetasche gestanden hatte. Es sah ganz danach aus, dass der Vikar bei Mrs. Plummer absichtlich eine falsche Fährte gelegt hatte. Das würde zumindest erklären, warum er sich mit seinem Gepäck im Bootshaus aufgehalten hatte. Aber warum hatte er ausgerechnet dort die Nacht verbringen wollen?

Mit dem Gefühl, etwas Geheimnisvolles entdeckt zu haben, dessen Bedeutung noch im Nebel lag, beschloss Daphne ihre nächsten Schritte. Sie musste versuchen, sich ab jetzt unabhängig von Mrs. Plummer im Haus zu bewegen. James Vincents kleines Team war gestern in Eile aufgetaucht, das hatte die Haushälterin am Abend vorher am Telefon erzählt. Es war zwar unwahrscheinlich, dass die Spurensicherung bei ihrer Beweissuche etwas übersehen hatte, trotzdem gab es vielleicht noch andere Hinweise auf das Leben des Vikars und seiner Schwester, die sie besser beurteilen konnte als die Polizei.

«Dann will ich mal loslegen», sagte Daphne und lächelte der Haushälterin zu. «Sie können hier ganz in Ruhe weitermachen.»

Mrs. Plummer hatte gerade damit begonnen, ihren Teig für den zweiten Kuchen in Angriff zu nehmen, damit würde sie eine Weile beschäftigt sein. «Wunderbar! Und wenn ich mich nachher besser fühle, helfe ich Ihnen gerne, Mrs. Penrose.»

«Nicht nötig, ich komme schon allein klar. Und Sie ruhen sich nach dem Backen vielleicht noch ein wenig aus.»

Mit diesen Worten verschwanden Daphne und ihr Putzzeug im Arbeitszimmer. Nachdem Daphne die Tür hinter sich geschlossen hatte, versuchte sie, mit aufmerksamem Blick einzuschätzen, wo sich am ehesten Spuren aus Vikar Ipswichs Leben finden ließen. Bei ihrem Rundgang hatte sie sich bereits mehrere Stellen gemerkt, an denen sie fündig werden konnte.

Im Arbeitszimmer waren es die Bücher und die drei Fotos auf dem Beistelltisch. Der leere Schreibtisch war dagegen uninteressant, zumal es, das hatte sie schnell geprüft, darin auch keinen Platz für Geheimfächer gab. Es war nur ein schlichter, praktischer Eichenschreibtisch. Keuchend schob sie ihn zurück an seinen Platz vor dem Fenster, lüftete und wischte den schmutzigen Boden. Nicht nur Mrs. Plummers Knie, auch ihre Augen waren offensichtlich schon in Pension. Hier sah es aus, als sei bereits länger nicht mehr saubergemacht worden.

Als Daphne sich die Bücherwand vornahm, stellte sie fest, dass es nur eine Ecke gab, in der so etwas wie private Literatur des Vikars stand – Kriminalromane, eine kitschig klingende Lovestory, zwei Sachbücher über Psychologie und ein populärwissenschaftliches Buch über Wahrscheinlichkeitsrechnung. Noch während sie die Stirn runzelte angesichts dieser seltsamen Zusammenstellung, klappte sie das Mathematikbuch auf. Zu ihrer Überraschung fand sich darin eine Widmung von Sandra McKallan:

*Nicht alles, was man für möglich hält, trifft auch ein.*
*In Liebe, Deine Schwester.*

Dass Ipswich und seine Schwester so eng miteinander verbunden waren, machte Daphne nachdenklich. Die Nähe der Geschwister musste eine besondere Bedeutung haben. Bezog sich das vielleicht auch auf ihren gemeinsamen Tod?

Unter dem anhaltenden Poltern von Mrs. Plummers Töpfen in der Küche schaute sie sich die drei Fotos genauer an. Vorsichtig löste sie die Rückseite der Rahmen und nahm die Bilder eines nach dem anderen in die Hand. Auf der hinteren Seite des Strandfotos war mit Bleistift notiert: *Frühsommer am Carrow Beach*. Der Vikar und seine Schwester sahen noch so jung darauf aus. Daphne kannte den Strand von Carrow. Er war ein beliebtes Wochenendziel, ganz in der Nähe des Fischerdorfes Mevagissey. Direkt hinter Sandra McKallans Liegestuhl konnte man sogar die blaue Strandbude von Lowenna Bellman erkennen, wo es Eis, Hot Dogs und Scones zu kaufen gab. Daphne fotografierte das Foto mit ihrem Handy ab. Lowenna war eine alte Schulfreundin, vielleicht konnte sie sich noch an den Vikar erinnern.

Nachdem die Fotos wieder ordentlich in ihren silbernen Rahmen verstaut waren, schnappte Daphne sich ihr Putzzeug und stieg die Treppe nach oben. Das alte Holz knarrte. Im Nu erschien Mrs. Plummer im Treppenhaus.

«Bin gleich bei Ihnen, alles sollen Sie nicht allein machen!»

«Ach, Mrs. Plummer, das mache ich doch gerne.»

«Keine Widerrede.» Das Kuchenbacken schien der Haushälterin neue Kräfte verliehen zu haben. «Oben muss noch die Matratze gewechselt werden. Und die Schränke sollten wir auch auswischen.»

Daphne war entmachtet. Sie nutzte die Zeit, solange sie noch allein war, um im Schlafzimmer nach Auffälligkeiten zu suchen. Doch ausgerechnet hier und im Bad hatte die Spurensicherung anscheinend besonders gute Arbeit geleistet. Kein Wunder, dachte sie, ein Bad muss ja das Traumland schlechthin für jeden DNA-Spezialisten sein.

Als sie ins Schlafzimmer zurückkam, trampelte Mrs. Plummer gerade die Treppe hoch, in der Hand einen Staubsauger. Jetzt übernahm sie wieder das Kommando. Um ihren Bauch war eine hellblaue Rüschenschürze gebunden, aus deren Tasche zwei Putztücher hervorlugten. «Dann an die Arbeit!», sagte sie mit tatkräftiger Stimme.

Sie begannen mit der Matratze, die nach unten getragen

werden musste, weil morgen eine neue geliefert wurde. Danach wurde gesaugt. Mrs. Plummer saß zwar die meiste Zeit auf dem Bettrand und überließ Daphne die Arbeit, aber eine gezielte Suche, wonach auch immer, war unter ihren kritischen Augen nicht mehr möglich.

Unten im Flur ertönte auf einmal die laute Stimme von Francis. «Jemand zu Hause?»

«Oh, Ihr Mann», sagte Mrs. Plummer erfreut. «Bitten Sie ihn doch hoch.»

«Nein, lieber soll er die Garage aufräumen.»

«Gute Idee! Da liegt zwar nur das Handwerkszeug vom verstorbenen Pfarrer Goodwill, aber Vikar Ipswich hat die Garage gerne als Abstellraum benutzt.»

«Na also! Ich bin gleich wieder da.»

Daphne rannte nach unten, Francis war im richtigen Moment erschienen. Sie schob ihn schnell durch die Hintertür in den Hof, wo die kleine Garage aus den sechziger Jahren stand. Skeptisch beäugte er das altmodische Holztor mit der abgeblätterten Farbe.

«Und da soll ich rein? Vikar Ipswich hatte doch gar kein Auto.»

«Er hat die Garage trotzdem benutzt. Versuch, ein bisschen aufzuräumen und dabei die Augen aufzuhalten.»

«Danke für die Anweisungen», sagte Francis gereizt. «Darf ich mir vielleicht selbst ein Bild machen?»

Er mochte es nicht, wenn Daphne zu drängend war, und manchmal musste er sie daran erinnern, dass nicht jeder Mensch ihr Tempo akzeptierte. Wie ein bockiger Junge stakste er über den Hof und öffnete das Tor. Als es aufging, blieb er überrascht stehen. Auch Daphne konnte nicht glauben, was sie sah. Die Garage war mit Regalen vollgestellt. Auf den meisten lag altes Handwerkszeug, von der Wasserwaage bis zum Hobel, auf zwei anderen befanden sich offene Kartons mit verstaubtem Autozubehör. Alles wirkte ordentlich und sauber sortiert. Francis betrat die Garage wie ein staunendes Kind, das man in einen Spielzeugladen geführt hatte. Er ahnte bereits, dass seine Oldtimerbastelei neue Impulse bekommen würde.

Es gab nur eine Ecke, die herausstach, weil sie so unordentlich aussah – hier musste sich der private Abstellplatz von Vikar Ipswich befinden. Dort stapelten sich zwei alte Teppiche, drei Bündel vergilbte Kirchenzeitungen, ein kaputter Fernseher, leere Kartons und eine Rolle mit Draht.

In dem Gefühl, das Unangenehmste als Erstes erledigen zu müssen, schnappte Francis sich die verrostete Drahtrolle und zog sie nach draußen. Dabei übersah er, dass der Draht unter einem Regal eingeklemmt war. Scheppernd kippte das Metallgestell mit Handwerkszeug um, sodass sich Dutzende von Nägeln und Glassplittern über den Garagenboden ergossen. Gerade noch rechtzeitig sprang Francis beiseite.

Zwischen zwei verrosteten Handsägen und einem Hammer lag mit dem Deckel nach unten eine braune Zigarrenkiste. Fluchend ging Francis hin, um sie aufzuheben. Vorsichtig drehte er sie um, denn auch hier rechnete er mit Nägeln.

Doch die Zigarrenkiste barg einen anderen Inhalt. Eingewickelt in eine durchsichtige Folie lag darin ein Brief, der auf dem Computer geschrieben war. Francis nahm ihn heraus, während Daphne an seine Seite trat. Gemeinsam begannen sie zu lesen.

Es war ein Schuldschein über 70000 Pfund, ausgestellt im Januar auf den Namen Luke Leary, Geschäftsführer der GAME NORTH Company, Truro, Cornwall, und unterschrieben von Vikar Ipswich. Darin verpflichtete er sich, seinem Gläubiger das Geld bis zum 15. Juli dieses Jahres zurückzuzahlen, Ratenzahlung ausgeschlossen. Bezeugt wurde die Verpflichtung von Elizabeth Leary, Ehefrau.

Francis ließ sich auf den Zeitungsstapel sinken, während er sah, dass es auch hinter Daphnes Stirn zu arbeiten begann. Konnte es sein, dass Vikar Ipswich ein Spieler gewesen war? Sie wussten beide, dass GAME NORTH mehrere Filialen mit Spielhallen und Schaltern für Pferdewetten betrieb. Hatte Ipswich befürchtet, dass Mrs. Plummer den Brief im Haus fand, und ihn deshalb zwischen Goodwills Handwerkszeug aufbewahrt?

Fassungslos starrte Daphne auf den Brief. «Jetzt verstehe ich», sagte sie leise und sprach damit aus, was auch Francis vermutete. «Ipswich wollte untertauchen. Das Bootshaus war sein Versteck.»

# 10

«... nichts Breiteres als eine Messerschneide das Glück von der Melancholie scheide ...»

**Virginia Woolf, *Orlando***

Es ließ Daphne keine Ruhe. Sie hatte Francis nur gesagt, dass sie noch zum Einkaufen fahren wollte. Obwohl es schon spät am Nachmittag war, zog sie sich zu Hause in Rekordzeit um, stieg in ihren alten Ford und raste los.

Trotz ihres Tempos empfand sie die fünfundvierzigminütige Fahrt nach Truro als beruhigend, wie jedes Mal, wenn sie auf der Straße hinter St. Austell aus dem Autofenster schaute. Immer wieder wechselten sich Äcker und Wiesen ab, hier und dort standen als wetterfeste Einzelgänger riesige Bäume mit wuchtigen Kronen in der Landschaft, unter denen Schafe grasten. Cornwalls felsiges Rückgrat bildete eine lebhafte Mischung aus Ebenen und Tälern. Vor den Windhecken stapelten sich Heuballen, an einer Tränke standen gelangweilte Rinder und glotzten den Autos nach.

Während Daphne an gerade verblassenden Dickichten aus gelbem Stechginster vorbeifuhr, öffnete sie ihr Autofenster. Wie den meisten Menschen in Cornwall erschien ihr der Duft von Stechginster, satten Weiden und Meersalz als die einzig mögliche Beschaffenheit von Luft. In ihrer Jugend hatte sie tagelange Radtouren unternommen, von Dorf zu Dorf. Als ihr jemand erzählte, dass es auch außerhalb Cornwalls Stechginster gab, sogar in London, konnte sie es kaum glauben.

Während der Fahrt begann sie zu sortieren, was sie über die drei Morde wusste. Dabei fiel ihr auf, dass alle Opfer mit Lügen gelebt hatten. Edward Hammett, weil er heimlich seine Frau betrog. Sandra McKallan, weil sie daran beteiligt war und weil sie ihre Herkunft und ihre Verwandtschaft mit dem Vikar verheimlicht hatte. Schließlich Vikar Ipswich, der vor einem gewaltigen Schuldenberg gestanden und vielleicht sogar noch mehr Geheimnisse versteckt hatte. Warum war er überhaupt von Plymouth nach Fowey versetzt worden? Plymouth war als größere Stadt attraktiv, Fowey nur ein kleiner, wenn auch pittoresker Hafenort.

Bei dem Gedanken an Fowey entdeckte sie eine neue Seite an sich. Francis hatte sicher recht, wenn er sie damit aufzog, dass ihr Interesse an Menschen mit ihrer früheren Taubheit zusammenhing. Aber da war noch etwas, das sie jetzt empfand. Es war der Wunsch, ihr Vertrauen in Foweys nettes, überschaubares Leben behalten zu dürfen. Jenna, die schon seit Jahren in London lebte und das Leben dort genoss, würde sie auslachen wegen so viel Spießigkeit, und auch sie selbst hatte sich früher königlich über die Traditionalisten amüsiert. Aber jetzt?

Sie wünschte sich, dass Cornwall und Fowey noch ein Weilchen so blieben, wie sie es kannte. In jeder kornischen Familie, auch in der von Francis, hatte man erlebt, dass Cornwalls Einsamkeit sich über alle Zeiten hinweg als verlässlicher Schutzschild erwiesen hatte. Der Preis dafür war, dass einen der Rest Englands für seltsam hielt, wenn man hier lebte, an drei Seiten vom rauen Meer umgeben und weit von Londons Weltläufigkeit entfernt. Daran hatte sich auch im E-Mail-Zeitalter nicht viel geändert. Noch während Daphnes Ausbildungswochen bei der *Royal Mail* in London hatte ein Vorgesetzter darüber gewitzelt, dass ihre Vorfahren Schmuggler und Strandräuber gewesen waren – also beste Voraussetzungen für eine Briefträgerin, die Wertbriefe und jede Menge Geheimnisse mit sich herumtrug.

«Bullshit», hatte Daphne damals spöttisch geantwortet. «Wir haben denen doch nur die Boote verkauft.»

Truro lag in der Nachmittagssonne, als Daphne in die Hauptstraße fuhr. Auf die spitzen Dächer der Kathedrale schien warmes Licht, ihre vornehmen Türme wachten darüber, dass die Stadt ihr Maß an Eleganz nicht verlor. Reiseführer nannten Truro sehr schmeichelhaft *Cornwalls London*, in gewisser Weise stimmte das auch. Stattliche Geschäftshäuser und alte Privatvillen verliehen dem Verwaltungssitz Cornwalls eine angemessene Visitenkarte. Vor allem die georgianischen Häuser in Straßen wie der Boscawen Street waren ein Touristenmagnet. Seit sich die Stadt zum Ende des 19. Jahrhunderts *City* nennen durfte, war in der ehemaligen Zinnmetropole viel passiert. Daphnes Urgroßvater hatte noch bis 1910 als Zimmermann an der Fertigstellung der großen frühgotischen Kathedrale mitgearbeitet. Bis heute war es für Daphnes Familie Ehrensache, bei einem Stadtbesuch in der Nähe der Kathedrale zu parken, immer die saubere Arbeit von *great-grandpa* im Blick.

Die einzige Parklücke war so schmal, dass Daphne dreimal zurückstoßen musste, bis der Wagen richtig stand. Es ersparte ihr nicht, sich anschließend wie ein Aal aus der Tür schlängeln zu müssen. Grinsend schaute ihr dabei ein junges Pärchen zu. Die beiden teilten sich am Parkplatzeingang einen Steinpoller als Sitzplatz, während sie ihre Hot Dogs mampften.

Die Zentrale von GAME NORTH befand sich nicht weit entfernt in der St. Nicholas Street. Daphne hängte sich ihre Handtasche über die Schulter und zog los. Als sie in die nahe Straße einbog, kamen ihr Scharen von Leuten entgegen, der Verkehr war umgeleitet worden. Die Geschäftsleute von Truro hatten zum zweiten Mal ihr *Summer in the City-Fest* organisiert, das offensichtlich wieder gut angenommen wurde. Vor dem Supermarkt spielte eine Blaskapelle, es gab Wagen mit gegrilltem Fisch, Getränkebuden und einiges mehr. Auch viele Touristen waren gekommen. Daphne wusste, dass ein Bus kostenlose Touren nach *Trelissick Garden* und *Trebah Garden* anbot, den schönsten Gärten der Gegend. Am liebsten wäre sie gleich selbst eingestiegen und mitgefahren, vor allem nach *Trelissick*. Dort hatte ihr Francis vor bald sechsundzwanzig Jahren einen Heiratsantrag gemacht, unter einer Palme und vor den endlosen Blütenmeeren der Hortensien, baumhohen Rhododendren, Dahlien, Clematis und Jasmine. Danach gab es ein romantisches Picknick am Ufer des *River Fal*.

An den Straßenlaternen der St. Nicholas Street wehten bunte Fähnchen, vor einigen Geschäften bekam man Pralinen oder Scones geschenkt. Für Kinder hatten die Organisatoren, erkennbar an ihren roten Hüten, ein historisches Karussell aufstellen lassen. Daneben verteilten zwei Frauen rote Aufkleber an die Mütter. Es waren kleine Stoppschilder, die die Kinder auf ihre Fahrräder und Roller kleben konnten – wohl auch, um die Bedeutung dieses Verkehrsschildes zu erlernen.

Mit angelegten Armen drängte Daphne sich durch die Menschenmenge. Es war wie auf dem Weihnachtsmarkt, ständig wurde man angerempelt. Als sie auf ihren Zettel mit der Adresse schaute, stellte sie fest, dass das Kinderkarussell genau vor Luke Learys Spielhölle stand. Sie fragte sich, was sich die roten Hüte wohl dabei gedacht hatten.

Sie trat ein und wurde von ohrenbetäubender Popmusik empfangen. Ein halbes Dutzend junger Leute hingen vor den Spielautomaten herum. Das pausenlose Klimpern und die schrillen Töne der Geräte dudelten gegen die ohnehin schon laute Musik an. Daphne drängelte sich an den Spielern beiderlei Geschlechts vorbei bis nach hinten, wo sich ein Verkaufstresen befand. Hier konnte man Pferdewetten abschließen, wie die glamourösen Fotos von Rennpferden und Jockeys verrieten. Nur eine der abgebildeten Rennbahnen kannte Daphne persönlich. Es war *Epsom Downs*, wo der Earl of Derby einst das *Derby* erfunden hatte. Auch ein eingerissenes Plakat mit zwei bedauernswerten dünnen *Greyhounds* hing an der Wand. Da Windhundrennen aber – längst überfällig – in England abgeschafft waren, schien das Plakat nur noch dort zu hängen, weil GAME NORTH einer versiegten Einnahmequelle nachtrauerte.

Plötzlich tauchte eine kurzhaarige junge Frau hinter dem Tresen auf, in der Hand ein angebissenes Fischbrötchen, das sie sich wahrscheinlich gerade von draußen geholt hatte. An ihrem gepiercten Gesicht konnte man nur schlecht erkennen, wie sie drauf war. Daphne vermutete, dass ihr gemurmeltes «Ja, hey?» etwas Freundliches bedeuten sollte.

«Ich suche Mr. Leary», sagte sie. «In einer privaten Sache.»

«Der Boss is hinten», antwortete der gepiercte Mund, die Hand zeigte zu einer grauen Stahltür. Daphne vermutete, dass es in einem Spielsalon durchaus Sinn machte, dickere Türen vor den Privatgemächern zu haben. Sie klopfte höflich.

«Reinkommen», sagte eine Stimme.

Als sie Luke Learys Büro betrat, war sie erstaunt, wie geschmackvoll es eingerichtet war. Der Raum wirkte mehr wie ein modernes Wohnzimmer als wie das Büro einer Spielhölle. Das Einzige, was Learys Arbeit verriet, war sein gläserner Schreibtisch in der Mitte des Raumes mit dem aufgeklappten Laptop darauf.

Leary selbst war ebenfalls eine Überraschung. Er sah eher aus wie ein Computernerd, nicht wie ein zwielichtiger Spielhöllenchef. So viel zum Thema Vorurteil, sagte sich Daphne und akzeptierte die Überraschung als kleine Lektion. Leary trug eine dünne Brille, war nicht sehr groß und fast zart gebaut, mit lockigem Haar. Seine Kleidung war komplett schwarz, was ihn noch schmaler erscheinen ließ. Das einzig Farbige an ihm war ein gelbes Tuch, das er sich wie ein Künstler um den Hals geschlungen hatte.

Er stand auf, als Daphne hereinkam, und reichte ihr die Hand. Am rechten Ringfinger trug er einen goldenen Siegelring.

Learys Hand war seltsam weich, als hätte er sie zu lange gewaschen, was aber zu seinem zarten Äußeren passte. Dennoch spürte Daphne, wie sich trotz anderer Absicht ihr Gefieder sträubte, obwohl sie noch kein einziges Wort mit diesem Mann gewechselt hatte.

«Hallo, Mrs. ...?»

«Daphne Penrose. Ich komme wegen ...»

Er unterbrach sie. «Ach, ich nehme an, Sie sind eine der Mütter, die mich gestern angerufen haben. Hören Sie, Ihre Jungs sind achtzehn und damit alt genug, selbst zu entscheiden, wie viel Geld sie hier ausgeben wollen. Wir zahlen grundsätzlich nichts zurück, damit das klar ist.»

«Keine Sorge, Mr. Leary», sagte Daphne mit falscher Freundlichkeit. Sie glaubte, ihn bereits durchschaut zu haben. «Ich will kein Geld zurück. Im Gegenteil. Es geht um jemanden, der Ihnen nichts mehr zahlen kann.»

Er schaute sie verblüfft an. «Wen meinen Sie?»

«Unseren gemeinsamen Freund Peter Ipswich. Der Herrgott möge seiner Seele beistehen.»

Leary musterte sie eine Weile, sein Blick nagte geradezu an Daphne herum, während er rätselte, wer sie war.

Sie widerstand seinem Blick. «Sie wissen doch, dass der Vikar tot ist?»

Leary nickte. «Ich habe es heute Morgen gehört, ein Bekannter aus Fowey hat mich angerufen. Und die Zeitungen waren ja voll davon. Ich hätte mir nicht vorstellen können, dass so etwas Brutales bei uns vorkommt.»

«Das konnte wohl keiner.»

«Waren Sie mit Peter befreundet?»

«Wir hatten in der Kirche miteinander zu tun», sagte Daphne. «Deshalb fühle ich mich ihm auch ein bisschen verbunden. Ihm und seiner Schwester. Ich war es, die die beiden im Bootshaus gefunden hat.»

«Oh, das tut mir leid.»

«Ja, so einen Anblick wird man leider nie vergessen.»

«Woher wussten Sie, dass Peter und ich uns kennen?», fragte Leary. «Hat er es Ihnen erzählt?»

«Nein, sein Schuldschein hat es mir verraten.»

Jetzt war es gesagt. Daphne beobachtete, wie Leary darauf reagierte. Er fuhr sich ein paarmal nachdenklich mit dem Zeigefinger über die Lippen.

«Bitte nehmen Sie Platz», sagte er dann, während er einen Stuhl für Daphne heranzog. Er selbst lehnte sich an die Schreibtischkante. «Darf ich fragen, wo der Schuldschein versteckt war?»

«Im Pfarrhaus», antwortete Daphne überrascht, während sie sich setzte. «An einem ziemlich abstrusen Platz. Woher wissen Sie, dass er ...?»

«Typisch Peter», sagte Leary seufzend. «Er war schon in der Schule ein Geheimniskrämer und hatte immer Angst, dass jemand zu viel über ihn erfährt.»

«Sie waren mit ihm auf der Schule?»

«Ja, bis zum Internat. Auch später hatten wir immer wieder Kontakt.»

Daphne verlor den roten Faden, den sie für dieses Gespräch vorgesehen hatte. Gerade hatte sie sich noch gefragt, ob Leary wohl Schlägertrupps bezahlte, die ihm das unangenehme Geldeintreiben abnahmen und vielleicht auch ihr gefährlich werden könnten, jetzt fühlte sie sich ein wenig verheddert. Vorsichtig versuchte sie, in das Dornengehege vorzudringen.

«Dann war Vikar Ipswich also gar kein Spieler?»

Leary griff nach einer schwarzen *Star Wars*-Figur, die neben ihm auf dem Schreibtisch stand, und fing an, sie in den Fingern zu drehen. «Vielleicht war er kein gewöhnlicher Spieler, wenn sie damit Automaten meinen. In meinen Läden hatte er jedenfalls striktes Hausverbot. Das war ich ihm schuldig.»

«Wieso?»

«Weil er kein Limit mehr kannte, wenn er zu wetten anfing.»

«Was für Wetten waren das?»

«Er war süchtig nach Sportwetten. Pferde, Rugby, Fußball, Tennis – alles, womit man Geld verdienen oder verlieren konnte. Auch Außenseiterwetten hat er gerne gemacht. Bei der letzten Papstwahl in Rom hat er sogar Geld auf einen Kardinal gesetzt. Wir haben ihn alle für verrückt erklärt, aber seine Augen leuchteten schon, wenn er nur davon erzählte.»

Daphne fragte sich, wie eine solche Einlaufwette bei Kardinälen wohl aussah. Sie spürte, dass sie hier in eine Welt vorstieß, über die es noch viel zu lernen gab.

«Wer ist *wir*?», fragte sie. «Sie sagten gerade, Sie alle hätten ihn für verrückt erklärt.»

«Alle, die auf dem letzten Klassentreffen unserer Grundschule in St. Ives waren. Er und ich sind dort aufgewachsen. Peter war zum ersten Mal dabei, ich hab ihn einfach mitgeschleppt.»

«Wie haben Sie das denn geschafft?» Daphne war ehrlich überrascht. Als Vikar Ipswich im Frühjahr nach Fowey gezogen war, musste man ihn sogar dazu überreden, auf seinem eigenen Begrüßungsfest zu erscheinen. Er war der größte Einzelgänger, den sie je erlebt hatte, ein fast pathologischer Fall.

«Er wusste, dass ich mir Sorgen um ihn machte. Am liebsten war er allein, schon immer. Vielleicht wird man so, wenn man niemanden begeistern kann. Er war wie Luft; schon als wir Kinder waren, hat ihm keiner zugehört. Deshalb saß er auch beim Klassentreffen meist allein in der Ecke.»

Leary stellte die kleine Spielfigur wieder ordentlich auf den Schreibtisch. Erst jetzt sah Daphne, dass dort auch eine moderne Drahtversion der drei japanischen Affen stand – nichts sehen, nichts hören, nichts sagen. Das Motto der Gottheit Koshin passte gut zu einem Buchmacher.

«Die Einzige, der er wirklich vertraute, war seine Schwester», fuhr Leary fort. Plötzlich erschien er Daphne viel harmloser als am Anfang. Mit seinem Lockenkopf sah er eigentlich aus wie ein großer Junge. «Sandra und er waren unzertrennlich. Ihre Kindheit in St. Ives war nicht leicht gewesen. Die Mutter war früh gestorben, Archie, ihr Vater, kam nur mit Gelegenheitsjobs im Hafen über die Runden. Sie wohnten in einer Art Kate, über die sich alle lustig machten. Sandra, die ja sechs Jahre älter war als Peter, hat als Erste ihren eigenen Weg gefunden. Sie wurde Töpferin. Kurz danach hat das Sozialamt Peter in einem kirchlichen Internat untergebracht. Vielleicht war das sein Glück.»

«War er homosexuell?»

«Das weiß ich nicht. Ich glaube eher, dass er asexuell war.» Leary verzog das Gesicht. «Dafür hat es seine Schwester umso bunter getrieben.»

«Inwiefern?»

«Ihre ständigen Affären mit verheirateten Männern – das war das Einzige, was Peter nicht an ihr mochte.»

«Und trotzdem hat er sich ihretwegen nach Fowey versetzen lassen?», fragte Daphne. «Er hatte doch eine gute Pfarrstelle in Plymouth.»

Mit einem kleinen Ruck hievte sich Leary nun bequem auf die Schreibtischplatte und ließ die Beine baumeln. Offensichtlich gefiel ihm das Gespräch mit Daphne.

«Okay, wollen Sie die Wahrheit wissen? Anfang des Jahres stiefelte er hier ins Büro, um mir zu beichten, dass er bei zwei meiner Kollegen, reine Buchmacher, in der Kreide stand. Plymouth kann ein ziemlich raues Pflaster sein, wie Sie vielleicht wissen. Die Buchmacher hatten ihm Kredit gegeben, weil sie dachten, ein Pfarrer hält sein Wort. Ich kenne sie alle und habe sie überredet, noch ein Weilchen stillzuhalten. Auch auf Internetportalen hat Peter gespielt. Das typische Verhalten von Einzelgängern.»

«Und Sie haben ihm Geld geliehen?»

«Ja. Für eine Hälfte hat Sandra einen Kredit aufgenommen, weil er sich vor seiner Bank geschämt hat. Die anderen siebzigtausend Pfund habe ich ausgelegt.»

Daphne hörte fasziniert zu, wie Leary eine geheimnisvolle Tür vor ihr öffnete – die Tür zu Vikar Ipswichs Leben. Gespannt fragte sie: «Und wie wollten die beiden ihre Schulden abbezahlen?»

«Es war Sandra, die den Schuldschein nur bis zum 15. Juli befristet haben wollte, ich hätte ihnen den Kredit sogar bis Dezember gegeben. Aber sie erwartete in diesem Monat von irgendwoher ziemlich viel Geld und wollte mir alles auf einen Schlag zurückzahlen. Sie schien sich ihrer Sache sehr sicher zu sein.»

«Aber sie hat nicht verraten, von wem das Geld kommen sollte, oder? Vielleicht wollte Edward Hammett für die Schulden aufkommen und ...» Daphne stockte. Jetzt hatte sie einen Fehler begangen. Vermutlich wusste Leary gar nichts von diesem Verhältnis.

Er spürte ihr Zögern und lächelte. «Ist schon okay. Peter hat es mir erzählt.»

Sie war erleichtert und hoffte, dass er es nicht einfach nur behauptete. «Und? Wollte Hammett die Summe überweisen?»

«Eher nicht. Da die beiden schon länger ein Paar waren, hätte er das ja von Anfang an tun können.»

Das klang überzeugend. Im Übrigen war Edward nicht gerade dafür bekannt gewesen, leichtfertig Geld auszugeben. Selbst Helen hatte er knappgehalten, aber der war es egal gewesen. Daphne überlegte weiter. «Vielleicht hatte sie Glück und konnte einen ganzen Schwung ihrer Bilder und Skulpturen an einen Kunden loswerden.»

Leary schüttelte den Kopf. «Ausgeschlossen. Ich weiß von Peter, dass sie viel zu wenig verkauft hat.»

«Stimmt, eigentlich war das auch mein Eindruck.»

«Nein, wie ich Sandra kenne, hatte sie eine andere Geldquelle aufgetan. Vielleicht hatte sie noch einen weiteren Lover.»

«Das trauen Sie ihr zu?»

Leary zuckte mit den Schultern. «Wie gesagt, ich kenne sie seit ihrer Kindheit.»

Er hatte recht. Irgendetwas an Sandra McKallans fester Überzeugung, dass sie so bald zu einer Menge Geld kommen würde, war merkwürdig. Überhaupt schien es hier verdächtig oft um Geld zu gehen.

«Wie kam Vikar Ipswich überhaupt nach Fowey? Wusste die Kirche, dass seine Schwester dort lebte?»

Durch seine Jungenhaftigkeit, durch die lässig vom Schreibtisch baumelnden Beine und die Nerdbrille wirkte Leary wie jemand, der Vergnügen daran hatte, dass man ihn unterschätzte. Seine Antwort überraschte Daphne.

«Fowey? Ehrlich gesagt, da konnte ich ein bisschen helfen. Wir unterstützen seit ein paar Jahren die Jugendarbeit des Bischofs. Ich konnte den Bischof davon überzeugen, dass es für alle Seiten nützlich wäre, Peter nach St. Fimbarrus versetzen zu lassen, wo gerade die Pfarrstelle frei wurde. Sandra wohnte zu diesem Zeitpunkt schon ein Jahr in Fowey.»

Und, schwups!, hatte sie sich den verheirateten Edward Hammett geschnappt, hätte Daphne beinahe ergänzt. Aber sie ließ es. Stattdessen fragte sie: «Wusste denn die Kirche, dass der Vikar so labil war? Und ein Spieler?»

«Jeder wusste es, auch der Bischof. In der Kirchenleitung hat man sogar darüber nachgedacht, ihn ganz aus der Gemeindearbeit abzuziehen. Die Stelle in Fowey war seine letzte Chance.»

«Hatte er denn dort seine Spielsucht unter Kontrolle?»

«Es sah so aus. Sich mit Sandra anzulegen, nachdem sie nun schon für ihn gebürgt hatte, wäre auch keine gute Idee gewesen. Sie konnte wie ein Messer an der Kehle sein.»

Daphne erschrak über die drastische Formulierung. «Das klingt martialisch.»

«So meinte ich es auch.»

«Auf mich hatte sie den Eindruck gemacht, sehr willensstark zu sein», sagte Daphne. «Vielleicht etwas zu unsensibel für eine Künstlerin, aber ich kannte sie natürlich noch nicht so lange.»

«Ach, die Kunst ...» Leary zog das Wort geradezu in die Länge. «Jeder, der Sandra lange genug kannte, hat sich darüber amüsiert. Sie war sicher begabt, aber sie hatte auch begriffen, dass man erst interessant wird, wenn man genug Wind um sich macht.» Leary sah Daphne an, die ihm weiter aufmerksam zuhörte. «Wenn ich ehrlich sein soll – Sandra war das dunkle Element in Peters Leben. Sie stand ihm zur Seite, war aber unberechenbar. Als Kinder haben wir mal zuschauen müssen, wie sie zwei Enten den Hals umgedreht hat. Einer missliebigen Freundin hat sie heimlich die Radmuttern gelockert, das Mädchen brach sich beide Beine. Eine Neue in der Klasse hat Sandra bei den Eltern mit Kussfotos erpresst. Es hat ihr großes Vergnügen bereitet, andere in der Hand zu haben.»

«Wie entsetzlich! Warum hatten Sie überhaupt noch Kontakt zu ihr?»

«Peter zuliebe. Wenn ich ihm nicht geholfen hätte, wäre er vor die Hunde gegangen. Er hat mich ständig angerufen, wie einen Bruder.»

Offenbar fiel es Leary nicht leicht, darüber zu sprechen. Um bloß keine Sentimentalität aufkommen zu lassen, griff er in eine Schale mit Erdnüssen und warf sich zwei Nüsse in den Mund. Als er auch Daphne die Schale hinhielt, lehnte sie dankend ab. Aus guten Gründen: Sie nahm nie Nüsse aus einer Schale, in der Männer ihre Finger gehabt hatten.

Stattdessen fragte sie: «Stimmt es, dass Sandra früher in Glasgow lebte?»

Luke Learys Stimme wurde ironisch. «Wenn man ihr schottisches Gastspiel so nennen will. Es waren nur sechs lächerliche Monate. Mit zwanzig hatte sie einen Mr. McKallan geheiratet, wer immer das auch war, nicht mal Peter kannte ihn. Noch im selben Jahr kam sie frustriert zurück und war kurz darauf wieder geschieden. Nur auf den interessanten schottischen Namen wollte sie nicht mehr verzichten.»

«Wenn Sie das so schildern – irgendwie passte auch das zu Sandra.»

«Ja, obwohl ich wünschte, ich könnte sie anders beschreiben.»

Daphne stand auf. «Danke, Mr. Leary, Sie haben mir sehr geholfen.» Mehr zu fragen, würde ihn unnötig skeptisch machen. «Jetzt kann ich den Gemeindemitgliedern berichten.»

Sie konnte froh sein, dass er ihr überhaupt so freimütig geantwortet hatte. Vielleicht aus Mitleid, weil sie die Leichen gefunden hatte.

«Es war auch für mich interessant.» Leary rutschte von der Schreibtischkante und stellte hilfsbereit ihren Stuhl zur Seite, damit sie zur Tür gehen konnte. «Und was den Schuldschein angeht, den können sie zerreißen. Ich muss die Sache wohl abhaken.»

Daphne vermied es, ihm zuzustimmen. «Was hätten Sie eigentlich getan, wenn Peter Ipswich noch leben würde und Ihnen am Zahltag mitgeteilt hätte, dass er die Schulden nicht tilgen kann?»

Luke Leary lächelte. «Ah, Sie glauben an das alte Märchen von den Schlägertrupps der Buchmacher?»

Sie fühlte sich ertappt und lächelte etwas zögerlich zurück. «Vielleicht, ein bisschen.»

«Mrs. Penrose! Wir leben im 21. Jahrhundert!» Leary lachte laut heraus. «Ich habe zehn Jahre lang als Informatiker gearbeitet, bevor ich die Firma von meinem Vater übernommen habe. Trotzdem weiß ich mich natürlich zu wehren. Ich hätte Peters Gehalt pfänden lassen und mit der Kirchenleitung verhandelt. Zufrieden?»

«Sehr zufrieden», sagte Daphne. Erleichtert über seine glaubwürdige Antwort reichte sie ihm freundlich die Hand. Dabei sah sie, dass sein schwarzes Hemd kleine Schwitzflecken unter dem Arm hatte, als hätte ihn das Gespräch doch mehr Überwindung gekostet, als er zugeben wollte.

Als sie wieder draußen vor dem Kinderkarussell stand, fühlte sie sich wie betäubt. Und während sie sich erneut durch die Menschenmenge quälte, war sie mit ihren Gedanken noch immer bei dem Wust an Informationen, die sie Luke Leary verdankte.

Am Ende der St. Nicholas Street kam ihr eine Horde grölender Jugendlicher entgegen. Sie sahen nach Ärger aus, zumal von der anderen Seite vier weitere Jugendliche mit Bierflaschen in der Hand dazustießen.

Da Daphne keine Lust auf flapsige Bemerkungen irgendwelcher Art hatte, zwängte sie sich in eine enge Gasse zwischen zwei der historischen Häuser. Es war eine Abkürzung, die sie schon oft benutzt hatte. Der Durchgang war nur schulterbreit, in früheren Jahrhunderten hatte er als Brandschutzgasse zwischen den Gebäuden gedient. Das schmutzige Pflaster war abgetreten, und man lief zwischen Rückseiten und schäbigen Mauern, doch am Ende lockte eine große Straße. Daphne beeilte sich, die übelriechende Gasse hinter sich zu bringen. Plötzlich hörte sie ein Geräusch. Sie wollte sich umdrehen, aber im selben Moment hielt ihr bereits eine kräftige Hand von hinten die Augen zu. Sekunden später landete ein Schlag auf ihrem Kopf.

Bevor sie ohnmächtig wurde, spürte sie, wie sie aufgefangen und auf das schmutzige Pflaster gelegt wurde. Während die Augenlider unerbittlich zufielen, sah sie gerade noch die Umrisse eines stinkenden, angebissenen Fischbrötchens neben ihrem Kopf.

# 11

«Man kann im Leben nicht umkehren.
Es gibt kein Zurück. Keine zweite Chance.»

**Daphne du Maurier, *Meine Cousine Rachel***

Da Daphne ihm keine Nachricht hinterlassen hatte, schaute Francis noch rasch auf ein Bier im Pub vorbei. Der Freitagabend bedeutete für die meisten Angestellten den wöchentlichen Showdown an der Theke.

*The Sailor's Inn* lag bequem hinter dem Hafenplatz, wie eine Einladung, zu der man nicht nein sagte. Seit Fowey im vergangenen Sommer eine Aktion zur Verschönerung der Straßen gestartet hatte, gab es vor den weißen Sprossenfenstern des Pubs sogar Blumenkästen. Die männlichen Stammgäste am Tresen fanden die roten und weißen Geranien zwar eine Nummer zu viel – «Verkaufst du jetzt auch Plätzchen und Plüschkissen, Andrew?» –, aber der Wirt blieb standhaft.

Wie immer war freitags das Gedränge groß. Wer nicht am Tresen Platz gefunden hatte, stand mit dem Bier in der Hand hinter den Barhockern. Die rauchgeschwärzte Holzdecke hing tief über den Gästen, so wie in all den anderen historischen Lokalen, die zu Cornwalls Seele gehörten wie der Markt zu Frankreich. Keiner hier mochte die klebrige Theke der Pubs missen, die schmuddeligen Teppiche auf dem Weg zum Klo, die dunklen, wackeligen Tische und den harschen Ton der Wirte. Neben Bier und Pastrys gab es bei Andrew nichts sonderlich Originelles, aber sein durchlöchertes Dartbrett war eine nette Abwechslung. Auch seine *shout*-Abende, an denen laut gesungen werden durfte, machten den Pub beliebt.

Francis sah, dass Harvey Clifford am hintersten Ende der Theke stand, heute mit schwarzer Augenklappe, weil ihm ein Gerstenkorn zu schaffen machte. Neben ihm diskutierten Leo Vivyan und Toby Wheeler. Mit beiden war Francis als Schüler im Internat gewesen. Leo hatte sein ohnehin schon reichliches Geld als Banker vermehrt, Toby verkaufte dagegen mehr schlecht als recht landwirtschaftliche Maschinen. Beide gehörten zu Foweys ältesten Familien, auch wenn die Vivyans den Wheelers seit Jahrhunderten finanziell überlegen waren.

Francis bestellte sich ein *Tribute*. Als der Wirt ihm das Glas über die Theke schob, fragte er verschwörerisch: «Und? Was Neues von der Polizei?»

«Nichts, was sie mir erzählt hätten», sagte Francis trocken und wanderte dann mit dem Glas in der Hand zu den anderen hinüber. Harvey biss gerade genüsslich in seine *cornish pasty*, die beliebte Fleischpastete mit einer Füllung aus Rindfleisch, Kartoffeln, Steckrüben und Zwiebeln. Vor lauter Eifer war ihm die schwarze Augenklappe verrutscht.

Leo hob zur Begrüßung sein Bierglas, als Francis sich zu ihm stellte. «Willkommen im Freitagsclub, Penrose!» In seiner taillierten Tweedjacke sah er zu jeder Tageszeit aufrecht aus. Er zeigte auf den kauenden Harvey. «Was sagst du zu unserem Piraten? Hoffentlich hat er auch im Hafen diesen Biss.»

«Meistens», antwortete Francis und nahm einen kräftigen Schluck. «Vor allem, wenn er die Liegegebühren kassiert.»

Harvey wischte sich mit der Serviette die Soße vom Mund.

«Vorsicht, Jungs! Da verstehe ich keinen Spaß.» Stolz berichtete er, dass er im Mai den erfolgreichsten Monat seit Jahren hatte. Vor allem die umstrittenen Kreuzfahrtschiffe brachten der Gemeinde Geld.

Toby Wheeler riss eine Tüte mit Kartoffelchips auf und hielt sie Francis hin. «Stimmt es, dass man Hammetts Auto gefunden hat? Weißt du was?»

«Yep.» Francis griff in die Tüte. «Er stand an Pikes Angelsteg. Die Polizei sucht noch Zeugen. Wann hast du Edward eigentlich das letzte Mal gesehen?»

«Letzten Samstag.» Toby drehte sich um und zeigte auf einen Ecktisch. «Er saß da. Allein. Dann klingelte sein Handy, und er fing an, mit jemandem herumzustreiten.»

«Hast du verstanden, worum es ging?»

«Keine Ahnung», sagte Toby.

Leo Vivyan mischte sich ein. Vor ihm auf dem Tresen standen bereits zwei leere Gläser. Wie immer, wenn er etwas getrunken hatte, wurde er unangenehm direkt.

«Na kommt, Jungs, ihr wisst alle, dass Edward kein Heiliger war. Er tat so harmlos, dabei konnte er ganz schön galoppieren.» Er sah den irritierten Blick von Francis. «Glaubst du im Ernst, er hing immer nur an Helens Rockzipfel?»

Francis fühlte sich angestoßen, Edward in Schutz nehmen zu müssen. «Tu nicht so, als hättest du eine Ahnung, in was er da reingeraten ist, Leo.»

«Genau.» Harvey wischte sich ein paar Krümel von der Strickjacke. «Edward war ein feiner Kerl. So viel Hass, wie sein Mörder auf ihn gehabt haben muss, das hat er wahrlich nicht verdient!»

«Also, was Leo meinte ...» Toby schaute kurz zu Leo, als würde er dessen Einverständnis suchen. «... das ist seine Affäre mit Betty.»

«Mit Betty Aston?», fragte Francis ungläubig.

«Ja, vor zwei Jahren», bestätigte Leo. «Ich hab die beiden abends beim Essen in Plymouth gesehen. Und das sah nicht gerade wie ein Geschäftsessen aus.»

Francis erinnerte die Runde daran, dass sowohl Edward als auch Betty Mitglieder im *Royal Yacht Club* waren, warum sollte das Treffen in Plymouth auffällig gewesen sein?

Leo wollte etwas erwidern, aber Francis fiel ihm ins Wort.

«Bitte, Leo – setz keine Märchen in die Welt.» Sein Instinkt, Edward zu verteidigen, ließ ihn heftiger reagieren als gewollt. Aber es erschien ihm auch undenkbar, dass gerade die spitzzüngige Betty und der besonnene Edward zueinandergefunden haben sollten. Andererseits war Betty schon seit Jahren auf der Suche nach einem passenden Mann, das wusste er von Daphne ...

Doch auch Tony Wheeler konnte einen Punkt für Leos Verdacht liefern. «Und warum habe ich Edward zweimal abends in der Ezra Street absetzen müssen, wenn ich ihn vom Pub mitgenommen habe? Betty wohnt gleich um die Ecke. Sei nicht so naiv, Francis. Es bleibt ja unter uns.»

Leo zog ein abgegriffenes schwarzes Notizbuch aus der Innentasche seines Tweedsakkos und hielt es hoch. «In diesem Notizbuch, Freunde, steht noch ein anderes wichtiges Datum. Ich hab es erst heute Morgen wiedergefunden. Erinnert ihr euch an den 3. März letzten Jahres? St. Piran's Day?»

St. Piran war der Schutzheilige Cornwalls. An diesem Datum veranstaltete der Wirt des Pubs regelmäßig den *St. Piran's Shout* – das große Pub-Singen.

«Was für ein Abend!», erinnerte sich Toby grinsend. «Harvey und ich haben gegrölt, bis man uns die Mützen über den Kopf gezogen hat.»

«Fein, dass dir das noch nicht entfallen ist.» Leos Lächeln

hatte etwas Hinterhältiges. «Was ihr alle aber nicht wisst – neben mir stand Sandra McKallan. Ich hatte ihr ein paar Tage vorher zwei Bilder abgekauft. Sie schielte ununterbrochen zu Edward rüber, der ohne Helen da war. Als ich es merkte, fragte ich sie, ob ich sie beide bekanntmachen sollte, schließlich verstand Edward was von Kunst. Sie sagte ja. Also brachte ich sie zu ihm und ließ sie allein.»

«Wow!» Harvey war der Erste, der seine Worte wiederfand. «Warum hast du uns das nie erzählt?»

«Weil es nichts bedeutete. Wir machen doch ständig Leute miteinander bekannt. Wie sollte ich wissen, dass sie heimlich ein Paar werden?»

Der Pub war jetzt zum Bersten voll. Man verstand kaum noch sein eigenes Wort. Zwei junge Frauen, die an der Tür standen und Gläser mit Pimm's in der Hand hielten, lächelten zu Francis hinüber. Genau wie er musste sich damals auch Edward gefühlt haben – etwas hilflos und schwankend, ob er nun aus Höflichkeit zurücklächeln sollte oder nicht.

«Wusste Sandra denn, wer Edward war?», fragte er.

Leo zuckte mit den Schultern. «Keine Ahnung. Ich hatte nicht den Eindruck. Obwohl ...» Er dachte nach. «Ich weiß noch genau, was sie sagte, als wir zu ihm kamen. ‹Hi, ich bin neu in Fowey. Ich mag Kunst, Schiffe und einen guten *shout*. Und Sie?›»

«Na bitte», sagte Toby. «Sie hat sich ganz ordinär an ihn rangemacht!»

Wie auf Kommando schüttelte Harvey angewidert den Kopf und spülte mit einem tiefen Zug den letzten Rest Bier hinunter. Francis nahm sich vor, später mit Daphne über diese Informationen zu sprechen. Vielleicht konnte sie als Frau besser einschätzen, was von alledem zu halten war.

Etwas verhalten beobachtete er, wie Harvey wieder aus

dem Glas auftauchte und einen Blick zur Tür warf. Dort stand sein Sohn Mark, der versprochen hatte, ihn wegen der Augenklappe nach Hause zu fahren. Harvey winkte ihm zu. Mark Clifford winkte zurück, offenbar scheute er die Enge im Pub und blieb, wo er stand. Er war zu Recht Harveys ganzer Stolz, ein gutaussehender junger Mann mit strahlend blauen Augen. Francis hatte ihn schon etwas länger nicht gesehen. Obwohl Mark erst Ende zwanzig war, arbeitete er bereits als Ausrüster für eine Schiffsfirma und wollte demnächst heiraten.

Harvey machte den Reißverschluss seiner blauen Strickjacke zu und verabschiedete sich. Während seine Hünengestalt im Gewühl verschwand, bestellten sich Francis, Toby und Leo eine neue Runde Bier. Diesmal entschieden sie sich für Guinness. Keiner von ihnen hatte Lust, den ganzen Abend über die Mordfälle zu reden, so traurig alles war. Lieber diskutierten sie über Sportergebnisse und Politik. Leo erregte sich über die Starrköpfigkeit der Londoner Parlamentarier, wollte aber auf gar keinen Fall die Globalisierung. Toby wäre schon gerne global im Internetgeschäft tätig, wagte aber das Investment nicht. Nach einem dritten Bier konnten sie sich so weit verständigen, dass Francis recht bekam, der die aussterbenden Fischarten in den Meeren gerne durch mehr Hightech überwachen würde. Am Ende waren sich alle einig, dass man in Cornwall zwar der Globalisierung etwas hinterherhinkte, im Gegenzug aber das Schönste überhaupt bekam: die beste Luft weltweit, die vernünftigsten Menschen Englands und gerade genug Hightech, um den Anschluss nicht zu verpassen. Francis gab zum Besten, wie unglücklich Daphne gewesen war, als sie bei ihrer Fortbildung für die *Royal Mail* in Gatwick wohnen musste. Jeden Abend hatte er sich mit dem Telefon an der

*Readymoney Cove* auf die Klippen stellen müssen, um sie das Geräusch der Brandung hören zu lassen.

«Du hast Daphne gar nicht verdient», meinte Leo mit schwerer Zunge.

«Ich weiß», sagte Francis lächelnd. «Aber jetzt hatte ich nun mal das Glück, sie zu bekommen.»

Er trank noch einen Schluck Guinness. Als er wieder aufblickte, sah er zu seinem Erstaunen, wie Max Hammett den Pub betrat. Er wirkte wie ein geprügelter Hund, der zwar dem Durst nicht widerstehen konnte, ansonsten aber lieber nicht gesehen werden wollte. Als Edward Hammetts einziger Bruder hatte er seit vorgestern sicher eine Menge Beileidsbekundungen über sich ergehen lassen müssen.

Wie Edward trug auch Max einen grauen Vollbart, ansonsten hatten die Brüder nicht viel gemein. Und seitdem Max seinen Steinbruch aufgegeben hatte, schien er Edward noch mehr um dessen geschäftlichen Erfolg zu beneiden. Es war auch kein Geheimnis, dass Max jähzornig sein konnte. Seine Gesellen konnten haufenweise Geschichten über ihn erzählen, die von Wutausbrüchen und weggeschleuderten Hämmern handelten. Francis hatte es schon immer unangenehm empfunden, dass Max, wo er nur konnte, schlecht über Edward redete. Auch das passte zu seiner Griesgrämigkeit.

Er beobachtete, wie Max ein paar Münzen aus der abgewetzten Windjacke zog, sich ein Glas Wein von der Theke holte und sich damit allein ans Fenster stellte. Er wohnte im Nachbardorf Par und kam nicht oft hierher.

Francis musste sich eingestehen, dass er ganz vergessen hatte, Max nach dem Tod seines Bruders anzurufen und ihm zu kondolieren. Während Leo und Toby sich gerade über ein Rugbyspiel der *Cornish Pirates* stritten, ging er mit schlechtem Gewissen zu Max hinüber.

«Hallo, Max. Mein Beileid! Du weißt ja, wie gerne Daphne und ich deinen Bruder hatten.»

«Schon gut, Francis.» Die Stimme von Max klang rau. «Ich sollte dir dafür danken, dass du ihn aus dem Wasser gezogen hast.»

Er schwieg und kniff dabei fest den Mund zusammen, sodass sich die vergilbten grauen Barthaare der Oberlippe und der Unterlippe berührten. Francis empfand das Schweigen als unangenehm. Schon als kleiner Junge hatte er mangelnde Kommunikation als etwas Fehlerhaftes gesehen. Rücksichtsvoll fragte er: «Kann man dir irgendwie helfen?»

Max wirkte bitter, als er antwortete. «Ich brauch kein Mitleid. Komm schon klar. Seit heute gehn eine Menge Leute bei mir ein und aus, wie die Ratten – Polizei, Edwards Anwalt, neugierige Nachbarn. Eine wirklich interessante Sache, so ein Mord.»

«Max, das lässt sich nicht vermeiden», sagte Francis etwas lahm.

«Deine Frau war schon bei Helen, hab ich gehört.»

«Ja, gleich nachdem ...» Francis brach ab. «Wie geht's Helen jetzt?»

«Wie es einem Opfer so geht. Mit alldem Dreck, der jetzt nach oben gespült wird.» Offenbar spielte Max auf die Tatsache an, dass Edward eine Geliebte hatte.

Dann fragte er Francis, was dieser über Sandra McKallan wusste, und als er merkte, dass Francis zurückhaltend blieb und sorgsam vermied, Details aus den polizeilichen Ermittlungen preiszugeben, wurde Max immer ungehaltener. Offensichtlich brauchte er jemanden, bei dem er Dampf ablassen konnte. Er war seit Jahren Witwer und lebte allein im Elternhaus der Hammetts, der alten Mühle von Par.

Francis versuchte, ihn zu bremsen. «Ich verstehe deine

Wut, Max, auch dass du nicht gut auf Sandra McKallan zu sprechen bist, aber die Dinge sind nun mal so passiert.»

«Blödsinn!» Die Gehässigkeit in Max' Stimme war nicht zu überhören. «Es wird Zeit, dass man in Fowey aufhört, Edward zu vergöttern! Ihr habt ihn alle nicht gekannt. Oder wusstest du, dass Helen sich scheiden lassen wollte? Sie hatte die Nase voll. Der Dreckskerl wollte, dass sie stillhält und das Verhältnis mit Sandra McKallan duldet. Vorne seine brave Ehefrau, hinten sein Luder.»

Wütend schüttete Max den Wein in sich hinein, während Francis die Neuigkeit erst mal verdauen musste. Offensichtlich hatte Leo recht: Er hatte Edward doch nicht so gut gekannt, wie er immer meinte.

«Woher wusste Helen von Sandra?», fragte er betont ruhig.

«Jemand hat ihr einen anonymen Brief in den Briefkasten geworfen», sagte Max.

«Gibt es den noch?

«Nein, sie hat ihn verbrannt, bevor Edward ihn in die Finger bekam.»

«Aber warum hat Helen vorgestern Daphne nichts davon erzählt?»

Max hob ahnungslos die Hände. «Was fragst du mich? Ihr seid doch die Nachbarn! Vielleicht war es ihr peinlich. Der Polizei hat sie es aber gesagt, damit Ruhe ist.»

Geduldig erklärte ihm Francis, dass der Fall dadurch eher komplizierter wurde. Jetzt war Helen eine klar Verdächtige, denn sie hatte allen Grund, ihren Mann loszuwerden. Auch dass Max mehrfach verhört worden war, deutete darauf hin, dass Chief Inspector Vincent mehr denn je davon ausging, den Mörder im engsten Kreis um Edward Hammett zu finden. Vielleicht hatte er ja auch recht.

Max hörte Francis eine Weile zu, schien aber nicht viel auf seine Meinung zu geben. Er fuhr sich mit den Fingern durch den Bart. «Na ja, werden sich sowieso alle das Maul zerreißen.» Über Vikar Ipswich verlor er kein Wort, als hätte es nur zwei Tote gegeben, stattdessen wechselte er das Thema. «Was macht dein Oldtimer, Francis?»

«Wird wahrscheinlich nie ganz fertig. Ständig fehlen Teile.»

Gemeint war der alte Jaguar, den Francis vor Jahren geerbt hatte. Max war so nett gewesen, den grünen XK-Roadster von 1956 mit einem seiner Lastwagen von Bath nach Fowey zu transportieren. Später stellte sich heraus, dass er dafür neben Bargeld auch noch eine Bevorzugung bei der Vergabe von Fischrechten erwartete. Francis hatte ihm so deutlich die Leviten gelesen, dass Max nie wieder danach fragte.

Max stellte das leere Weinglas auf dem Fensterbrett ab und zog seinen Autoschlüssel aus der Tasche. «Dann zieh ich mal wieder ab», sagte er. «Zurück zu meinen Ratten. Wir sehn uns auf der Beerdigung, falls es je eine gibt.»

«Warte, ich gehe mit raus», sagte Francis. Der Lärm im Pub begann, ihn zu nerven. Er hatte wenig Lust, sich noch mal zu Leo, Toby und all die anderen zu stellen, die jetzt schon bei der Whiskyrunde waren und nur noch dreckige Witze erzählten. Auch dass Daphne noch nicht angerufen hatte, beunruhigte ihn.

Max drängte sich wuchtig durch die Menschenmenge bis zur Eingangstür durch, Francis folgte ihm wie ein Begleitboot. Als sie endlich draußen an der frischen Luft standen, hob Max zum Abschied eine Hand. «Also dann – bis irgendwann mal.»

Plötzlich tauchte aus dem Dunkel des Seiteneinganges Sergeant Burns auf.

«Mr. Hammett? Wir hätten doch noch ein paar Fragen.»

Francis war genauso überrascht wie Max, aber dann sah er ein paar Meter weiter den wartenden Polizeiwagen mit einem Constable hinter dem Steuer und begriff. Burns nickte ihm kurz zu.

Max wurde rot vor Zorn. «Geht das schon wieder los?»

«Mit uns muss man leider immer rechnen, Mr. Hammett.»

Es klang nur wenig ironisch, doch für Max schien es eindeutig unverschämt zu sein. Wütend zog er sein Handy aus der Tasche und fing an, wie wild darauf herumzuhacken. «Dann werd ich jetzt Ihren Chef anrufen!» Seine Stimme bebte vor Wut. «Das lass ich mir nicht bieten!»

Sergeant Burns reagierte gelassen. Seelenruhig nahm er Max das Telefon aus der Hand, stellte es aus und reichte es danach wieder zurück. «Das können Sie alles später machen, Mr. Hammett. Wenn Sie uns erklärt haben, warum Sie vorgestern früh um halb sechs mit dem Auto unterwegs waren. Genau eine Stunde nachdem Ihr Bruder am Fluss ermordet wurde.»

Max schwieg, seine Kiefer mahlten nervös. Der Sergeant beobachtete ihn abwartend. Francis wollte die beiden diskret allein lassen, aber Sergeant Burns rief ihm zu: «Sie können ruhig bleiben, Mr. Penrose, das meiste wissen Sie sowieso schon.»

Francis kam zurück, vielleicht war es gar nicht schlecht, wenn Edwards Bruder jetzt nicht ganz allein dastand.

Schließlich fragte Max: «Woher wissen Sie, dass ich unterwegs war?»

«Von einer Überwachungskamera an der Kreuzung vor dem Friedhof. Von da bis zum Angelsteg, wo wir den Wagen Ihres Bruders gefunden haben, ist es nicht gerade weit.»

«Da war ich nicht.»

«Sondern?»

Max sah Sergeant Burns mit festem Blick an. «Eine Frau. Ich hab bei ihr übernachtet.»

«Aber Sie wollen den Namen nicht sagen?»

«Nein. In meinem Alter verhält man sich wie ein Gentleman, auch wenn ihr Jungs euch darüber lustig macht.»

«Das würde ich mir nicht erlauben», sagte der Sergeant höflich, «aber wenn Sie kein Alibi haben, sind Sie in Schwierigkeiten. Ist Ihnen das klar?»

«Kein Kommentar.»

«Zweite Frage, Mr. Hammett. Wie kommt es, dass Nachbarn Ihren Wagen eine halbe Stunde später vor dem Haus Ihres Bruders gesehen haben? Erst sind Sie nahe am Tatort und dann bei der Witwe. Was für ein Zufall!»

Wieder schwieg Max einen Augenblick, bevor er antwortete. «Helen wollte mich sprechen. Sie hat am Abend davor bei mir angerufen und gefleht, dass ich morgens bei ihr vorbeikomme. Sie wollte meinen Rat wegen der Scheidung.»

«Hätte sie das nicht am Telefon fragen können?»

«Vielleicht, aber so erschien es ihr offenbar besser. Sie wusste ja, dass Edward frühmorgens nach Plymouth fahren wollte.»

«Ist es richtig, dass Sie ein Motorboot mit Kajüte besitzen? Angeblich liegt es in Golant, also gar nicht weit weg vom Angelsteg.»

«Ja, verdammt noch mal», polterte Max. «Ich hab ein Boot! Fast jeder hier hat ein Boot, das ist in Fowey doch nichts Besonderes. Fragen Sie Mr. Penrose.»

Der Sergeant ersparte Francis diese Frage. «Okay. Viele Fragen und viele Antworten. Chief Inspector Vincent möchte, dass wir Sie mit nach Bodmin nehmen.» Er wurde offiziell. «Mr. Hammett, hiermit nehme ich Sie fest unter dem

Verdacht, Ihren Bruder getötet zu haben. Einen Anwalt können Sie aus Bodmin benachrichtigen.»

«Nur zu!», sagte Max voller Müdigkeit, als ob sein bisheriger Widerstand nur eine vorgetäuschte Festung gewesen war. «Schnappt euch den Brocken. Hauptsache, ihr habt was im Netz!»

Sergeant Burns ließ ihm den Vortritt. Ohne dass einer von beiden sich weiter um Francis kümmerte, gingen sie zum Polizeiwagen. Der wartende Constable sprang heraus und öffnete für den Verhafteten die hintere Tür. Das Bild hatte etwas Trauriges, weil Max mit hängendem Kopf einstieg und Francis dabei einen unsäglich leidenden Blick zuwarf. Nachdem der Wagen losgefahren war und im Gewirr der Gassen verschwand, empfand Francis nur noch Leere.

Als er sich nachdenklich auf den Weg nach Hause machte, kam er an dem rostigen Geländewagen von Max Hammett vorbei, der schräg am Straßenrand geparkt war. So chaotisch wie von außen sah es auch hinter dem Rücksitz des Wagens aus. Das einzig Saubere, was zwischen eisernem Werkzeug, Gesteinsbrocken und schmutzigem Angelgerät lag, war eine Tüte vom *Summer in the City*-Fest in Truro, das heute eröffnet hatte. Francis war überzeugt, dass die Polizei Max' Wagen später abholen und durchsuchen würde.

Bis *Embly Hall* war es nicht weit. Die enge Straße führte steil den Hügel hinauf, aber Francis war gut trainiert. Durch die ungewöhnliche Wärme der windstillen Nacht lag der schwere Duft von Blüten in der Luft, der aus den liebevoll gepflegten Gärten der viktorianischen Reihenhäuser stammte. Fast jeder hier verstand etwas von Gärten und Pflanzen. Den ganzen Sommer über gab es Ausstellungen, auf denen die Hobbygärtner um Preise wetteiferten.

Die Villa der Hammetts lag still und dunkel da, offenbar war Helen noch bei ihrer Schwester. Wie lange würde es wohl dauern, fragte sich Francis, bis er und Daphne wieder halbwegs unbelastet an diesem Haus vorbeigehen konnten? Es kam ihm vor, als ob die Verbrechen wie schwere Tränen auf Foweys Alltag gefallen waren.

Er schloss die Tür zum Torhaus auf, ging in den Flur, zog sein Handy aus der Tasche und legte es auf die Kommode. Dort befand sich auch Daphnes Handtasche. Ihm schwante etwas. Er überprüfte noch einmal sein Telefon und stellte fest, dass er nach der letzten Besprechung im Büro den Flugmodus angelassen hatte.

Schuldbewusst schlich er die Treppe nach oben. Auf dem Korbstuhl vor dem Badezimmer lagen Daphnes Kleidungsstücke, davor die Schuhe, wie in Eile abgeschüttelt. Vorsichtig schaute er ins Schlafzimmer.

Sie lag tatsächlich im Bett und schlief, ihre langen braunen Haare waren auf dem Kopfkissen ausgebreitet. In der Dunkelheit glaubte er zu erkennen, dass sie eine große weiße Schleife im Haar trug. Am Hinterkopf. Es rührte ihn, dass sie vergessen hatte, diese abzumachen, sicher stammte sie vom Markt in Truro.

Es freute ihn, dass sie offensichtlich einen schönen Nachmittag gehabt hatte.

Leise zog er die Tür wieder zu und ging ins Bad.

# 12

«Gehe langsam. Der Weg ist dunkel.»

**Rudyard Kipling, *Kim***

Seit Daphne wie in Zeitlupe vom schmutzigen Straßenpflaster aufgestanden war, abgestützt an einer besprühten Hauswand und mit widerlich verdreckten Händen, hatte sie starke Kopfschmerzen. Auch wenn ihr zum Glück nichts Schlimmeres passiert war, konnte sie die Erinnerung an das scheußliche Gefühl des Ausgeliefertseins nicht loswerden. Erst als sie später im Auto saß und wieder nach Hause fuhr, kamen Wut und Trotz ins Spiel.

Zu Hause war es ihr gelungen, wie gewohnt ins Bett zu gehen, obwohl Francis noch immer nicht zurück war. Sie ahnte, wo er mit seinen *old boys* zusammensteckte, schließlich war Freitag. Trotzdem, gerade jetzt hätte sie ihn dringend gebraucht.

Als Francis schließlich irgendwann ins Schlafzimmer geschlichen kam und sie immer noch wach lag, reagierte sie trotzig. Sie stellte sich schlafend und wartete, bis auch er zu Bett gegangen war und laut schnarchte. Danach stand sie wieder auf und ging zu ihrer Arbeitsecke.

Als sie am Sekretär vor dem aufgeklappten Tagebuch saß, wurde sie langsam ruhiger. Eine Mücke schwirrte durch den Raum, aber es störte sie nicht. Der Wunsch, ihre Gedanken nach diesem ereignisreichen Nachmittag in Truro in Worte zu fassen, brachte wieder Klarheit in ihr Denken. Was ebenfalls half, war ihr Versuch, es mit Ironie zu tun.

**Freitag, 3. Juli**

Blutend auf dem Straßenpflaster aufzuwachen, ist erschreckend. Ich habe eine Platzwunde am Hinterkopf. Zwei junge Frauen helfen mir auf. Sie sehen das angebissene Fischbrötchen, eine zerbrochene Miniflasche Gin und denken sich ihren Teil. Ich schäme mich. Gesehen haben sie niemanden, gestohlen wurde mir nichts, auch nicht aus meiner Handtasche, die unberührt neben mir liegt.

Obwohl ich protestiere, fahren sie mich mit meinem Wagen zum Krankenhaus. Die Polizei lasse ich aus dem Spiel, weil es nichts bringt. Unterwegs im Auto entdecken die jungen Frauen auf der Rückseite meiner Steppweste einen Aufkleber. Es ist das kleine Stoppschild, das beim Karussell an die Mütter und Kinder verteilt wurde. Ich sage: «Was für Frechdachse!», aber mir ist klar, dass es in Wirklichkeit eine Warnung an mich ist, meine neugierigen Finger aus dem Fall Hammett-McKallan-Ipswich zu lassen.

Während ich auf den Arzt warte, tippe ich mir am Telefon die Finger wund, um Francis zu erreichen. Er hat wieder mal sein Handy ausgestellt. Ich könnte heulen (mache es aber nicht, nach dem Blut sollen nicht auch noch Tränen fließen!!). Der Arzt sieht Francis ähnlich, zur Strafe bin ich gar nicht nett zu ihm. Er besteht darauf, den Kopf röntgen zu lassen. Am Ende hat er eine erfreuliche Neuigkeit: Ich habe nur eine Platzwunde am Hinterkopf. Na so was!!

Danach klebt mir Schwester Ellen ein längliches

weißes Pflaster auf die Fontanelle (ist das nicht der Eingang zum Gehirn?), gibt mir gedanklich einen Klaps auf den Po und schickt mich wieder ins Leben zurück, nämlich auf die Straße.

Als ich aus dem Krankenhaus komme, sitzen draußen die beiden jungen Frauen, Mae und Rose. Sie warten ganz lieb auf mich. Ich lade sie zum Dank ins Veggie's ein, weil sie Vegetarierinnen sind. Direkt gegenüber ist ein Pub. Während des Essens sehen wir zu, wie sich drüben an der Bar zwei Dutzend Kerle voreinander aufblasen. Es ist wie im Aquarium. Es gibt Plattfische, Clownfische, Maulstachler, Glanzfische und jede Menge Haie.

Danach die Rückfahrt im Auto nach Fowey.

Schmerzender Kopf, tausend Gedanken. Jetzt erst kommt mein Gehirn dazu, alles einzuordnen. Der Knock-down war eine Warnung an mich, das zynische Stoppschild auf meiner Weste beweist es. Wer immer mich in Truro verfolgt hat, ahnte, warum ich Luke Leary aufgesucht habe. Plötzlich kommt mir der Gedanke, dass es Leary selbst war, aber es macht keinen Sinn. Ich glaube, dass er die Wahrheit gesagt hat, wenn nicht, müsste er sich nicht Minuten danach selber die Finger schmutzig machen. Selbstquälerisch spüre ich noch einmal dem schrecklichen Augenblick nach, als die feste Hand meine Augen verdeckt. Warum hat sie das getan? Vermutlich, weil ich den Täter oder die Täterin kenne. Ich fühle und sehe noch einmal den Handschuh auf meinen Augen, sehe ihn durch die Augenlider. Er ist grün, auch etwas Grau ist dabei, und es riecht nach feinem Leder. Trotzdem fühlt es sich auf den Augenlidern nicht wie Leder an, sondern wie genopptes Gummi. Dann kommt der Schlag. Er haut mich um.

Ich frage mich, warum jemand im Juli Handschuhe trägt oder zumindest welche dabeihat. Grünes Leder, dünn, aber genoppt.

Ein Golfhandschuh war es nicht.

Plötzlich fällt mir etwas ein.

Ich sehe mich wieder in Sandra McKallans Atelier klettern, bei meinem zweiten Besuch. Ganz beiläufig entdecke ich zwei Handschuhe, die über der Lehne des rechten Sessels hängen. Sie sind grün und aus Leder, mit einer grauen Innenseite aus weichem Silikon. Auf dem Grün des Handrückens steht in eleganter Schrift das Wort *Champion*. Es sind Ruderhandschuhe, wie sie auch mein Cousin Benny besitzt.

Wie konnte ich nur denken, dass sie Sandra McKallan gehörten? Sie hasste das Rudern. Für sie war es die spießigste Sportart Englands, was natürlich Unsinn ist. Mehrmals beschwerte sie sich beim Bürgermeister, weil er für die Ruderfeste regelmäßig einen Teil des Hafenplatzes sperren ließ.

Nein, die Handschuhe konnten nur dem- oder derjenigen gehören, die Sandra umgebracht hatte. Nur er oder sie wusste, dass Sandra nicht mehr zurückkommen würde und man jetzt in Ruhe das Haus durchsuchen konnte, um Beweise verschwinden zu lassen. Zum Beispiel die drei Zettel. Ich bekomme wieder eine Gänsehaut.

Die Person, die mich in Truro überfallen hat, muss mich gut kennen. Bin ich ihr zu neugierig geworden? Beschattet sie mich, seit ich die Toten gefunden habe, und ist sie mir deshalb bis nach Truro gefolgt?

Bis Fowey lassen mich diese Gedanken nicht mehr los. Als ich unser Torhaus aufschließe und sehe, wie stockfinster es in allen Zimmern ist, fühle ich mich unwohl. Warum ist Francis noch nicht da?

Als er endlich nachts zu mir ins Schlafzimmer schleicht, stelle ich mich schlafend. Durch die Augenlider sehe ich, dass er sich runterbeugt und mich kurz anschaut, als würde er ein niedliches, schlummerndes Kaninchen betrachten. Trotz des gigantischen weißen Pflasters an meinem Kopf scheint er nichts Besonderes an mir zu entdecken. Im Gegenteil, beschwingt verschwindet er im Bad, wo ich ihn laut gurgeln höre.

Warum können Männer nicht sensibler sein? Hätte ich eine Hupe und ein Schiebedach, würde ihm jeder Kratzer in meinem Lack sofort auffallen.

Ich freue mich schon auf sein erschrockenes Gesicht beim Frühstück, wenn er meine Horrorgeschichte hört und das weiße Pflaster sieht.

# 13

«Der Mensch produziert das Böse,
wie eine Biene Honig produziert.»

**William Golding, *The Hot Gates***

«Wie bitte?» Francis stellte seine Kaffeetasse ab und starrte auf Daphnes Pflaster. «Das alles passiert, während ich keine Ahnung davon habe?»

«Bekanntlich kann ich ganz gut selbst auf mich aufpassen, ob mit oder ohne weiße Schleife im Haar», sagte Daphne spitz. Sie biss in ihren Toast. «Was hilft mir ein Ehemann, der meine Notrufe nicht hört?»

«Es tut mir leid! Wie oft soll ich es denn noch sagen?»

«Aber als ich in London war, hast du fünfmal am Tag angerufen. Da ging es.»

Mit einer unwilligen Geste versuchte Francis, ihren Rückgriff auf längst Vergangenes beiseitezuwischen. «Bitte nicht wieder dieses Thema! Ich geh ja heute noch in Sack und Asche.»

Er griff nach der Zeitung und faltete sie demonstrativ so weit auseinander, dass Daphne ihn nicht mehr sehen konnte. Das Einzige, was hinter der Zeitung hervorschaute, waren die Ärmel seines schicken blauen Hemdes, das er sich neulich bei Harrods bestellt hatte.

Sie wusste selbst, dass die Erinnerung an ihre Woche in London besser in der Schublade bleiben sollte. Ihre erste

Ehekrise in fünfundzwanzig Jahren! Es war erst ein halbes Jahr her, dass sie von der *Royal Mail* zu einem Digitalisierungskurs nach Gatwick geschickt worden war, gleichzeitig mit zehn Männern und vier anderen Frauen aus Cornwall und Devon. Direkt am zweiten Tag hatte sie den Fehler begangen, Francis von zwei männlichen Kollegen zu erzählen, mit denen sie für eine Übungseinheit am PC eingeteilt war. Die beiden waren jung, charmant und witzig.

Als sie dann abends mit Francis telefonierte, schwärmte sie von der schnellen Auffassungsgabe der Kollegen. Einer von ihnen, der am nächsten Tag Geburtstag hatte, ohne dass die anderen es erfahren sollten, hatte sie zu einem Abendessen eingeladen. Es war ganz harmlos. Sie fand ihn interessant, er sah phänomenal gut aus, vor allem genoss sie seinen Humor und die Aufmerksamkeit, die er ihr zuteilwerden ließ. Dennoch war es nicht mehr als eine reizvolle, nur sehr theoretische Versuchung. Wie zum Selbstschutz erwähnten sie beide während des Essens pausenlos ihre Lieben daheim, in seinem Fall vierjährige Zwillinge.

In ihrer Naivität hatte sie Francis am Telefon von dem Abendessen erzählt. Von da an hatte er alle paar Stunden unter irgendwelchen Vorwänden bei ihr angerufen, sodass es schon lächerlich war. Schließlich ging sie nur noch ein Mal am Tag ans Telefon. Der Streit nach ihrer Rückkehr war fürchterlich. Seine heftige Eifersucht war Daphne neu, andererseits fühlte sie sich geschmeichelt. Auf einer Bootsfahrt bei Sonnenuntergang vor Mevagissey schenkte er ihr als Entschuldigung einen riesigen Strauß roter Rosen. Ihre endgültige Versöhnung feierten sie am Wochenende darauf in einem Luxushotel oberhalb von St. Ives.

Daphne nahm sich vor, eine solche Abkühlung ihrer Ehe nicht ein zweites Mal zu riskieren. Vorsichtig zog sie die

Zeitung vor Francis' Nase weg, hielt ihm ihre Hand hin und sagte auf Keltisch: «*Kowethegeth!*» Von ihrem Großvater, der noch das Kornische beherrschte, hatte sie gelernt, dass dieses Wort *Freundschaft* bedeutete.

Erleichtert und mit verschmitztem Lächeln drückte Francis die hingestreckte Hand. «*Kerensa.* Liebe.»

Wie immer am Wochenende frühstückten sie drüben in *Embly Hall.* Obwohl in Fowey auch samstags die Post ausgetragen werden musste, war es für Daphne ein freier Tag. Zweimal im Monat übernahm eine Kollegin den Samstagsdienst. Daphne hatte Francis überzeugen können, dass er wenigstens am Wochenende die Türen von *Embly Hall* für ein schönes Frühstück öffnete, er musste seine Rolle als strenger Major Domus ja nicht übertreiben. Hin und wieder etwas Leben in die Räume zu bringen, tat dem alten Gemäuer nur gut.

Draußen wehte ein heftiger Wind. Gegen Mittag sollte er sich zwar wieder legen, aber für jetzt hatte Daphne im verglasten Wintergarten gedeckt. Früher hatten sich dort gewaltige Tontöpfe mit Pflanzen aneinandergereiht, heute gab es nur noch ein paar anspruchslose Gummibäume. Trotzdem liebte sie diesen Platz, der romantischste im ganzen Anwesen.

Als Ersatz für die Töpfe war in den letzten Jahren die Vegetation draußen im Park explodiert. Die Wemsleys bezahlten einen Gärtner, der sich liebevoll um alles kümmerte. Wenn man jetzt im Wintergarten am ovalen, gekalkten Pinientisch saß, umgeben von geteilten Schiebefenstern, blickte man auf einen gepflegten Rasen und zwei herrliche Palmen, umgeben von Yuccas und Agaven. Im entfernten Teil des Parks, zwischen Pavillon und Backsteinmauer, war ein Cottagegarten angelegt mit Thymian, Salbei, Frauenmantel, Rittersporn und vielen Rosen, vor allem die alten Sorten. Dort bei Sonnenuntergang auf der Steinbank zu sitzen und der Stille zu lauschen – allenfalls noch dem leisen Rauschen aus der Bucht –, gehörte zu den besonderen Momenten in *Embly Hall*. Daphnes Lieblinge blieben Cornwalls Palmen, das schönste Symbol für den warmen Golfstrom vor der Küste. Sie waren noch an den windigsten Promenaden der Seebäder zu finden.

Während sie die Rühreier auf die Teller verteilte, sagte sie: «Jetzt erzähl.»

«Gleich.» Er legte seine Hand auf ihre. «Noch mal zurück zu deinem Ausflug nach Truro. Was da passiert ist, macht mir echt Sorgen. Genau genommen dürftest du gar nicht mehr allein unterwegs sein.»

Sie zog ihre Hand weg, um jetzt ihm liebevoll auf die Hand zu klopfen. «Ich weiß, Darling. Aber soll ich meine Post von nun an mit Bodyguards austragen?» Sie wurde ernst. «Das ist doch unrealistisch. Wenn der Mörder mich umbringen wollte, hätte er das längst gemacht. Ich kann mich nicht verstecken, und die Polizei wird mir auch keinen Personenschutz geben. Vielleicht war es doch ein simpler Straßenräuber, der gestört wurde.»

«Das glaubst du doch selbst nicht!»

«Nein, aber du könntest es glauben.» Francis sollte merken, dass sie zwar besorgt war, aber nicht ängstlich. «Was ich damit sagen will, ist ... Nur wenn wir helfen, den Mörder zu finden, sind wir ihn wirklich los. So banal das klingt.»

Francis musste zugeben, dass Daphnes Logik Sinn machte. Er selbst neigte ohnehin dazu, alle Wege in seinem Leben konsequent bis zum Ende gehen. Warum also nicht auch diesen?

Also berichtete er ihr von seinem Besuch im *Sailor's Inn*.

Max Hammetts Festnahme überraschte sie. Auch dass Helen sich von Edward scheiden lassen wollte, warf ein völlig neues Licht auf die Hammetts. Plötzlich schien Helen gar nicht mehr die verhuschte, lebensfremde Ehefrau zu sein, als die sie sich Daphne gegenüber immer präsentiert hatte. Wenn es stimmte, dass sie sich heimlich mit ihrem jähzornigen Schwager verbündet hatte, war alles möglich, auch dass die beiden aus Rache Edward, Sandra McKallan und Vikar Ipswich ermordet hatten. In diesem Fall wäre der arme Vikar nur ein zufälliges Opfer gewesen, weil seine Anwesenheit im Bootshaus nicht vorhersehbar gewesen war.

Francis warf einen weiteren Verdacht in die Waagschale. Er erwähnte die Tüte mit dem *Summer in the City*-Aufkleber, die er in Max Hammetts Geländewagen gesehen hatte. Offenbar war Max heute in Truro gewesen.

«Sag bloß, er ist Ruderer?», fragte Daphne mit angehaltenem Atem. «Ich meine – vielleicht besitzt er solche Handschuhe?»

«Früher hat er gerudert, aber ob er es heute noch tut?»

«Wo steht sein Wagen jetzt, ich meine, nach der Festnahme?»

«Ich nehme an, beim Hafenbüro. Für die Spurensicherung.»

«Dann könnte ich doch mal einen Blick durchs Autofenster werfen», meinte Daphne, während sie sich ein Stück getrockneten Schinken von der Platte nahm. Sie kaufte ihn bei einer Bäuerin, die ihn nach einem alten Rezept in Kräutersole einlegte und ein paar Wochen lang über den Ofen hängte. Angesichts der Skepsis ihres Mannes fügte sie hinzu: «Wirklich nur einen Blick, nicht mehr.»

«Was soll das bringen? Aber bitte. Ich muss sowieso gleich weg.» Francis stand auf, beugte sich vor und gab ihr einen

Kuss auf die Wange. «Bring dich nur nicht in Gefahr.» Nachdem er schon halb im Flur war, kam er noch einmal zurück. «Ach, noch was – du solltest den Schuldschein des Vikars der Polizei übergeben. Dein James wird Profi genug sein, entsprechend weiterzuermitteln.»

«*Mein* James?» Sie tat beleidigt. «Findest du das lustig?»

«Es war ein Scherz, Daphne!»

«Nein, es war geschmacklos.»

«Sorry. Hm?»

«Okay, Entschuldigung angenommen.»

Erleichtert verschwand er im überdimensionierten Keller von *Embly Hall*, um seinen Overall und die Gummistiefel zu holen, die er für die Arbeiten an der Flussböschung brauchte. Jetzt war Ebbe, und für ein paar Stunden lagen die Boote im Fluss trocken. Die sogenannten Faschinen, dicke Reisigbündel, die er gegen ein weiteres Abrutschen des Ufers verbauen musste, konnten nur während dieser Zeit im Schlamm befestigt werden. Es war ein sehr matschiges Vergnügen und bei den Hafenarbeitern nicht gerade beliebt. Francis versuchte deshalb immer, seine Freiwilligen an einem Samstag einzusetzen, damit er ihnen zum Ausgleich für das angeknabberte Wochenende zwei darauffolgende Tage freigeben konnte.

Während Daphne das Frühstücksgeschirr auf ein Tablett räumte und es wieder mit hinüber zum Torhaus nahm, dachte sie über ihre nächsten Schritte nach. Francis hatte recht, sie musste James den Schuldschein des Vikars auf geschickte Weise zuspielen, am besten anonym. Das Einfachste war, den Schein in einen Umschlag zu stecken, an den Chief Inspector zu adressieren und im Hafenbüro einzuwerfen. Aber was war mit ihren Fingerabdrücken darauf? Sie beschloss, der Polizei sicherheitshalber nur eine Fotokopie davon zu schicken und mit krimineller Energie Handschuhe beim Eintüten zu tragen. Was war noch zu tun?

Als Erstes musste sie sich das riesige Pflaster aus den Haaren pulen, es hatte Francis sichtlich beeindruckt. Danach wollte sie im Internet nach der Mitgliederliste des Ruderclubs suchen und später mit Jenna telefonieren.

Nachdem Francis das Haus verlassen hatte, ging sie nach oben und schaltete den Computer ein. Auf der Ablage daneben klingelte das Telefon.

Es war Linda Ferguson vom *Blue Sea Hotel*. Linda und sie waren seit Ewigkeiten befreundet. Ihre Töchter hatten zusammen den Kindergarten besucht, einmal waren die Mütter sogar mit den Halbwüchsigen in einem Zeltlager gewesen. Linda und ihr Mann betrieben ein Designerhotel. Alles daran war in Blau gehalten, bis hin zu den schicken Zimmern. Ein besonderes Kleinod war der Park, in dem an jedem Wochenende Krocket gespielt wurde.

Linda rief wegen des Spiels an. Sie wollte unbedingt, dass Daphne und Francis an ihrer Nachmittagsrunde teilnahmen. «Ihr wisst ja, es wird immer ganz amüsant», versprach sie. «Jake spendiert uns auch ein paar kühle Drinks.»

Daphne sagte ihr, dass Francis heute Dienst hatte. Wenn, dann würde sie allein kommen.

«Ja, komm bitte, es wird dich ablenken», meinte Linda. «Wir haben außerdem interessante Leute da, sogar aus Neuseeland. Ich hab ihnen schon von dir vorgeschwärmt.»

«Also tauche ich besser nicht auf, das Original enttäuscht meistens.»

«Nicht in deinem Fall», meinte Linda amüsiert. «Kann ich mit dir rechnen?»

«Okay. Wann soll ich da sein?»

«Um halb zwei. Also dann, bis nachher!»

Linda war wirklich eine treue Seele. Daphne tat leid, dass sie in letzter Zeit so selten dazu gekommen war, etwas mit ihr zu unternehmen. Natürlich hatte es auch damit zu tun, dass ihre Mädchen jetzt aus dem Haus waren. Florence Ferguson machte in Paris ein Hotelpraktikum, Jenna steckte mitten in ihrem Medizinstudium. Sie hatte die ersehnte Zulassung für die St. George's University in London bekommen.

Wenn sie an Jenna dachte, wurde Daphne wehmütig. Jenna war ihr einziges Kind, obwohl sie sich immer drei gewünscht hatte. Auch sie selbst war Einzelkind gewesen. Ihre spröde Mutter hatte den Wunsch nach mehr Kindern immer mit dem Satz abgetan: «Vergiss es, Daphne, wir können nur Einzelkinder.»

Äußerlich ähnelte Jenna Daphne, aber ihr Charakter war wie der von Francis. Sie hatte seine Geradlinigkeit geerbt, was ihr als Ärztin sicher helfen würde. Was von Daphne in ihr steckte, war die Durchsetzungsfähigkeit. In der Pubertät hatte es lange Phasen gegeben, in denen Mutter und Tochter glaubten, es nicht länger miteinander aushalten zu können. Francis war damals so weit gegangen, Jenna für vier Wochen nach nebenan zu verfrachten und sie im ungemütlichsten Zimmer von *Embly Hall* schlafen zu lassen. Leider hatte er nicht damit gerechnet, dass sie dort endlich ungestört ihren ersten Freund empfangen konnte, von dessen Existenz sie als Eltern gar nichts gewusst hatten.

Daphne schaute auf die Uhr. Es war gut möglich, dass Jenna schon wach war. Francis hatte ihr gestern am Telefon von den drei Morden berichtet. Jenna hatte entsetzt, aber sachlich reagiert. Sie war vor allem an den Details der Gerichtsmedizin interessiert, weil sie auch Pathologievorlesungen belegen musste.

Als Daphne die Londoner Telefonnummer wählte, hoffte sie inständig, dass nicht Jennas Freund abnahm. Sean, ebenfalls angehender Mediziner, war zwar nett, aber nicht ganz das, was man seiner Tochter als Ehemann wünschte. Äußerlich ein Adonis, war er leider einen Kopf kleiner als Jenna, und er redete nicht viel. Wenn sie schweigend im Café nebeneinandersaßen und sie verliebt mit seinen dunklen Locken spielte, erinnerte er Daphne an einen Königspudel, der seinen Platz am Tisch bekommen hatte, erhaben den Kopf drehte und das Kraulen für die einzige Bewegung der Welt hielt. Mehr trug er nicht zur Unterhaltung bei. Wie konnte Jenna damit zufrieden sein, ständig an einem langweiligen Mann herumzuzupfen und für ihn die Konversation zu übernehmen?

Das Telefon klingelte nur zwei Mal, dann war Jenna dran. Sie klang nach Eile, mit Ungeduld in der Stimme.

«Hi, Ma.»

«Guten Morgen, mein Schatz. Ich wollte nur ...»

«Ich bin schon halb im Flur. Wir müssen schnell in den Supermarkt.»

«Dann lasst euch nicht aufhalten. Es geht um Dads Geburtstag. Aber das können wir auch morgen besprechen.»

«Leg ruhig los.» Sie hörte, wie es bei Jenna raschelte und sie ihrem Freund etwas zuraunte. Dann war sie wieder dran. «Was machen eure Leichen? Ich hoffe, du hattest keine Albträume.»

«Nein, zum Glück nicht. Aber natürlich beschäftigen uns die Morde. Wir haben uns vorgenommen, der Polizei zu helfen, so gut wir können. Es gibt ein paar Beobachtungen, die wir gemacht haben und die dem Chief Inspector weiterhelfen könnten.»

Jenna war alarmiert. «Ma! Willst du dich etwa wieder

einmischen? Wie damals, als unsere Fahrräder geklaut wurden?»

Daphne konterte. «Entschuldige, das ist drei Jahre her! Außerdem haben wir sie dadurch wiederbekommen.» Sie wurde bewusst streng. «Zu Ostern hast du mir noch einen Vortrag über Bürgerpflichten gehalten. Also bitte, belehr mich nicht.»

«Okay, Ma, Themenwechsel. Du wolltest mich was fragen.»

Daphne erzählte, dass sie überlegte, Francis zu seinem Geburtstag die Teilnahme an einer Oldtimerrallye zu schenken. Das Rennen fand im September statt. Das Geschenk hatte auch einen sehr praktischen Vorteil: Francis musste nämlich bis dahin mit seiner Bastelei am alten Jaguar fertig sein.

Jenna war begeistert. «Geniale Idee! Sean und ich könnten ihm die Übernachtung dazu schenken.»

«Wenn ihr wollt. Am besten maile ich dir Route und Daten der Rallye zu. Und jetzt lass dich nicht aufhalten.»

«Mach's gut, Ma.»

Während Daphne das Telefon auflegte, drohte der Computer auf ihrem Schreibtisch mit einem Update. Bevor er starten konnte, griff sie rechtzeitig ein und stoppte den Vorgang. Sie wollte noch schnell die Seite des Ruderclubs aufrufen, bevor das Update erneut losging.

Der *Cornish River Gig Club* war etwas ganz Besonderes. Zusammen mit anderen Ruderclubs an der Küste pflegte er die alte Tradition der *Pilot Gigs*. Mit den *gigs* – schlanken Ruderbooten, die schon seit Ende des 17. Jahrhunderts gebaut wurden – ließen sich früher Cornwalls Lotsen hinaus zu den Schiffen bringen. Da es viele Lotsen gab, die um den Auftrag wetteiferten, mussten ihre Ruderer Höchstleistungen erbringen, um die Ersten zu sein. Daphne kannte Berichte, nach denen die *Pilot Gigs* auch als Rettungsboote auf dem Atlantik eingesetzt wurden. Es war eine schwere Zeit für Seeleute. Auch in ihrer Familie waren einige Männer draußen auf See geblieben.

Heute dienten die Boote nur noch sportlichen Zwecken. Jedes Boot hatte sechs Ruderer und einen Steuermann, die hintereinander versetzt auf den Bänken saßen. Es gab Damen- und Herrenmannschaften, wie in anderen Ruderclubs auch. Die Trainingsstrecke im *River Fowey* war reizvoll. Daphne und Francis hatten sogar mit dem Gedanken gespielt, selbst Mitglieder zu werden. Da alles, was man in Cornwall in seiner Freizeit tat, sportlich sein musste und einen mit netten Leuten zusammenbringen sollte, wäre der Ruderclub ein heißer Kandidat gewesen. Francis befürchtete aber, dass er als Flussmeister in Interessenkonflikte geraten könnte, also ließen sie es, obwohl es Daphne sehr leidtat.

Die Internetseite des *Cornish River Gig Club* war übersichtlich gestaltet. Die Mannschaften hatten mit großem Erfolg an den Gig-Weltmeisterschaften auf den Scilly Islands teilgenommen, dreimal waren sie Gewinner der *Cornish County Gig Championships* in Newquay geworden. Ihre Bootsfarben waren Smaragdgrün und Weiß, der grüne Bootsrumpf trug einen durchgehenden weißen Streifen über der Wasserlinie. Das gleiche Grün fand sich auch im Clubemblem auf der Internetseite wieder. Es fiel Daphne nicht schwer, es auch als das Grün der Ruderhandschuhe in Sandra McKallans Atelier zu identifizieren.

Aus Datenschutzgründen durften die Namen der Mitglieder nicht genannt werden. Was es aber gab, waren Dutzende Fotos von den Regatten und vom Training. Es gab stolz lachende Jungs und Mädchen mit ihren Rudern in der Hand, eine Preisübergabe im Beisein von Edward Hammett, der den Preis gestiftet hatte, und jede Menge Wettkampfszenen. Doch soweit sie sehen konnte, trug keiner der Ruderer Handschuhe. War das vielleicht auf Fotos verpönt?

Als sie das letzte Foto auf der Seite anklickte, öffnete sich erneut eine Wettkampfszene. Diesmal handelte es sich um drei etwas entfernt aufgenommene Damenmannschaften in den Booten der Clubs Padstow, St. Mawes und Fowey. Zu ihrer Überraschung entdeckte Daphne auf dem Boot aus Fowey eine Frau, die sie bisher immer für eine Seglerin gehalten hatte und die bisher nie ein Wort über das Rudern verloren hatte.

Es war ihre Freundin Betty Aston.

Oder war es doch nicht Betty Aston? Die Frau trug eine goldfarbene Kappe. Daphne konnte sich nicht erinnern, je etwas so Geschmackloses an Betty gesehen zu haben. Im Gegenteil, beim Segeln bevorzugte sie immer einen fürchterlich zerknitterten Barbour-Regenhut.

Daphnes Versuch, das Foto zu vergrößern, scheiterte. Enttäuscht schaltete sie den Computer aus. Sie musste sich etwas anderes einfallen lassen, um an eine Liste der Mitglieder zu kommen.

Nachdenklich ging sie nach nebenan ins Schlafzimmer, um sich für das Krocketspiel umzuziehen, gänzlich in Weiß, wie es üblich war. Sie hatte sich gerade in ihre blütenweiße Hose mit dem hellblauen Stoffgürtel gezwängt, als das Telefon klingelte. Voller Hoffnung, dass es noch einmal Jenna war, flitzte sie zu ihrer Arbeitsecke und nahm den Hörer ab.

«Hallo?»

Sie erhielt keine Antwort, zu hören war nur ein langes, tiefes Keuchen, vier oder fünf Mal, ohne dass erkennbar war, ob es von einem Mann oder einer Frau stammte. Sie erkannte sofort, dass hier niemand in Not war.

«Was soll das?», schrie sie in den Hörer, um keine Angst zu zeigen. «Sagen Sie was, wenn Sie nicht zu feige sind!»

Als endlich Stimmen und Geräusche laut wurden, war es ein ohrenbetäubendes Inferno aus bösartigem Männerlachen und den Todesschreien einer Frau. Es musste eine Szene sein, die zu einem brutalen Film gehörte. Die schrecklich grellen Schreie nahmen kein Ende und sollten Daphne offenbar davor warnen, sich weiter einzumischen, sonst ginge es ihr bald genauso.

Während sie schockiert den Hörer aufknallte, schwor sie sich, weder zu zittern noch in Tränen auszubrechen, weil es genau das war, was der Drohanruf bezwecken wollte. Wie in Trance lief sie ins Schlafzimmer zurück und setzte sich aufs Bett, wo das weiße Polohemd und die Socken lagen.

Wie nahe musste ihr dieser Mörder sein, fragte sie sich, wenn er so fest davon überzeugt war, dass ausgerechnet sie ihn schon bald finden könnte?

# 14

«So verließen sie das Thema und spielten Krocket,
das ein sehr gutes Spiel für Leute ist,
die sich übereinander ärgern.»

**Rose Macauly**

Sie hatte nachgedacht. Wenn sie den Vorfall der Polizei meldete, würde sich nicht wirklich etwas ändern. Ein halbwegs schlauer Mensch tätigte diesen Anruf nicht von seinem eigenen Apparat aus, folglich konnte ihn James Vincent auch nicht orten. Wenn sie Francis von diesem Anruf erzählte, handelte sie sich sogar noch mehr ein. Vor lauter Sorge würde er sie in den nächsten Wochen nicht mehr aus den Augen lassen.

Nein, sie musste sich zusammenreißen, um so frei bleiben zu können wie bisher. Alles andere wäre Feigheit und würde nur dem Täter nutzen. Sie hatte einmal gelesen, dass die Pestärzte des Mittelalters nur deshalb überlebt hatten, weil sie furchtlos und dadurch widerstandsfähig gewesen waren.

Also atmete sie tief durch, packte den Drohanruf symbolisch in eine Kiste und verstaute ihn in einer abgelegenen Gehirnwindung. Dann stieg sie in ihren klappigen Ford und steuerte ihn durch die engen Gassen zum Albert Quay hinunter.

Die Fahrt lenkte sie wunderbar ab. Jeder, der mit dem Auto nach Fowey hineinfuhr, musste sich daran gewöhnen, ein paarmal in den Mauernischen der engen Gassen halten zu müssen, um Gegenfahrzeuge passieren zu lassen. Der grobe weiße Putz der Häuser und das Meer von Schornsteinrohren auf den Dächern erinnerten an alte Zeiten. Überhaupt lebte Cornwall an allen Ecken mit seiner Vergangenheit, so wie andere Landschaften mit Baukränen.

Daphne parkte direkt vor der Hafenbehörde, die Hälfte der Fläche war von einem breiten Abschleppfahrzeug blockiert. Wie ein Ausstellungsstück stand auf der Ladefläche Max Hammetts Geländewagen, gesichert mit einem Haken. Offenbar sollte er zur kriminaltechnischen Untersuchung nach Bodmin transportiert werden.

Sie stieg aus und ging zum Eingang der Hafenbehörde, wo der provisorische Briefkasten mit dem blauroten Wappen der *Devon & Cornwall Police* hing. Als sie sich unbeobachtet fühlte, zog sie sich einen mitgebrachten Golfhandschuh an, ließ blitzschnell den Umschlag mit dem Schuldschein des Vikars im Briefkastenschlitz verschwinden und zog den Handschuh dann wieder aus. Jetzt lag der Ball erneut im Spielfeld des Chief Inspectors.

Wie immer samstags drängten sich viele Touristen durch die Straße, es war laut, ein paar Kinder mit Eis in der Hand bestaunten den Abschleppwagen. Das hielt Daphne nicht davon ab, über ein wackeliges Trittbrett auf die Ladefläche des Kolosses zu klettern und sich dabei von den Kindern bewundern zu lassen. Während sie durch die Heckscheibe ins Innere des Geländewagens spähte, wollte sie ganz automatisch den Türgriff anfassen. Gerade noch rechtzeitig fiel ihr ein, dass es bei der Spurensicherung keinen guten Eindruck hinterlassen würde, wenn ihre Fingerabdrücke auf Max Hammetts Wagen zu finden wären.

Er war an so vielen Stellen rostig, dass man sich fragte, wie er überhaupt noch fahren konnte. Im Kofferraum befanden sich tatsächlich nur die Gegenstände, die Francis ihr beschrieben hatte: ein Eisenpickel, eine Brechstange und ein Steinhammer neben zwei Gesteinsbrocken in Fußballgröße sowie eine Angelrute mit schlammbespritzter Spinnrolle und die Tüte vom *Summer in the City*-Markt. Von grünen Ruderhandschuhen keine Spur.

Enttäuscht balancierte sie auf dem Transporter zu den Seitenfenstern weiter. Bis auf ein paar Kaugummis im Fach der Mittelkonsole war der Bereich der Vordersitze überraschend ordentlich. Auch auf den Rücksitzen lag nichts. Daphne wollte sich gerade enttäuscht zurückziehen, als sie hinter dem Beifahrersitz etwas auf dem Boden liegen sah. Sie sah es nur halb, aber der matt glänzende Gegenstand war unverkennbar.

Es war der Messingaschenbecher mit den jubilierenden Vögelchen am Rand. Gestern Nachmittag hatte er noch in Vikar Ipswichs Arbeitszimmer auf dem Schreibtisch gestanden.

Irritiert starrte Daphne den Aschenbecher an. Auch wenn es für sie eine Art Triumph hätte sein können, den Hauptverdächtigen der Polizei bei einer weiteren Verknüpfung mit den Mordfällen zu ertappen, machte es ihr Angst. Wie in einem riesigen Spinnennetz hingen Fäden zusammen, deren Verlauf man kaum noch überblicken konnte. Wie war Max Hammett ins Pfarrhaus gekommen?

Jemand tippte Daphne von hinten auf die Schulter.

«Mrs. Penrose, nehmen Sie die Arme hoch! Langsam umdrehen!»

Erschrocken fuhr Daphne herum. Hinter ihr stand James Vincent in einem grauen Blazer und mit einem süffisanten Grinsen im Gesicht.

«James! Ich wusste gar nicht, dass du so witzig sein

kannst.» Sie sagte es bissig, er dagegen schien es als Kompliment zu nehmen.

«Danke. Aber dir ist hoffentlich klar, dass du gegen das Recht verstößt.»

Sie sprang vom Abschleppwagen. «Mach dich nicht lächerlich. Nur weil ich durch ein Autofenster schaue?»

Jetzt stieg auch James herunter. «Nein, weil du dich in unsere Arbeit einmischst. Dieser Wagen ist beschlagnahmt, du könntest wichtige Spuren zerstören. Und gestern bist du gesehen worden, wie du mit Putzzeug aus dem Pfarrhaus gekommen bist, wo kurz vorher unsere Spurensicherung war. Was wolltest du da?»

«Helfen, was sonst? Bei uns in Fowey kümmert man sich nämlich umeinander, auch wenn du das für provinziell hältst.»

Gerade hatte sie noch vorgehabt, ihm die Entdeckung des Aschenbechers zu melden. Kaum stand sie James gegenüber, wuchs wieder ihr Bedürfnis, seiner Überheblichkeit etwas entgegenzusetzen. Sie wollte die Lösung des Falles, aber sie wollte James nicht triumphieren sehen. Das war Psychologie.

Der Chief Inspector lächelte milde. «Warum siehst du mich bloß so kritisch? Freu dich doch, dass wir mit Max Hammetts Festnahme einen Schritt weiter sind.»

«Seid ihr das?»

«Ja, der Fall bekommt Konturen, alles spricht für eine familiäre Auseinandersetzung. Helen Hammett will sich scheiden lassen, ihr überraschter Mann vereinbart einen Termin beim Notar, um sein Testament zu ändern – leider wird er vorher umgebracht.»

«Sollten Max und Helen denn ursprünglich die Reederei erben?»

James schien bereits zu bereuen, was er eben im Eifer des Gefechts verraten hatte. «Daphne, bitte, das sind geschützte Ermittlungen, ich hab schon viel zu viel gesagt.»

Sie ließ sich nicht beeindrucken. «Na ja, du willst vielleicht auch mal mein Wissen über die Hammetts und generell über Fowey anzapfen. Ich rede doch mit tausend Leuten am Tag.»

«Okay.» Er seufzte. «Versprich mir, es für dich zu behalten. Im bisherigen Testament sind Helen und Max mit je zwanzig Prozent als Erben vorgesehen. Der Rest sollte an eine Beteiligungsgesellschaft gehen.»

«Du meinst, deshalb haben die beiden gerade noch rechtzeitig vor der Scheidung Edward getötet, weil er sie bald enterbt hätte?»

«Denkbar. Vor einer Stunde haben wir auch Helen Hammett festgenommen. Reicht dir das an Information?»

«Danke.» Der Strudel, in den die Hammetts gerissen worden waren, schien kein Ende zu nehmen. Dennoch blieb eine andere Frage. Daphne stellte sie. «Und du glaubst, dass die beiden auch Sandra McKallan und den Vikar umgebracht haben?»

«Ehrlich gesagt, dafür haben wir noch keine Beweise. Aber es spricht viel dafür, schließlich war Sandra McKallan der Scheidungsgrund.»

In diesem Moment bellte sein Handy, die Hundemeute war ohrenbetäubend. Während er den Hörer an sein Ohr hielt, winkte er Daphne kurz zu und flüsterte: «Ich muss leider. London!» Dann entfernte er sich eilig Richtung Bootssteg. Daphne hörte nur noch, wie er mehrfach in ehrfürchtigem Ton «Ja, Sir» sagte. Offensichtlich kam der Anruf von einem Vorgesetzten.

Ihre Neugier war geweckt.

Er lehnte unten am Wasser an einem Betonpfeiler und

wirkte angespannt. Überhaupt war die Metamorphose, die er bei diesem Telefonat durchmachte, erstaunlich. Aus dem eitlen Pfau schien binnen Minuten ein Hähnchen zu werden, das seinem Oberhahn gehorsam die Körner vor die Füße legte. Genau so hatte ihn sich Daphne im Beruf vorgestellt, bissig bei den Kleinen, ängstlich gegenüber den Großen.

Weil ihn die Sonne blendete, musste er ihr beim Sprechen das Gesicht zuwenden. So konnte sie trotz der Entfernung seine Worte von den Lippen ablesen. Und das fiel ihr von Mal zu Mal leichter.

In diesem Moment erkundigte sich der Gesprächspartner von James Vincent offensichtlich nach der kriminaltechnischen Untersuchung, so las Daphne es jedenfalls von James' Lippen ab:

*«Nein, Sir, von den drei Handys gibt es nach wie vor keine Spur. Sie sind auch nicht zu orten. Deshalb gehen wir davon aus, dass sie zerstört wurden oder irgendwo im Meer liegen. An den Handyprotokollen haben wir nur gesehen, dass Mr. Hammett am Dienstag vier Mal vergeblich versuchte, von London aus Miss McKallan zu erreichen, aber da lebte sie ja vermutlich nicht mehr. Mit dem Vikar hat er merkwürdigerweise nie telefoniert.»*

Der Chief Inspector nickte mehrmals Richtung Hörer und fuhr sich immer wieder nervös durch die Haare, bevor er hastig weitersprach. *«Eine gute Anregung, Sir, ich werde es veranlassen. Bei der Waffe sind wir einen Schritt weiter. Die Pistole wurde vor elf Jahren einem britischen Offizier in Singapur gestohlen, zusammen mit anderen Waffen. Auch das habe ich in die Wege geleitet ... Selbstverständlich, Sir, wenn ich das nur kurz erklären darf, diese Kosten sind nur dadurch entstanden, dass wir uns für die neue DNA-Methode entschie-*

*den hatten. Vor allem im Atelier von Miss McKallan war es uns wichtig ...»*

Als es dann auch noch um den königlichen Besuch ging und Daphne förmlich spüren konnte, wie der angeblich so souveräne, große Inspector innerlich katzbuckelte, beschloss sie, sich wieder auf ihren eigenen Weg zu machen. Sie setzte sich in ihren Wagen und fuhr vom Parkplatz Richtung Esplanade, Foweys schönster Straße über der Bucht. Diese begann in der Lostwithiel Street mit bescheidenen Häusern und wurde mit jedem Yard vornehmer. Die fein renovierten weißen Villen mit Erkern und verschnörkelten Balkonen erhoben sich über die Klippen der Flussmündung. Schaute man vom Wasser zur Esplanade hoch, konnte man in den Felswänden unter der Straße kleine Höhlen und Vogelnester entdecken, als wollte die Natur dafür sorgen, dass nicht nur große Tiere Fowey besiedeln durften.

Daphne freute sich auf das bevorstehende Krocketspiel, dennoch ging ihr nicht aus dem Kopf, was sie gerade von James Vincent gehört hatte, vor allem, dass die Mordwaffe ursprünglich aus Singapur stammte. Natürlich wusste sie, dass solche Waffen auf dem Schwarzmarkt und im Darknet gehandelt wurden, aber irgendetwas sträubte sich in ihr, zu glauben, dass Max Hammett dort als Käufer unterwegs gewesen war. Vielleicht hatte er tatsächlich seinen Bruder getötet, es sprach ja viel dafür. Aber die zwei anderen Morde? Wenn Max oder Helen eine Waffe besitzen würden, mit der sie Sandra McKallan und den Vikar getötet hätten, warum sollten sie dann das Risiko eingehen und Edward so aufwendig im Fluss ertränken?

Nichts passte zusammen.

Auch der Drohanruf bewies doch, dass jemand anderes diese Morde begangen hatte, jemand, der sie belauerte und sie einschüchtern wollte, weil er sie sehr gut kannte, besonders ihre Neugier.

Nach ein paar Minuten Fahrt hatte Daphne das *Blue Sea Hotel* der Fergusons erreicht. Es lag als weiße Perle auf den Steilklippen der schmalen Landzunge *Burrow Head*, umgeben von blumenübersäten Wiesen. Von den Klippen wuchsen wie windflüchtende Riffe Felsgruppen zur Wiese, während tief unten die Brandung schäumte. Zwischen die Felsen drängte sich auch hier ein Rest von gelben Stechginsterblüten.

Die Eingangshalle des Hotels war nicht groß, aber durch ihr modernes Design, den schicken langen Schreibtisch statt der üblichen Rezeption und mit der blauen Wand dahinter fiel sie in Fowey aus dem Rahmen. Daphne steuerte die Glastür an, die am Ende der Halle direkt in den Garten führte. Der Pool dahinter war von gestutzten Hecken und Eibenkugeln gesäumt. Sie zog ihre Sonnenbrille aus der Handtasche und setzte sie sich auf. Sommerlich beschwingt, folgte sie dem Weg aus runden Holzscheiben, der am Pool vorbei zur oberen Gartenebene führte. Über den duftenden Blumenbeeten flatterten Schmetterlinge.

Der weitläufige Rasen wurde beherrscht von einer mächtigen Zeder. Unter den weißen Schirmen rings um die Zeder hatte Linda Liegestühle, Tische und eine kleine Bar aufstellen lassen, an der sich Gäste unterhielten, die nicht selbst Krocket spielten, aber gerne zuschauen wollten. Die Szene wirkte wie gemalt, ein entspannter Sommer in Cornwall.

Die echten Spieler ließen sich daran erkennen, dass sie weiß gekleidet waren und bereits ihre *mallets* – die hammerförmigen Schläger – mit sich herumtrugen. Alle spazierten barfuß über den Rasen, jeder genoss das Gefühl von Leichtigkeit, sobald er seine Schuhe abgestreift hatte. Die

Atmosphäre nahm sofort gefangen. Linda war charmant und sehr geschickt darin, Menschen zusammenzubringen.

Daphne ärgerte sich, dass sie ihre Fußnägel nicht frisch lackiert hatte, für jeden Strandbesuch tat sie das sonst. Trotzdem streifte sie schnell ihre Sandalen ab, huschte an zwei jungen Männern vorbei und stakste mit zusammengebissenen Zähnen über den Kiesstreifen zu Linda auf den Rasen. Linda begrüßte sie mit zwei Küsschen, während ihr Blick aufmerksam hin und her ging. Es war bewundernswert, wie sie es bei solchen Anlässen schaffte, die Balance zwischen einem sehr persönlichen Ton und der Rolle der souveränen Gastgeberin herzustellen. Gleichzeitig behielt sie ihre Kellner im Blick, sah einen Sonnenschirm im Wind flattern oder ließ im richtigen Moment neue Häppchen auftischen. Auch sie trug eine weiße Hose und darüber eine Tunika, die durch einen raffinierten Schnitt auffiel und ihrer schlanken Figur etwas Elegantes verlieh.

Da immer noch eine Spielteilnehmerin fehlte, nutzte Linda die Zeit und machte die Anwesenden miteinander bekannt. Der schlanke grauhaarige Gentleman an ihrer Seite war Professor Alistair Blewbury, Orthopäde, der künftig das Hospital in St. Ives leiten sollte. Für viele Damen würde es ab sofort eine Freude sein, sich dort in der Nähe das Bein zu brechen. Neben ihm stand Signora Moghini, mit bläulichem Silberhaar, eine vornehme, siebzigjährige Italienerin. Eine hauchdünne weiße Strickjacke schien fast über dem beigefarbenen Top zu schweben, die Schlichtheit dieser Teile wirkte bei ihr wie Haute Couture. Es war Daphne immer wieder ein Rätsel, wie die Italienerinnen das schafften. Die Signora plauderte über ihren Ausflug zum Herrenhaus *Lanhydrock*, wo man in der historischen Originalküche und in den Gemächern herumstolzieren konnte und sich wie in Downton Abbey fühlte.

«Darf ich stören?» Linda hatte eine nette junge Frau im Schlepptau, die sie Daphne vorstellen wollte. «Mrs. de Beer aus Neuseeland. Sie und ihr Mann sind gerade hergezogen, ihr Mann ist jetzt Hubschrauberpilot in Penzance. Sie braucht dringend deinen Rat, Daphne.»

«Meinen?»

«Ja, deinen. Ich lass euch mal allein.»

Sie schnappte sich die Italienerin und ging mit ihr zu Professor Blewbury hinüber, während Stella de Beer bei Daphne blieb. Die Neuseeländerin machte einen zurückhaltenden Eindruck. Ihre Sonnenbrille steckte in den welligen schwarzen Haaren. Wie sich herausstellte, wohnte sie drei Straßen unterhalb von Sandra McKallan. Daphne befürchtete schon, zum x-ten Mal nach ihrem schrecklichen Fund gefragt zu werden, aber die junge Frau quälte etwas anderes.

«Eine Woche vor diesen ...» Mrs. de Beer stockte kurz, was Daphne sympathisch fand. «... Ereignissen habe ich meinen Hund vom Ende der Straße abgeholt. Also von Sandra McKallans Straße. Eine Nachbarin dort passt manchmal auf ihn auf. Als ich aus der Straße rausfahre, steht vor Sandra McKallans Atelier eine Frau in bordeauxroten Jeans, Mitte fünfzig – keine Ahnung, vielleicht auch sechzig, es war ja alles nur im Vorbeifahren. Die Frau haut wie verrückt an die Tür vom Atelier, wütend, mit der flachen Hand, wie man das macht, wenn man sich ärgert, weil keiner öffnet.»

«Aber natürlich sind Sie weitergefahren?»

«Klar, so was sieht man, wundert sich und fährt weiter. Jetzt denke ich, es könnte wichtig sein, und ich sollte damit zur Polizei gehen.»

Daphne dachte nach. «Kennen Sie Helen Hammett?»

«Nein, aber die war es nicht», sagte Mrs. de Beer entschieden. Sie musste keine Sekunde nachdenken. «Auf gar keinen Fall, ich kenne Zeitungsfotos von ihr und ihrem Mann.»

Daphne dachte nach. «Manchmal sind auch Kunden zum Atelier gekommen, um Bilder abzuholen. Sandra war gerne unzuverlässig und ließ einen warten. Vielleicht könnten Sie die Frau noch besser beschreiben?»

Stella de Beer gab sich Mühe. «Groß und schlank, fast ein bisschen stelzig – von ihrem Gesicht habe ich nicht viel gesehen, nur dass sie eine riesige Sonnenbrille trug und einen blauen Barbourhut aus den Achtzigern, meine Mutter besaß auch so einen.»

Daphne hörte auf zu fragen. Sie brauchte keine weitere Beschreibung, um Betty Aston zu erkennen, vor allem Bettys weinrote Jeans und den unverwüstlichen Barbourhut, der angeblich schon in Hongkong ihr Markenzeichen gewesen war. Ihr fiel ein, dass Betty laut Leo Vivyan eine Affäre mit Edward Hammett gehabt haben soll. Was sollte sie jetzt tun? Immerhin verband sie mit Betty eine Freundschaft. Sie konnte Mrs. de Beer doch unmöglich zur Polizei schicken, ohne vorher selbst mit Betty darüber gesprochen zu haben.

«Ich würde noch abwarten», antwortete sie ohne erkennbare Emotion. «Die Polizei hat zwei Personen festgenommen. Vielleicht war's das, und der Fall ist aufgeklärt.»

«Na hoffentlich», sagte Mrs. de Beer völlig entspannt. «Sie können das sicher besser einschätzen. Es hätte nur sein können, dass man noch Zeugen sucht.»

«Natürlich.»

In diesem Moment trat Linda vor die große Zeder, stieg mit beiden Füßen auf eine Wurzel im Rasen, um ein wenig an Höhe zu gewinnen, und klatschte in die Hände: «Es geht los, wir sind vollzählig!»

Mrs. de Beer schloss sich wieder der Italienerin an, die von Professor Blewbury zurückkam. Plaudernd schlenderten die beiden zum Spielfeld weiter, auf dem das Gras besonders kurz gemäht war. Daphne fragte sich, wer wohl die sechste Mitspielerin war.

Als sie zum Spielfeld kam, legte der Kellner gerade die farbigen Krocketbälle an den Zielstab, genannt *peg*, der in der Mitte steckte und in weiten Abständen von den sechs U-förmigen 12-Inch-Toren umgeben war, durch die man die Bälle spielen musste. Dann wurden die Mannschaften ausgelost. Linda zog die gefalteten gelben Lose aus dem Mixbecher des Kellners: «Alistair Blewbury und Stella de Beer, Daphne Penrose und Betty Aston ...»

Erschrocken hielt Daphne Ausschau.

Mit Betty hatte sie heute gar nicht gerechnet, in den vergangenen Wochen hatte man sie nur wenig auf Partys gesehen. Als sie Betty vom Poolhaus winkend auf sich zueilen sah, bekam sie kurz Panik. Mrs. de Beer stand nicht weit entfernt. Was würde passieren, wenn die junge Frau Betty sofort wiedererkannte?

Doch als sie das Outfit ihrer Freundin sah, normalisierte sich ihr Puls wieder. Betty trug an diesem Tag einen weißen Rock und ein extravagantes silberglänzendes Polohemd. Vor dem Spielfeld setzte sie sich noch einen breiten Strohhut auf das naturblonde Haar, das mit einer eleganten Spange zusammengehalten wurde. Nahm man jetzt die Sonnenbrille dazu, war von der Frau in weinroten Jeans und abgetragenem Barbourhut nichts mehr übrig.

Betty schlang ihre sehnigen Arme um Daphne. «Schön, dass wir zusammen spielen. Auch wenn ich dir eigentlich böse bin, weil du dich nicht gemeldet hast.»

Daphne machte sich wieder frei. Hätte sich nicht Betty

bei ihr melden müssen? Höflich sagte sie: «Tut mir leid, du weißt sicher, was los war.»

«Ja, Francis hat mir ein bisschen erzählt, ich hab ihn kurz im Hafen gesehen.» Sie schaute Daphne prüfend an. «Hast du alles gut weggesteckt?»

«Nicht wirklich», sagte Daphne. Sie sah, dass die anderen bereits ihre Bälle aufnahmen. «Komm, lass uns rübergehen.»

Ihre Freundschaft mit Betty war etwas Besonderes. Sie verstanden sich großartig, Bettys Witz, ihre Ehrlichkeit und ihre Intelligenz waren überragend. Wenn Daphne in London Jenna besuchte, war manchmal auch Betty in der Stadt, und sie gingen gemeinsam zu Fortnum & Mason, um Leckereien einzukaufen. Und doch war es nie so wie mit Linda, entspannt und übermütig, Bettys angeborene Attitüde als Lady und ihr bissiger Humor konnten ziemlich anstrengend sein.

Das Spiel begann.

Daphne überließ Betty alle Vorbereitungen. Als erfahrene Turnierspielerin lief sie auf dem Spielfeld hin und her und kontrollierte kritisch die Position der kleinen Tore. Betty bekam den roten Holzball, Daphne den gelben. Sie nahm ihn in die Hand, fühlte die angenehme Schwere des Holzes, merkte dabei aber auch, wie wenig sie bei der Sache war. Betty machte den ersten Schlag, sie setzte ihn präzise. Sauber rollte ihr Ball über die Grashalme durch das erste Tor. Als Daphne an der Reihe war, versuchte sie, alles Störende auszublenden. Für den Anfang war die krumme Bahn ihres Balles okay, mehr aber auch nicht. Die zweite Runde musste besser werden.

Betty kam zu ihr an die Yardlinie. Sie war stärker geschminkt als sonst, vielleicht, um die Pigmentflecken auf ihrer hellen Haut zu verstecken. Ihre unergründlich blickenden Augen, die Daphne immer an Bette Davis erinnerten, waren von Wimperntusche überschattet.

«Du spielst mit zu viel Drive», sagte sie jetzt und zeigte auf Mrs. de Beer. «Mach es wie sie. Hast du gesehen, wie vorsichtig sie ausholt?»

«Ich muss erst wieder reinkommen, Betty. Es ist das erste Mal in diesem Jahr, dass ich spiele», verteidigte sich Daphne. Langsam kam sie zur Ruhe. Verrückterweise hatten Betty und Mrs. de Beer vorhin sogar ein paar Worte gewechselt, ohne dass die junge Frau die Ältere wiedererkannt hatte. Daran konnte man sehen, wie fragwürdig Wahrnehmungen waren.

Während sie die anderen Spieler beobachteten, sagte Betty: «Ich habe in den letzten Tagen oft an dich gedacht.» Sie blickte Daphne mitfühlend über den Rand ihrer Sonnenbrille an. «Du musst durch die Hölle gegangen sein.»

«Nein, durch die Hölle sind andere gegangen, ich habe nur die Tür hinter ihnen zugemacht», antwortete Daphne bescheiden.

«Wahrhaft christlich.» Bei Betty wusste man nie, ob es nicht doch ironisch gemeint war. Als würde sie das selber spüren, fügte sie hinzu: «Ich glaube nicht, dass es gut für dich ist, wenn du dich ständig mit den Morden beschäftigst. Mrs. Plummer erzählt überall rum, du hättest ihr im Vikariat putzen geholfen. Warum willst du dir freiwillig Albträume bereiten?»

«Wenn es den Ermittlungen hilft ...»

«Es ist nicht gut für dich. Glaub mir.»

Daphne war irritiert. «Warum sagst du das?»

«Weil du heute so angestrengt wirkst. Man sieht es dir einfach an.»

«Wenn du zwei Tote gefunden hättest, wärst du auch eine Weile lang nicht gerade fröhlich.»

Betty zog ein dünnes Tuch aus der Tasche und rieb damit ihren Schläger ab. «Schon möglich.» Sie spitzte den Mund. «Obwohl ich wahrscheinlich nicht so großmütig über Sandra McKallan urteilen würde wie andere.»

«Kanntest du Sandra McKallan denn gut?», fragte Daphne bewusst harmlos.

«Nur flüchtig.» Betty wirkte nicht im mindesten ausweichend. «Meine Nachbarin hat ein Bild bei ihr gekauft und sie in den Yacht Club mitgenommen.»

«Segelst du überhaupt noch?»

Betty reagierte überrascht. «Warum fragst du?»

«Ich war durch Zufall auf der Homepage des *Pilot Gig Clubs*. Und wen glaube ich da auf einem Trainingsfoto gesehen zu haben?»

Betty schwieg und starrte aufs Spielfeld. Es schien, als wollte sie das Thema einfach fallenlassen. Aber dann überlegte sie es sich offenbar anders. «Okay, ja, ich bin im Gig-Club. Sie haben mich dort eine Saison lang ungestört üben lassen, bevor ich es an die große Glocke hänge: Ich werde das Segeln aufgeben.»

Daphne war ehrlich überrascht, Betty gehörte zu den besten Regattaseglerinnen in Fowey. «Darf ich fragen, warum?»

«Wegen meiner Hüfte. Du weißt, dass ich vor zwei Jahren operiert wurde. Die OP ist nicht so gut verlaufen, wie ich gehofft hatte. Jedenfalls schaffe ich es seitdem kaum noch, allein zu segeln.» Sie klang traurig. «Vorbei, ihr schönen Zeiten! Aber ich möchte es erst auf der Herbstversammlung des *Royal Yacht Clubs* bekanntgeben.»

«Tut mir leid für dich.» Jetzt, da Betty es sagte, fielen Daphne die Schweißperlen auf Bettys Stirn auf, obwohl ein angenehmer Wind über den Platz wehte. Und zwischendurch atmete sie immer wieder schwer, als hätte sie Kreislaufprobleme. Sie kannte ihre Freundin gut genug, um zu wissen, dass sie Schwäche schwerlich eingestand, dennoch war es seltsam, dass Betty außer über ihre Hüft-OP nie etwas von Krankheiten erzählt hatte. So vorsichtig wie möglich fragte sie: «Geht es dir nicht gut?»

«Nur der blöde Rest meiner Erkältung.»

Während Daphne das weitere Spiel verfolgte, merkte sie, wie Betty sie mit kritischen Augen von der Seite anschaute, unentwegt, als würde sie etwas an ihr ergründen wollen. Als sie einmal den Blick erwiderte, lächelte Betty ertappt.

«Ist irgendwas?», fragte Daphne verunsichert.

Betty rückte ihren Strohhut zurecht. «Ich ... ich wollte dich was fragen.»

«Ja?»

«Ich trainiere am Montag ganz allein an dem kleinen Strand hinter Polkerris, Ende Juli soll ich dann mein erstes Gig-Turnier rudern.»

«Toll, Betty! Das freut mich für dich! Dann ist das also dein Sport für die nächsten Jahre.»

«Wir werden sehen.» Bettys Stimme klang seltsam müde. «Ich wollte dich aber noch etwas anderes fragen. Vielleicht möchtest du am Montag zum Training dazukommen. Ich bräuchte deinen Rat in einer privaten Sache ...»

Daphne wurde hellhörig. «Willst du nicht lieber zu uns kommen?»

«Nein. Ich brauche dich allein. Wir könnten anschließend zu *Jerry's* essen gehen.»

«Wann wär das?»

«Ich bin ab elf am Strand, du könntest später dazukommen.»

Daphne schoss durch den Kopf, dass dieses Treffen eine

gute Gelegenheit wäre, mit Betty über Stella de Beers Beobachtung zu reden. Andererseits gab es da etwas in Bettys Verhalten, das merkwürdig war, eine Art Zerrissenheit, sowohl Aggression wie Anlehnungsbedürftigkeit. Sie nahm sich vor, Betty noch keine eindeutige Antwort zu geben, das Spiel lief ja noch eine Weile.

«Lass uns nachher darüber reden, ja?», sagte sie ausweichend.

Bevor sie sich weiter damit beschäftigen konnte, kam Linda zu ihnen. Flüsternd mahnte sie: «Ihr quatscht zu viel, seid mal leiser. Außerdem seid ihr gleich dran.»

Fünf Minuten später schlug Betty ihren zweiten Ball. Der Schlag war so perfekt, dass sie damit Höchstpunkte erreichte. Danach war Daphne an der Reihe. Auch sie hatte Glück, ihr Ball schien ganz von selbst zu wissen, wohin er sich auf dem Rasen bewegen musste, damit sie einen guten Eindruck machte. Sie jubelte, und Betty reckte zum Lob den Daumen hoch. Mehr als zufrieden verließ Daphne das Spielfeld. Sie hatte sich eine kurze Pause verdient.

Als sie sah, wie der Kellner unter den Sonnenschirmen frische Drinks reichte, bekam sie Durst. Sie drängte sich bis zur Bar durch, hob die Hand und bestellte sich einen Campari Orange. Der Barkeeper begann zu mixen. Daphne nutzte die Zeit, um zur Backsteinmauer hinter den Liegestühlen zu spurten, wo ihre Handtasche stand. Auch die anderen Spieler hatten dort ihre Taschen und Jacken abgelegt. Sie malte sich schnell die Lippen nach und steckte für später einen Pfefferminzbonbon ein.

Dann entdeckte sie, dass direkt neben ihrer Handtasche Bettys offene Sporttasche am Boden stand, ein teures Stück im Betty-Stil, von Louis Vuitton und mit Initialen. In der Mitte der Tasche lag ein Paar weiße Socken, und darunter schimmerte etwas Grünes. Daphne beugte sich über die Tasche und schob die Socken ein Stück beiseite.

Zum Vorschein kamen zwei Ruderhandschuhe aus smaragdgrünem Leder mit der Aufschrift *Champion*. Auf der Innenseite, am Rand, war vermerkt, dass es sich um eine Spezialanfertigung der Firma BCG handelte. Daphne starrte so lange entsetzt darauf, bis sie hinter sich die Stimme des Kellners hörte: «Ihr Campari, Ma'm.»

Wie in Trance drehte sie sich um und nahm ihm dankend das Glas mit dem klirrenden Eis ab. Aber eigentlich hätte sie lieber geweint.

# 15

«Was er zunächst für weiße Schaumkronen gehalten hatte, waren Möwen. Hunderte, Tausende, Zehntausende ... Sie stiegen und fielen mit der wogenden See; die Köpfe gegen den Wind gerichtet, warteten sie auf die Flut gleich einer mächtigen Flotte, die vor Anker liegt.»

**Daphne du Maurier, *Die Vögel***

Der Lärm der Möwen war fast unerträglich. Während Francis und seine Männer sich mit ihren Spaten durch den Schlamm der Ebbe wühlten, um auch die letzten Faschinen und Hölzer in die Uferböschung zu rammen, mussten sie sich vor Sturzflügen schützen. Im hohen Gras befanden sich zahlreiche Nester, auch die von Seeschwalben. Immer wieder wilderten Füchse unter den Vögeln, das machte sie aggressiv. Francis musste daran denken, wie ihm Daphne erzählt hatte, dass *Die Vögel* aus Mrs. du Mauriers Erzählung und aus Hitchcocks Verfilmung verdächtige Ähnlichkeit mit der Möwenkolonie in Fowey hatten, als hätten sie Mrs. du Maurier als Vorbild gedient.

Sie waren zu dritt. Mit den beiden Hafenarbeitern hatte er erfahrene Männer an seiner Seite, denen er nicht viel erklären musste. Nach der letzten Springflut war das Ufer unter den Wurzeln der Eichen abgerutscht. Wenn man nichts dagegen unternahm, würden bald auch die Bäume umfallen und zur Gefahr für die Schiffe werden.

Die Reisigbündel wurden tief in die Böschung des *River*

*Fowey* eingearbeitet. So konnten sich mit der Strömung Schlamm, Sand und Kies darin verfangen und der Uferzone neuen Halt geben. Es war eine uralte Methode, Generationen von Flussmeistern hatten sie zum Deichbau genutzt. Francis war stolz darauf, dass er sie auch hier mit Erfolg einsetzen konnte.

Logan Stanley, der ältere der beiden Arbeiter, und Roger Hawkins als Kraftpaket hatten alles gut vorbereitet. Hawkins kam aus Par, Logan stammte aus Zennor bei Land's End, wo die Krähen über verlassenen Zinnminen kreisen. Francis schätzte Logan sehr. Er war ein muskulöser, schweigsamer Mann mit scharfen Augen. In seinem groben, grau karierten Arbeitshemd wirkte er wie aus Cornwalls alten rauen Zeiten. Schon abends war er mit dem Boot zur Bruchstelle gefahren, um dort sämtliches Baumaterial und das Werkzeug abzuladen, damit sie vormittags sofort loslegen konnten. Zur Arbeit waren sie dann zu Fuß gewandert, durch das leere Flussbett, in Gummistiefeln und mit den Spaten in der Hand. Ganz trocken war die Flussmündung allerdings nie, überall gab es Rinnsale. Weiter oben, Richtung Quelle, wo das Wasser nicht mehr nach Salz schmeckte, plätscherte der *River Fowey* ohnehin Tag und Nacht.

Die sechs Stunden, die ihnen für die Arbeit blieben, waren schnell vergangen. Francis liebte die geheimnisvolle Atmosphäre des leeren Mündungsbettes bei Ebbe. Der Hafen selbst fiel nie ganz trocken, weil die Fahrrinne genügend Tiefe besaß, aber schon hinter Mixtow sah man die Boote im Schlamm liegen und aufs Wasser warten. Es roch nach Morast, Pflanzen, Seetang und Fisch. Bewegungslos warteten Reiher darauf, kleine Taschenkrebse aus dem Matsch picken zu können.

Genauso aufregend war der Moment, in dem sich alles

wieder umkehrte. Plötzlich drückte das Meerwasser die Flussbewohner zurück in die Siele, erst die Kleinen – Stichlinge, Plankton, Algen –, dann die größeren Fische. Sogar Lachs und Seeforelle waren im *River Fowey* zu Hause.

Francis beobachtete, wie die Siele bereits verdächtig groß wurden, erste Anzeichen für die kommende Flut. Ein letztes Mal kontrollierte er die neuen Hölzer. Jetzt mussten sie standhalten, denn an dieser Stelle war der Fluss bis zu zwei Meter hoch. Ohne sich drängen zu lassen, stapelten die beiden Arbeiter die übriggebliebenen Faschinen hinter den Bäumen, um sie später auf ihr Boot zu laden. Dann machten sie sich auf den Rückweg. Francis ging voran und suchte den sichersten Untergrund im Flussbett.

Als sie kurz vor Fowey wieder den festen Boden des Ufers unter den Füßen hatten, waren ihre Stiefel voll Wasser. Gemeinsam verdrückten sie die Tafel Schokolade, die Francis heute Morgen als Gruß von Daphne in seiner Tasche gefunden hatte, dann erklärte er den samstäglichen Arbeitstag offiziell für beendet.

«Ein verdammt guter Tag», sagte Logan kauend. Sein borstiges graues Haar hatte sich im Wind aufgestellt.

Francis stimmte ihm zu. «Ich bin auch zufrieden.»

Logan schaute einem Schwan nach, der über die Böschung watschelte. Dabei sagte er, als hätte es weiter keine Bedeutung: «In der anderen Sache ist mir noch was eingefallen. Keine Ahnung, ob es der Polizei hilft.»

Es war Logans hölzerne Art, sich einem Thema um drei Ecken zu nähern. Da Francis ihn lange genug kannte, begriff er sofort, was er mit «der anderen Sache» meinte. Es ging um Edward Hammetts Leiche im Fluss. Logan war erst später an die Fundstelle gekommen und hatte der Polizei geholfen, die Boje für die Spurensicherung zu verpacken.

«Hab ich was übersehen?»

«Die Boje», sagte Logan, während er sich den Rest seiner Schokolade aus den Zähnen pulte. «Vor sechs, sieben Jahren haben wir drei angeschwemmte Bojen entsorgen müssen. Der Admiral wollte, dass wir sie irgendwo lagern. Also haben wir sie in eine Lagerscheune kurz vor Lostwithiel gebracht.»

Mit dem Admiral war der längst verstorbene Hafenchef Hurley gemeint. Von einem solchen Lagerraum hatte Francis aber noch nie gehört.

«Was ist das für eine Scheune?»

«Sie gehört der Hafengesellschaft, aber kein Schwein kümmert sich darum, weil der verdammte Schuppen viel zu weit weg ist.» Logan schnaufte verächtlich. «Wahrscheinlich ist er sowieso schon halb verfallen.»

Lostwithiel lag flussaufwärts und war eine eigene Gemeinde. Es passierte schon mal, dass Liegenschaften wie diese im Laufe der Jahrzehnte mehrmals die Eigentümer wechselten. Wenn ein Schuppen nicht bewohnbar war, geriet er leicht in Vergessenheit. Es war gut möglich, dass der eigenwillige Admiral sein Wissen von der Existenz dieser Hütte mit ins Grab genommen hatte. Francis konnte allerdings kaum glauben, dass so etwas brachlag, während sie im Hafen nicht mehr wussten, wo sie ihr Zeug lagern sollten.

«Liegt die Scheune am Fluss?»

«Nicht direkt. Vor der Brücke, ein Stück landeinwärts.»

«Danke für den Hinweis, Logan.»

«Fragt sich nur, wer sich außer mir überhaupt noch an diese Bruchbude erinnert.»

Tatsächlich war Logan der dienstälteste Mitarbeiter in der Hafenbehörde. Selbst Francis und Harvey Clifford waren erst nach ihm eingestellt worden. Francis überlegte, sich bei Flut sofort ins Boot zu setzen und zusammen mit Logan die

Scheune zu suchen. Aber er durfte sich nicht überschätzen. Wenn Edwards Mörder tatsächlich seine Boje von dort geholt hatte, würden sie nur leichtfertig Spuren vernichten. Das war eindeutig eine Aufgabe für den Chief Inspector und die Spurensicherung.

Zu dritt wanderten sie auf dem matschigen Uferweg zurück, bis sie zur Autofähre und zum Parkplatz von Caffa Mill kamen. Hier mussten sie sich trennen. Logan Stanley und Roger Hawkins wohnten hinter dem Friedhof. Da auch Harvey Clifford dort sein Reihenhaus hatte, blieb Francis stehen, zog einen Kugelschreiber und einen Fetzen Papier aus der Tasche und schrieb eine kleine Nachricht für Harvey. Logan sollte sie ihm in den Briefkasten werfen.

«Hier, für Harvey Clifford. Ich will nur, dass er sich am Wochenende schon mal Gedanken darüber macht. Vielleicht hat er am Montag eine Idee, wo die Unterlagen über die Scheune zu finden sind.»

«Wird erledigt», sagte Logan gutmütig. «Bis Montag dann.»

Die beiden Arbeiter warfen sich ihre Spaten über die Schultern und zogen los. Feixend schauten sie zur Autofähre rüber, vor der sich heute die Fahrzeuge in drei Warteschlangen stauten. Aus einem der Wagen erklangen Kindergeschrei und die Stimme einer aufgeregten Mutter.

Francis überquerte den Parkplatz.

Er war so in Gedanken, dass er nicht bemerkte, wie aus einer Parklücke eine ältere Frau zum Vorschein kam. Ihr hastiger Gang war unsicher, ihre angegraute Dauerwellenfrisur hing strähnig über der Stirn. Erst als sie ihm quer über die Straße etwas entgegenrief, entdeckte er sie.

«Hallo, Mr. Pen...!»

Er sah sie dort stehen, erkannte sie aber nicht sofort. Unter dem geblümten Rock – der vorne in der Eile nicht richtig zugehakt war und deshalb weit auseinanderklaffte – schauten weiße Beine hervor, die noch nie Sonne gesehen hatten. Die kräftige Hüfte und der Oberkörper waren nackt, bis auf einen fleischfarbenen BH, der den gewaltigen Busen wie ein schwerer Harnisch umschloss. In der rechten Hand steckte eine Zigarette, an der die Frau hektisch zog.

Francis hielt sie für eine Trinkerin, die Hilfe brauchte. Ganz in der Nähe gab es eine Sozialstation, bei der er sie abliefern konnte. Breitbeinig kam sie auf ihn zu.

Er erschrak. Nicht nur, weil er ihr fülliges Gesicht mit den netten kleinen Äuglein erkannte, die seltsam gerötet waren, sondern auch, weil er die Panik darin sah.

Es war Mrs. Plummer. Sie schwankte wie der Bambus im Garten von *Embly Hall*.

«Gott sei Dank, Mr. Penro...»

Die letzte Silbe war nur noch schwer verständlich. Aus der energischen Frau war eine jämmerliche Gestalt geworden. Offensichtlich hatte sie die Orientierung verloren. Er griff nach ihrem Arm und hielt sie fest.

«Was ist denn, Mrs. Plummer?»

Die Pfarrhaushälterin hielt ihre Zigarette von sich, als wollte sie Francis nicht einnebeln. Ihr Gesicht war gerötet, und ihre Stimme klang weinerlich. «Eine Katastrophe, Mr. Penro... Das Pfarrhaus ist weg. Ich find es nicht mehr.»

«Ganz langsam, Mrs. Plummer. Wieso finden Sie es nicht mehr?»

Sie redete so wirr, dass er Mühe hatte, ihr zu folgen. «Weil es mich nicht mehr will. Es versteckt sich.»

«Sind Sie schon lange so unterwegs?», fragte Francis, während er verzweifelt darüber nachdachte, wie er sie jetzt am schnellsten von der Straße brachte. Offensichtlich hatte sie Angstzustände.

«Ich weiß nicht ... ich gehe dauernd im Kreis ...», schluchzte Mrs. Plummer.

Zwei Jugendliche, die mit ihren Fahrrädern über den Parkplatz kurvten, schauten grinsend zu, wie sie sich an Francis festklammerte. Er hatte alle Mühe, sie zu halten. Hinter ihnen tauchte ein Lieferwagen auf. Der Fahrer hupte ein paarmal anzüglich, als er Mrs. Plummer sah, und fuhr dann langsam weiter. In einem plötzlichen Anfall von Widerstand drohte Mrs. Plummer dem Fahrer mit geballter Faust. Es wirkte absurd, zumal sie in der anderen Hand immer noch ihre Zigarette hielt.

Die Arme schien tatsächlich den Verstand verloren zu haben. Francis zog seine Arbeitsjacke aus und half ihr hineinzuschlüpfen. Geduldig ließ sie es geschehen, er durfte sogar den obersten Knopf schließen, damit sie halbwegs bedeckt war.

«Kommen Sie, Mrs. Plummer, ich bringe Sie heim. Wir sehen nach, was da los ist.»

«Lobet den Herrn», murmelte die Pfarrhaushälterin. Langsam setzte sie sich unter seiner Führung in Bewegung. Während sie schwankend ihre Schritte setzte, schaute sie ihn verschwörerisch von der Seite an. «Aufpassen!», flüsterte sie mit schwerer Zunge. «Das Haus hat mich verhext, wir müssen vorsichtig sein!»

Francis ging nicht weiter darauf ein, sondern schnupperte nur. Er hätte wetten können, dass sie sturzbetrunken war, konnte aber keine Fahne riechen. Die zweite Möglichkeit war ein Nervenzusammenbruch, weil sie nicht über den gewaltsamen Tod des Vikars hinwegkam. Vielleicht hatte sie irgendwelche Pillen geschluckt?

Mrs. Plummer schnaufte schwer, als es nach einer Kurve bergauf ging, immer wieder musste sie stehen bleiben und nach Luft schnappen. Ihre nackten, stämmigen Beine zitterten. Jetzt erst sah Francis, dass sie Hausschuhe mit weißen Puscheln trug.

«Wir nehmen die Treppe, wenn Sie das schaffen», schlug er vor. Es gab ein paar Stufen neben der Straße, eine kleine Abkürzung. Zum Glück war Mrs. Plummer mittlerweile ruhiger geworden. Francis war daran gelegen, sie möglichst ungesehen ins Pfarrhaus zu bringen. Sie sollte nicht auch noch zum Gespött der Nachbarn werden!

Als sie es die Treppe hoch zur Place Road geschafft hatte – das letzte Stück von Francis kräftig am Po angeschoben –, blieb sie kurz stehen. Sie nahm einen tiefen Zug aus ihrer Zigarette und blies den Rauch erst beim Weitergehen aus.

Francis hielt seinen Kopf in die Rauchwolke und schnupperte erneut. Es roch merkwürdig.

Plötzlich wusste er, was es war. Die gute Mrs. Plummer rauchte einen Joint!

Wie, um Himmels willen, war sie bloß an Cannabis gekommen? Vermutlich inhalierte sie das Zeug zum ersten Mal und hatte keine Ahnung, wie ihr geschah. Entschlossen nahm er ihr den Zigarettenstummel aus der Hand, drückte die Kippe auf einer Mauer aus und warf sie weiter oben in eine Mülltonne.

Nachdem sie das Pfarrhaus erreicht hatten, brachte er Mrs. Plummer in die Küche und stellte ihr einen Stuhl hin, auf den sie sich wie ein Stein fallen ließ. Dann suchte er nach der Teekanne.

Eine halbe Stunde später hatte er sie so weit, dass sie wieder halbwegs vernünftig reden konnte, zwischendurch futterte sie Schokoladenplätzchen. Auch seinen Namen sprach sie wieder korrekt aus, offenbar näherte sich ihr Trip langsam dem Ende.

An der Innenseite der Küchentür entdeckte Francis einen hellen Herrenbademantel aus Frottee. Das gute Stück hatte zwar nicht ganz Mrs. Plummers Größe, er nahm es aber trotzdem vom Haken. «Kommen Sie, Mrs. Plummer», sagte er, während er sich mit dem ausgebreiteten Bademantel hinter sie stellte. «Sie können jetzt meine Jacke ausziehen.»

Nachdem sie wieder saß, hielt sie wehmütig die Nase an den Ärmel des Bademantels und seufzte: «Er hat dem Vikar gehört ... Nur noch Erinnerung, der Bademantel, die Zigaretten, alles ...»

«Sind die Zigaretten auch von Vikar Ipswich?», fragte Francis erstaunt.

«Ja.» Sie hatte offenbar das Gefühl, dass er ihr einen Vorwurf machen wollte. «Sie lagen im Arbeitszimmer rum. Ich rauche ja nur manchmal, aber es wäre doch schade gewesen, sie wegzuwerfen ...»

«Wo ist denn der Rest?»

«Hier.» Sie griff hinter sich zu dem Teewagen aus Messing und angelte nach der offenen Schachtel, die neben einem Stapel Papierservietten lag. Francis nahm sie ihr ab und öffnete die Packung. Sie war noch halbvoll, aber die Mehrzahl der Zigaretten war selbstgedreht, den anderen täuschend ähnlich und mit einem Filtertip versehen, wie man ihn für Joints verwendete. Francis kannte sich etwas damit aus, auch wenn er nach seiner Studentenzeit beschlossen hatte, künftig weder Joints noch Zigaretten zu konsumieren. Der gute Vikar hatte dagegen seinen menschlichen Schwächen offenbar nur wenig Widerstand entgegenzusetzen vermocht.

Francis stand auf, schnappte sich die Zigarettenpackung und ging damit zur Gästetoilette. Dort zerbröselte er den Tabak und spülte ihn im Klo hinunter. Als er in die Küche zurückkam, summte Mrs. Plummer gerade ein fröhliches Kinderlied – ein Anblick, bei dem er nicht wusste, ob er lachen oder weinen sollte.

Er rief Dr. Finch an, seinen Hausarzt, der auch samstags erreichbar war. Francis schilderte die Situation. Dr. Finch erklärte ihm, dass Cannabis durchaus psychotische Angstsymptome erzeugen konnte, vor allem, wenn sich jemand schon vorher in deprimierter Stimmung befunden hatte und keine Erfahrung mit der Droge besaß. Kein Wunder also, dass Mrs. Plummers Joint, vermutlich ihr erster, zu Wahrnehmungsstörungen geführt hatte. Viel tun konnte man jetzt nicht, dennoch versprach der Arzt, sich sofort auf den Weg zu machen.

Als Francis sich wieder neben Mrs. Plummer setzte, war nicht mehr viel Tee in der Kanne übrig. Langsam schien sie wieder zu Kräften zu kommen, nur ihre Blässe fiel noch auf. Er versuchte, sie auf den Arzt vorzubereiten. «Gleich wird Dr. Finch kommen und sich um Sie kümmern. Ich habe gerade mit ihm gesprochen.»

Sie widersprach nicht. «Gut, gut, Finchie ist ein prima Doktor. Ich kannte schon seinen Vater.»

«Wie viele dieser Zigaretten haben Sie eigentlich geraucht, Mrs. Plummer?»

«Zwei. Weil es mir doch so schlechtging. Das Haus ist furchtbar leer ...»

«Das kann ich verstehen. Der Tod von Vikar Ipswich muss für Sie ein großer Schock gewesen sein.»

«Ja.» Sie klang sehr traurig. «Und wenn ich nicht so einen lieben Mann an meiner Seite hätte ...»

«Haben Sie das? Das freut mich aber.» Francis verbarg seine Überraschung, für alle in Fowey war die Haushälterin so etwas wie die letzte alte Jungfer. Aber da es ihr offenbar ein Bedürfnis war, darüber zu reden, fragte er: «Kenne ich ihn vielleicht?»

Sie tat sehr geheimnisvoll. «Bestimmt. Auch wenn wir uns nicht öffentlich zeigen dürfen.»

«Warum denn nicht? Gerade jetzt ist es doch wichtig, dass sie jemanden zum Reden haben, finden Sie nicht auch?»

In ihrem Kopf arbeitete es. Wahrscheinlich dachte sie darüber nach, ob sie Francis tatsächlich einweihen sollte, dann sagte sie: «Er will nicht, dass wir uns öffentlich zeigen, weil ich im Pfarrhaus arbeite. Er denkt, es schadet mir, weil wir in Sünde leben.»

Francis musste schmunzeln. «Aber Mrs. Plummer! Selbst wenn man sehr christlich ist, muss man das heute nicht mehr so eng sehen.» Er lächelte. «Sie sind ja keine siebzehn mehr.»

Sie schüttelte den Kopf. «Er will es einfach nicht, dieser Sturkopf. Wir haben uns letztes Jahr auf dem Sommerfest kennengelernt – Max kann ziemlich bockig sein. Oh ja, das kann er!» Plötzlich war sie wieder abgelenkt. «Würden Sie mir noch ein Plätzchen reichen, Mr. Penrose?»

Sie hatte gar nicht gemerkt, dass sie den Namen genannt hatte. Francis stutzte. Er stellte die kleine Schale mit den Keksen neben ihre Teetasse und fragte vorsichtig: «Reden Sie über Max Hammett?»

Mit großen Augen schaute sie Francis an. «Woher wissen Sie das?»

Behutsam brachte Francis sie zum Sprechen.

Max und sie trafen sich regelmäßig in ihrer kleinen Dachwohnung an der Straße nach Golant. Sie beschrieb Max Hammett als einsam und einfühlsam, auch wenn er auf viele Menschen so grob wirkte. Francis glaubte ihr das sogar. Einmal in der Woche, immer dienstags, übernachtete er heimlich bei ihr, jeder von ihnen darauf bedacht, dass die Nachbarn nichts mitbekamen. Erst Ende des Jahres wollten sie sich zueinander bekennen. «Auf dem Weihnachtsfest unserer St.-Fimbarrus-Gemeinde», erklärte Mrs. Plummer stolz. «Weil das Weihnachtsfest doch ein Fest der Liebe ist.»

Es brach Francis das Herz. Für jeden in der Gemeinde war Mrs. Plummer eine robuste, einfache Frau. Zu hören, wie liebevoll, ja fast zärtlich sie jetzt von Max und ihren Zukunftsplänen sprach, war berührend.

Vorsichtig brachte er ihr bei, dass Max seit gestern in Untersuchungshaft saß. Sofort fing sie an zu weinen, und er hatte Mühe, sie wieder zu beruhigen. Für sie war es ganz undenkbar, dass Max eine solche Tat begangen haben sollte.

Als Francis das fehlende Alibi erwähnte, begann Mrs. Plummer, angestrengt nachzudenken. Es fiel ihr schwer, sich zu konzentrieren, aber sie gab sich alle Mühe. «Wann soll das gewesen sein an der Kreuzung?»

«Am Mittwoch, morgens um halb sechs.»

Plötzlich huschte ein erleichtertes Lächeln über ihr Gesicht. «Aber da kam er ja von mir! Weil er doch immer von Dienstag auf Mittwoch bei mir übernachtet! Ich stelle ihm den Wecker auf Viertel vor fünf, damit er sich schnell anziehen kann und noch im Dunkeln wegkommt.»

«Er fährt dann über die Kreuzung am Friedhof?»

«Immer. Weil er sich gleich noch eine Zeitung aus dem Kasten an der Straße holt.»

«Gäbe es noch andere Beweise, dass er bei Ihnen war? Vielleicht Kleidungsstücke, die er bei Ihnen deponiert hat?»

Francis erinnerte sich noch sehr gut daran, wie er zu Beginn seiner Beziehung mit Daphne einige seiner schrägen Hemden und Hosen in ihren Kleiderschrank gehängt hatte und sie Angst bekam, dass er ganz bei ihr einziehen wollte. Dabei hatte er nur ganz praktisch gedacht.

«Kleidungsstücke? Nein. Bis auf ...» Sie räusperte sich, es war ihr peinlich. «... bis auf den Schlafanzug.»

«Und am Mittwochmorgen haben Sie ihn auch zuletzt gesehen?»

«Nein, gestern.» Sie lächelte wieder verzückt. «Er hat mich zum allerersten Mal im Pfarrhaus besucht, gleich nach Ihnen. Nur um mir Pralinen zu bringen, sonst nichts. Ist das nicht wunderbar?»

«Hat er mit Ihnen über den Mord an seinem Bruder gesprochen?»

«Nein.» Sie seufzte. «Wir haben nur hier gesessen und zusammen geweint, weil alles so schrecklich ist.» Sie sagte es so naiv und selbstverständlich, als würde sie über eine normale Tätigkeit sprechen. «Ich hab ihm dann den schönen Aschenbecher von Vikar Ipswich geschenkt, als Erinnerung. Das war doch sicher in Ordnung, Mr. Penrose?»

«Ja, bestimmt.»

Francis fiel eine letzte wichtige Frage ein, die er noch loswerden musste, bevor er sie in Ruhe ließ. «Mrs. Plummer, wussten Sie, dass Max am Mittwoch direkt von Ihnen zu seiner Schwägerin gefahren ist?»

Fröstelnd legte sie ihre Arme um sich und seufzte. «Oh ja, aber das machte er gar nicht gerne. Er wollte mit der Scheidung nichts zu tun haben. Gar nichts wollte er mit seinem Bruder zu tun haben.»

Als Francis sie fragte, ob sie damit einverstanden war, dass er Chief Inspector Vincent über ihr Gespräch informierte, willigte sie ein, obwohl es ihr sichtlich schwerfiel. Aber ihr war klar, dass sie damit ihre große Liebe vor dem Gefängnis bewahren konnte.

Francis nahm sich vor, Mrs. Plummers peinlichen Ausflug in die Welt der Drogen bei der Polizei wegzulassen. Da sie selbst keine Ahnung hatte, warum sie in Panik verfallen war, konnte man ihr auch keinen Vorwurf machen. Vielleicht sagte ihr Dr. Finch später die Wahrheit.

Plötzlich stand der Arzt in der Tür. Durch die randlose Brille und das schüttere Haar wirkte er wie ein trockener Wissenschaftler, in Wirklichkeit besaß er eine gute Portion Humor. Ihm gehörte ein ehemaliges Gestüt, in dessen Park die eindrucksvollsten Zedern und Lärchen Cornwalls zu finden waren. Und in der alten Remise hatte er Ferienzimmer für bedürftige Familien eingerichtet.

«Na, Mrs. Plummer, ich höre, Sie haben einen kleinen Ausflug gemacht», sagte Dr. Finch herzlich.

«Ach, Finchie!», stöhnte sie. «Mit mir ist heute was schiefgelaufen. Es muss der Kreislauf gewesen sein.»

«Dann sehen wir uns Ihr kompliziertes System mal an», meinte der Arzt. Er zwinkerte Francis kurz zu. «Und Mr. Penrose lässt uns nun am besten allein.»

Mrs. Plummer achtete gar nicht mehr auf Francis, Dr. Finch war im Augenblick viel interessanter. «Ich hoffe, du musst mir keine Spritze geben, Finchie?»

«Ich weiß nicht mal, was eine Spritze ist», antwortete er charmant.

Francis winkte dem Arzt unauffällig zu und schlich sich aus der Küche. Erst auf der Straße wurde ihm bewusst, wie viel Anspannung ihn die letzte Stunde gekostet hatte.

Auf dem Weg zum Hafenamt hing er seinen Gedanken nach. Er wollte sofort der Polizei Bericht erstatten, hoffte aber, dass James Vincent ins Wochenende entschwunden war. Und er hatte Glück, auf dem Parkplatz fehlte der Wagen des

Chief Inspectors, während Sergeant Burns im Büro zu sein schien.

Selbst an diesem Samstag war auf dem Gang der Hafenbehörde eine Menge los. Ständig trafen am Wochenende Privatjachten ein und mussten abgefertigt werden. Mitten im Gang stand Officer Morrissey, umringt von drei Skippern, die aufgeregt erklärten, dass sie aus Griechenland stammten. Francis hörte, wie Morrissey verzweifelt zu erklären versuchte, wie die strengen britischen Hafenregeln funktionierten. Mit einem kurzen Blick Richtung Officer drängte er sich an ihnen vorbei und war froh, dass das Stimmengewirr am Ende des Ganges weniger wurde.

Als er die Tür zum Zimmer des Detective Sergeants öffnete, sah er zunächst nur Burns' Rücken. Der Ermittler saß vor seinem Laptop und spielte fasziniert ein schrilles Computerspiel.

«Darf ich trotzdem stören?», fragte Francis klopfend.

Sergeant Burns klappte schnell den Laptop zu und fuhr herum. «Entschuldigung.» Jetzt erst erkannte er Francis. «Oh, hallo, Mr. Penrose.»

«Kleiner Tipp unter Computerfreaks», sagte Francis freundlich. «Nie mit dem Rücken zur Tür sitzen.» Er hatte nicht vergessen, wie oft er als junger Wissenschaftler private Mails im Dienst erledigt hatte.

Sergeant Burns bot ihm einen Cappuccino an. Es hatte laut Burns noch nie einen Fall gegeben, bei dem James Vincent auf sein Recht verzichtet hätte, als Chefermittler einen Vollautomaten samt Aufschäumer anfordern zu dürfen. Auch bei den Sitzmöbeln, die ihm die Verwaltung schickte, war er heikel. Stühle und Tische aus zerkratztem Holz kamen nicht in Frage. Francis hörte heraus, wie kritisch Sergeant Burns und seine Kollegen ihren Chef beurteilten. Je näher er Burns kennenlernte, desto sympathischer wurde ihm der junge Mann. Er fand bestimmt auch den richtigen Ton, um sich mit Mrs. Plummer zu unterhalten.

Während sie gemeinsam ihren Cappuccino schlürften, begann Francis, ihn in das Geheimnis von Mrs. Plummer und Max Hammett einzuweihen. Er tat es so, dass der junge Ermittler auch das Schwierige an diesem Drama verstehen konnte. Geduldig hörte Burns zu, stellte hin und wieder kluge Fragen und machte sich Notizen. Auch die vergessene Scheune in Lostwithiel erwähnte Francis. Burns hielt es für eine interessante Spur, der er nachgehen wollte.

Francis war erleichtert. Zum ersten Mal seit Tagen hatte er das Gefühl, dass ihm jemand zuhörte und aufrichtig an den Menschen in Fowey interessiert war.

# 16

«Die Moorstriche waren noch wilder, als sie sich gedacht hatte. Wie eine ungeheure Wüste wogten sie von Osten nach Westen, mit Radspuren da und dort an der Oberfläche, und große Hügel unterbrachen die Horizontlinie.»

**Daphne du Maurier, *Gasthaus Jamaica***

Der Sonntagvormittag begann wohltuend geordnet. Daphne genoss das Gefühl, endlich wieder normale Dinge tun zu können. Francis und sie lasen nach dem Frühstück ausgiebig die *Sunday Times*, diskutierten über einige der Artikel und machten sich dann im Garten nützlich. Während Francis den Rasen mähte, buddelte Daphne die Setzlinge ein, die sie neulich aus der Baumschule mitgebracht hatte, danach mussten die Blumen rund um die Palmen geschnitten werden. Die Dahlienknollen hatte ihr letztes Jahr Mrs. Plummer geschenkt, die Arme. Bei allem Mitleid mit ihr malte Daphne sich amüsiert aus, was Francis wohl für ein Gesicht gemacht hatte, als Mrs. Plummer ihm mit dem Joint entgegenkam, wobei auch ihre zarte Liebe zu Max Hammett einer echten Sensation gleichkam.

Mittags verschwand Francis in die Garage. Dort bastelte er wie an jedem Wochenende begeistert an seinem Jaguar herum, bis der Akkuschrauber glühte. Daphne war unkonzentriert, nahm sich aber zusammen. Sie räumte ihr Arbeitszimmer auf, telefonierte durch die Gegend und las auf ihrer Liege im Garten einen Krimi.

Immer wieder blitzten die Bilder des missglückten Krocketspiels mit Betty Aston in ihr auf, und sofort klopfte sie jedem Erinnerungsfetzen energisch auf die Finger.

Ihre wunderbare Fähigkeit, Probleme in einer Schublade verschwinden zu lassen, kam auch heute wieder zum Einsatz. In diesem Punkt gab es in ihrer Ehe vertauschte Rollen. Während Francis Probleme sofort aus dem Weg räumte, nahm sie diese erst in Angriff, wenn für sie der Zeitpunkt stimmte.

Der richtige Zeitpunkt kam ein paar Stunden später, mitten im Leerlauf des Nachmittags.

Daphne spürte, dass das Thema Betty Aston unausweichlich wurde. Irgendwann ließ es sich nicht mehr verdrängen.

Was gestern beim Krocketspiel geschehen war, saß noch immer tief in ihr. Die grünen Ruderhandschuhe in Bettys Sporttasche waren ein Schock für sie gewesen. Unschlüssig, ob sie Betty sofort zur Rede stellen sollte oder erst später, hatte sie nervös die nächste Krocketrunde zu Ende gespielt, bis Linda Ferguson sie irgendwann leise gefragt hatte, ob es ihr nicht gutginge.

Seltsamerweise war auch in Bettys Verhalten eine Veränderung zu bemerken gewesen. Zwar blieb sie während des Spiels gleichbleibend freundlich, aber ihr Blick war misstrauisch geworden.

Nach dem Spiel stieß Daphne noch kurz an der Bar mit ihren Mitspielern an, bedankte sich bei Linda und verabschiedete sich dann, um nach Fowey zurückzufahren. Beim Weggehen bemerkte sie, dass Betty ihr heimlich zum Parkplatz folgte. Sie wollte gerade in ihr Auto steigen, als sich Betty plötzlich zwischen den Büschen hervorzwängte und die Autotür festhielt. Ungeduldig fragte sie, ob Daphne denn nun am Montag an den Strand kommen würde, um ihr beim Training zuzusehen.

Daphne verkniff sich eine spontane Reaktion und schwieg einen Moment. Sie wollte jetzt die Nerven behalten, so seltsam dieser Nachmittag auch ausgegangen war.

Doch dann sah sie, wie Betty sie lauernd durch die offene Autotür anstarrte, sie sah erneut die grünen Handschuhe vor sich, dachte an Mrs. de Beers Beobachtung und bekam plötzlich Angst vor Betty. Etwas stimmte nicht an ihrem Verhalten.

«Tut mir leid, Betty», sagte sie lächelnd, um nicht harsch zu wirken. «Wahrscheinlich werde ich es doch nicht schaffen. Lass mich lieber ein andermal zuschauen.»

Bettys Gesicht wurde hart, ihre Stimme kühl. «Schade. Ich hätte mehr von dir erwartet, Daphne. Jetzt wirst du ... ach, vergiss es.»

Sie drehte sich auf dem Absatz um und stakste beleidigt Richtung Hotel zurück, in dessen Eingang sie wie ein senkrechter weißer Pinselstrich verschwand.

Während der Fahrt nach Hause hatte Daphne dann das Undenkbare gedacht. War Betty Aston etwa doch in die Verbrechen verwickelt? Ging es um Eifersucht, falls sie tatsächlich früher ein Verhältnis mit Edward Hammett gehabt hatte und wütend auf Sandra McKallan war? Jeder wusste, dass Betty so nachtragend wie eine Elefantenkuh sein konnte, aber auch eiskalt, wenn sie jemanden nicht mochte. Sie hatte fast fünfundzwanzig Jahre lang in Asien gelebt, woher ja auch die Pistole stammen sollte. Dass Betty die grünen Handschuhe besaß, konnte reiner Zufall sein, weil sie jetzt unter die Ruderer gegangen war. Andererseits musste man nicht viel davon verstehen, um zu wissen, dass solche Spezialanfertigungen nur in kleinen Stückzahlen verkauft wurden.

Daphne erschrak über ihre eigenen Gedanken.

War sie eigentlich von allen guten Geistern verlassen? Sie kannte Betty Aston seit zehn Jahren, seit ihrer Rückkehr aus Hongkong, wo sie bis zur Scheidung mit einem britischen Geschäftsmann zusammengelebt hatte. Ihre Extravaganz und ihr Esprit wurden von vielen in Fowey als amüsante Gesellschaftsfarbe empfunden, auch von Daphne. Trotzdem, die Wesensveränderung, die Betty in letzter Zeit durchgemacht hatte, war nicht zu übersehen, auch wenn sie sich nur sporadisch trafen. Sie war aggressiver geworden, auch zynischer. Irgendetwas war mit ihr passiert. Aber war Betty fähig zu einer Tat aus Rache oder Leidenschaft?

Daphne schaute gedankenversunken in die Krone der Palme, unter der ihre Gartenliege stand. Ganz entfernt hörte sie den angenehmen Klang der Sonntagsglocken von St. Fimbarrus. Sie schloss für einen Moment die Augen und schlief nach kurzer Zeit ein. Ihr Schlaf war nicht tief und durchzogen von wirren Träumen.

Erst als Francis sich eine Stunde später über sie beugte und ihr einen zarten Kuss auf die Stirn drückte, wurde sie wieder wach. Erstaunt stellte sie fest, dass er sich umgezogen hatte. Irgendwas hatte er vor, sie kannte seinen schelmischen Gesichtsausdruck. Er trug saubere Jeans und ein frisches Hemd, das nach Waschmaschine duftete. Entschlossen nahm sie sich vor, ihm auf keinen Fall etwas von Bettys Verhalten zu erzählen, damit er nicht glaubte, sie sehe Gespenster.

So nüchtern Francis als Wissenschaftler war, so sehr liebte er private Überraschungen. Er verschwand mit geheimnisvoller Miene in der Küche und kam mit dem geflochtenen Picknickkorb zurück, mit festgeschnallten Tellern, Gläsern und Tassen im Deckel. Als Daphne aufstand, sich neben den Korb mit seinen vielen Lederschlaufen kniete und ihn aufmachte, kam ihr der Duft von frischem Brot entgegen. Alles war schon verstaut – neben dem Brotlaib lagen Schinken, Butter, Räucherfisch und das Besteck. Auch die Flasche Cidre fehlte nicht. Sie konnte nur staunen.

«Was hast du vor?»

Er lächelte zufrieden. «Ich dachte, du musst den ganzen Wirbel mal ausblenden. Wir fahren an deinen Lieblingsplatz.»

«Ins Bodmin Moor?» Daphne umarmte ihn strahlend und gab ihm einen dicken Kuss. «Da sind wir ja seit Monaten nicht gewesen.»

«Es wird dir hoffentlich nicht zu spät, oder?»

«Nein, dann wird es eine *Sundowner*-Tour.»

Daphne ging ins Schlafzimmer, um sich umzuziehen, der Gedanke ans Bodmin Moor machte sie wieder lebendig. Francis hatte recht, sie mussten beide aufhören, ständig über die Morde zu reden. Ihr Leben in Fowey war noch vor einer Woche abwechslungsreich, naturverbunden und fröhlich gewesen, daran durfte sich nichts ändern.

Der Landrover, den Francis als Dienstfahrzeug benutzte, war vollgepackt mit Arbeitsgerät und Kunststoffboxen, sodass sie den Picknickkorb auf die Rückbank quetschen mussten. Als sie losfuhren, fühlte Daphne sich wie früher, wenn sie mit Jenna, Picknickkorb und Grill zu einem entlegenen Strand aufgebrochen waren.

Hinter Bodmin bog Francis auf die A 30 ab, die das Moor bis nach Launceston in der Mitte durchschneidet. Daphnes Vorfreude wuchs. Sie liebte die Heideflächen und die Stellen mit Sumpfgras, ihr Staunen über diese weite Landschaft war fast kindlich, wie beim ersten Mal, als sie mit ihrer Mutter und Mrs. du Maurier in einer Limousine durch die

Heide gefahren war. Sie mussten damals neue Lampen für den Flur aus Launceston abholen. Während der Fahrt hatte Mrs. du Maurier erzählt, wie sie einmal mit ihrer Freundin Foy Quiller-Couch im Moor die Orientierung verloren hatte. Nur durch ihre Pferde hatten sie zurück zum *Jamaica Inn* gefunden.

Mrs. du Mauriers gleichnamiger Welterfolg gehörte zu Cornwall wie die Küsten, Schmuggler und Zinnminen, jedes Kind wusste das. Dass die Schriftstellerin eigentlich den ehrenvollen Titel «Lady Browning, Dame Daphne du Maurier» trug, hatte Daphne erst als Erwachsene erfahren. Der Schreibtisch und die Schreibmaschine der weltberühmten Schriftstellerin standen auch heute noch im echten *Jamaica Inn*, leider hatte Daphne sich nie überwinden können, sie zu besichtigen. Zu sehr hatte sie das beruhigende und vertraute Geklapper aus Mrs. du Mauriers Arbeitszimmer im Ohr, erst auf *Menabilly* und später in ihrem Alterssitz *Kilmarth*, wo Daphne sie noch einige Male besucht hatte. Damals hatte sie auch zum ersten Mal begriffen, dass Mrs. du Mauriers Liebe zu Cornwall in den eigenwilligen, bockigen, kämpferischen Figuren weiterlebte, wie es sie früher in jedem Dorf gab. In Figuren wie Nat Hocken aus *Die Vögel*, der widerspenstigen Fischersfrau Jane Guthrie aus *Ostwind* oder Jem Merlyn aus *Gasthaus Jamaica*.

Francis bog auf einen einsamen Feldweg ab, der sich so wild durch die Heide schlängelte, als wollte er Besucher abhalten. Die Fahrt endete vor einem moorigen Teich.

Beim Aussteigen wäre Daphne um ein Haar ausgerutscht, aber Francis fing sie auf. Übermütig trugen sie den Picknickkorb und den Rest der Sachen mitten auf die Heide. Über ihnen standen Lerchen am Himmel und zwitscherten, obwohl der Wind eher unsanft über die Ebene blies, nur am Boden war es windstill. Sie breiteten ihre Decke aus, schoben den Picknickkorb in die Mitte und setzten sich zufrieden daneben.

Wenn Jenna in London *abhängen* wollte, fuhr sie mit der U-Bahn zum Hyde Park. Daphne fand, bei diesem Menschengewühl könnte sie sich auch gleich als Sardine in ein überfülltes Freibad quetschen. Wahrhaft *abhängen* im *old style* funktionierte für sie nur vor dem Panorama des endlosen Moores, mit dichter Heide, Feldern aus gelben und blauen Blumen und borstigem Gras. Sie hatte das Moor auch bei Nebel erlebt, wenn die Sicht auf wenige Meter beschränkt ist; an solchen Tagen konnte es schnell zu einer frostigen Falle werden. Nur fünfhundert Meter von hier hatte man vor einem Jahr eine hübsche Mumie aus dem Sumpfloch bei *Jon's Heath* gezogen – übrigens samt verrottetem Picknickkorb, wie Francis grinsend berichtet hatte.

Im Hintergrund reckten sich gewaltige Felstürme aus der Heide, die sogenannten *tors*, von Kräften der Urzeit wie steinernes Spielzeug gestapelt. Die höchsten waren *Brown Willy* und *Rough Tor*. Daphne fühlte sich an Mary Yellan erinnert, die unschuldige Heldin aus *Gasthaus Jamaica*, die immer wieder das Moor durchstreifte. Francis kannte hier jeden Quadratmeter, nicht weit entfernt lag das Quellgebiet des *River Fowey*.

Daphne öffnete den Korb und verteilte die Teller und das Besteck. Sie waren beide hungrig und amüsierten sich selbst darüber, dass sie wie Raubkatzen über das Essen herfielen. Am Ende war es ein Picknick, wie sie es liebten. Redend, essend und träumend ließen sie auf ihrer Decke den Spätnachmittag verstreichen.

Auch Francis kam zur Ruhe, nur sein erfahrener Rangerblick blieb wach. Daphne bewunderte, wie sicher er die Natur interpretierte, er sah die Zeichen und kannte die Zusammenhänge. Ein paar fürchterlich krächzende Raben kreisten aufgeregt über dem nahen Hügel. Francis legte einen Finger auf die Lippen. Dann kamen sie, kleine kräftige Wildpferde mit langen Mähnen. Langsam zog die Herde vorbei. Fasziniert schaute Daphne den braunen und gescheckten Tieren hinterher, bis sie im Dickicht und hinter hohem Sumpfgras verschwunden waren.

Erst als die Sonne unterging und der Ostwind kalt über das Moorgras wehte, packten sie ihre Sachen wieder zusammen und fuhren zurück. Es kam Daphne vor, als wären sie ewig im Moor gewesen. Auf der Rückfahrt kuschelte sie sich in ihre Decke und schaute träumend aus dem Fenster.

Kurz vor Bodmin klingelte das Handy auf der Mittelkonsole. Es war Detective Sergeant Burns. Er wollte Francis nur darüber informieren, dass Max Hammett vor einer Stunde aus der Untersuchungshaft entlassen worden war. Auch Helen war wieder frei. Francis bedankte sich für die Information, Burns war tatsächlich ein Lichtblick.

Daphne wurde nachdenklich, auch wenn sie sich für Max freute. «Das heißt, Max Hammett ist unschuldig, und die Polizei steht wieder am Anfang?»

«Ja, so sieht es aus.» Francis bog auf die Straße nach Fowey ab. «Laut Burns hatte Max für die Tatzeit der anderen Morde sowieso ein Alibi.»

«Und Helen?»

«Bei der wird es ähnlich sein. Nur weil sie am Morgen nach der Tat mit ihrem Schwager über die Scheidung gesprochen hat, muss sie keine Mörderin sein.»

Daphne stöhnte. «Ich weiß gar nicht mehr, was ich noch glauben soll.» Für eine Sekunde dachte sie daran, Francis doch von Betty Aston zu erzählen, ließ es aber auch diesmal.

Stattdessen öffnete sie das Handschuhfach und kramte wie wild nach den drei CDs, die darin verborgen waren.

Francis bemerkte es. «Ich will Monty Python.»

«Du kriegst Monty Python», sagte sie amüsiert.

Mit einem Schubs legte sie die CD ein. Gleich das erste schräge Lied war *Always Look on The Bright Side of Life* aus dem Film *Das Leben des Brian*. Es war so britisch wie *fish 'n' chips*, trotzig und stoisch. Jeder im Land konnte sich damit identifizieren. Daphne wusste, dass es zu den meistgespielten Liedern auf Beerdigungen gehörte. Auch als ihr Großonkel Herby gestorben war, hatten sie es gespielt. Langsam hatte sich der Sarg zu den Zeilen *«... life's a piece of shit when you look at it ...»* ins Grab gesenkt.

Francis sang am lautesten mit. Daphne hielt sich lachend die Ohren zu. Sie mochte nicht wissen, wie oft er es schon mit seinen *old boys* im Stadion gegrölt hatte.

Als sie in Fowey ankamen, war es bereits dunkel. Das elektrische Tor von *Embly Hall* stand einen Spalt offen, vermutlich ein Defekt beim Wegfahren am Nachmittag. Während Daphne bei laufendem Motor im warmen Auto wartete, holte Francis schnell einen Schraubenschlüssel aus dem Haus, um den Antrieb mit ein paar Griffen zu reparieren. Schließlich schwang das Tor auf, und sie konnten in die Garage fahren.

Der Tag war Daphne endlos vorgekommen. Plötzlich hatte sie das Bedürfnis, ein heißes Bad zu nehmen, bevor sie ins Bett ging. Francis wollte ohnehin noch kurz in seinem Arbeitszimmer verschwinden, um für Montag Unterlagen zu sortieren.

Mit neun Quadratmetern Größe war die ganze *Torhaus-Therme*, wie Jenna das Bad spöttisch nannte, sogar kleiner als allein die Wanne von *Embly Hall*. Dennoch genoss es

Daphne, in ihrem eigenen Reich bis zum Kinn unter den Schaum zu rutschen und das heiße Wasser auf der Haut zu spüren.

Eine halbe Stunde später schlüpfte sie entspannt in ihren Hausanzug aus Frottee. Er war braun, sie wusste selbst nicht mehr, warum sie diese Unfarbe gekauft hatte, aber er hielt warm und gehörte zum Badezimmerritual. Francis behauptete scherzhaft, sie sähe darin aus wie ein Feldhase. Dafür hatte seine rissige Lederjacke auffallende Ähnlichkeit mit einem toten Alligator.

Sie ging in den Flur und öffnete das Dachfenster. Aus der Garage kam ein Geräusch wie klirrendes Metall. Wahrscheinlich war Francis noch einmal zu seinem Oldtimer gegangen war, obwohl es schon spät war und er eigentlich Schlaf brauchte.

Daphne beschloss, ihn daran zu erinnern. In der letzten Woche war er ein paarmal extrem früh aufgestanden. Sie ging die Treppe hinunter ins Erdgeschoss und stellte fest, dass er tatsächlich nicht mehr im Arbeitszimmer saß, auch seine Schreibtischlampe war ausgeschaltet. Entschlossen öffnete sie die Tür zum Innenhof, machte dort die Beleuchtung an und ging zur Garage hinüber. Das Garagentor war unten, Francis ließ es beim Werkeln gerne zu, deshalb klopfte sie von außen an.

«Francis! Schau mal auf die Uhr, du solltest langsam Schluss machen!»

Statt einer Antwort hörte sie, wie in der Garage etwas Schweres umfiel, als würde Francis die gestapelten neuen Reifen sortieren. Schon seit Tagen wollte er Platz schaffen für das Motorrad eines Kumpels.

Daphne drückte den Garagenöffner an der Außenwand, langsam schwang das breite Tor auf. Innen brannte die

Neonlampe an der Decke. Sie lief ein paar Schritte durch den weiß gekalkten Raum, in dem außer dem alten Jaguar auch ihr eigener Wagen und der Landrover Platz hatten. Früher wurden hier Traktoren abgestellt, der Geruch nach Diesel kroch noch aus jeder Mauerritze.

«Francis?»

Sie vermutete, dass er sich im danebenliegenden Gewölbe aufhielt, das mit der Garage durch einen Bogengang verbunden war. Das Garagenlicht erhellte auch die Gewölbenischen, in denen Lord Wemsleys Vorfahren Schweine gehalten hatten. Jetzt stand gleich an der ersten Säule die Werkzeugbank. Daphne stellte sich daneben und spähte nach hinten.

«Francis, wo bist du?»

Keine Antwort. Sie rief lauter.

«Francis?»

Erschrocken blieb sie stehen, weil ihr ein schrecklicher Verdacht kam. Francis war gar nicht hier, dennoch befand sich jemand im Gewölbe!

Sie wollte sich hastig zurückziehen, aber ihre Frotteejacke verfing sich an der Werkbank. Plötzlich ging nebenan in der Garage das Licht aus, und sie stand im Dunkeln. Gleichzeitig fuhr dort rasselnd das Garagentor zu. Verzweifelt zerrte sie an ihrem Frottee, bis er mit einem Ratsch von der Werkbank abriss, dann tastete sie sich in die Richtung vor, in der sie einen Lichtschalter vermutete. Doch schon nach wenigen Schritten hatte sie in der Dunkelheit die Orientierung verloren. Sie steckte immer noch in den Katakomben des Gewölbes fest, hier gab es kein Fenster, nicht mal ein kleines Oberlicht.

«Francis! Francis! Ich bin eingesperrt!»

Sie betete, dass Francis nichts passiert war und er ihr helfen konnte. Obwohl höchstens zwei, drei Minuten vergangen waren, kam es ihr vor wie eine Ewigkeit. Ihr Instinkt sagte ihr, dass sie jetzt unter keinen Umständen stehen bleiben durfte. Es gab zwei Lichtschalter. Der eine befand sich am Übergang zur Garage, der andere im hinteren Teil des Gewölbes, wo es auch einen kleinen Nebeneingang gab. Vielleicht war wenigstens dorthin der Weg ohne Hindernisse.

Plötzlich hörte sie Schritte, etwas entfernt, ein Tapsen, das definitiv nicht von Francis stammte. Sie begann zu zittern, wagte sich aber trotzdem weiter dorthin, wo sie den Nebeneingang vermutete. Als sie merkte, dass sie sich erneut verirrt hatte und vor einem Hindernis stand, streckte sie vorsichtig die Finger aus und fühlte eine Mauer. Etwas fiel um, dann tropfte Öl auf ihr Bein, sie hasste den Geruch.

«FRANCIS!»

Wieder keine Antwort.

Sie lauschte angestrengt. Irgendwo raschelte es. Sie dachte sofort an Mäuse, aber dann erstarb das Rascheln, und sie hatte das Gefühl, erneut fremde Schritte zu hören. Plötzlich wurde Daphne klar, woher die Geräusche kamen. Sie stammten aus der Futterkammer, die durch eine dicke Wand aus Eichenholz vom Gewölbe abgetrennt war. Dort musste sich jemand versteckt halten. Aus der Futterkammer führte eine Tür nach draußen, hoch in den Garten von *Embly Hall*. Die Tür war zwar gesichert, von innen konnte man sie aber jederzeit öffnen.

Und dann war es nur noch still.

Daphne glaubte schon, der Spuk sei vorbei, als durch die Holzwand ein anderes Geräusch drang. Scharf und zischend. Eine Tür knallte zu. War das die Tür in den Garten?

War sie jetzt wieder allein? Noch einmal sah sie sich um und entdeckte einen Lichtstreifen am Boden. Er schien aus dem Spalt unter der Tür zur Futterkammer zu kommen. Sie vermutete, dass dort das Licht brennen geblieben war, und hoffte inständig, dass sich niemand mehr in der Futterkammer versteckte.

Der schmale Lichtschein half ihr wenigstens, sich zu orientieren. Sie musste endlich raus aus diesem Labyrinth.

Erst als sie unmittelbar vor der dicken Holztür stand, roch sie den Rauch. Er kroch durch den schmalen Spalt am Boden, sein beißender Geruch breitete sich schon im Gewölbe aus. Mit aller Kraft versuchte Daphne, die Tür zu öffnen, doch sie war von innen verschlossen. Ohne zu zögern, hängte sie sich mit ihrem ganzen Körper an den Griff und zog ihn zu sich, wieder und wieder.

Als die Tür endlich aufsprang, fuhr ihr die Hitze wie ein heißer Sturm ins Gesicht. Sie starrte in eine Wand aus Rauch und Flammen, die aus zwei alten Strohballen schossen. Kaum erhielten sie neuen Sauerstoff, loderten sie auch schon Daphne entgegen und suchten sich gierig einen Weg ins Gewölbe.

Daphne begann zu schreien. Ihre schrillen Laute kamen ihr viel zu leise vor. Alles an ihr war durch den Feuersturm gelähmt. Das Einzige, was sie noch spürte, waren ihre Beine, die auf die Flucht gehen wollten.

# 17

«Mir scheint, die Orte, wo Menschen geliebt oder gelitten haben, behalten auf immer ein gewisses Aroma, das nie mehr gänzlich verschwindet. Es ist, als hätten diese Orte eine spirituelle Bedeutung erlangt, die sich geheimnisvollerweise denjenigen mitteilt, die vorübergehen.»

**W. Somerset Maugham, *Honolulu und andere Erzählungen***

Francis zog im Flur seine Gummistiefel aus und ging auf Strümpfen zu Daphne ins Wohnzimmer. Er hatte sie vor einer Stunde in den großen Sessel am Fenster gesetzt.

Von hier aus konnte sie beobachten, wie die Feuerwehr ihre Schläuche auslegte und den Brand unter Kontrolle bekam. Der Garten lag im hellen Scheinwerferlicht. Zwischendurch war sie aufgestanden, hatte in der Küche etwas getrunken und sich im Bad das Gesicht gewaschen. Außer einer versengten Haarsträhne und Ruß im Gesicht waren zum Glück keine Brandspuren an ihr zurückgeblieben.

Die Rekonstruktion des Abends offenbarte ein verheerendes Missverständnis. Auf der Couch im Wohnzimmer lag noch der Auslöser, eine zusammengeknüllte Wolldecke. Während Daphne in der Badewanne gelegen hatte, war Francis von seinem Schreibtisch aufgestanden, hatte es sich auf der Couch gemütlich gemacht und war vor Übermüdung eingeschlafen. Dabei hatte er nur warten wollen, bis sie ihn hochrief. Daphne wiederum hatte nur im Arbeitszimmer nach ihm gesucht.

Doch es war müßig, sich darüber Gedanken zu machen. Und Daphne wäre nicht Daphne gewesen, wenn sie nicht darauf verzichtet hätte, jetzt auch noch rachsüchtig auf dem armen Francis herumzuhacken.

Er setzte sich auf die Armlehne des Sessels und strich ihr über das Haar. Es roch nach Rauch. «Soll ich dir einen Tee bringen?»

Daphne schüttelte den Kopf. «Nein, ich will einfach nur ruhig dasitzen.» Sie berührte seine Wange. «Danke, dass du mich das letzte Stück getragen hast.»

«Ich hätte dich bis nach Land's End getragen, so wie du mir entgegengewankt bist. Mark Clifford meint, normalerweise haut es einen sofort von den Füßen, sobald man im Feuer eine Tür aufreißt.»

«Ich will mich noch bei Mark bedanken.»

«Er kommt gleich, sie rollen gerade wieder ihre Schläuche ein.»

Francis bewunderte noch immer Daphnes Geistesgegenwart. Obwohl das Feuer bereits auf die Holzwand übergegangen war, hatte sie so viel Vernunft besessen, nicht das Garagentor zu öffnen, damit nicht mehr Sauerstoff den Brand anheizte. Stattdessen war sie schreiend durch die Nebentür auf den Innenhof gerannt, wo Francis ihr schon entgegengekommen war.

«Sieht es schlimm aus draußen?», fragte sie.

«Es hätte schlimmer ausgehen können. Die alte Wand zum Gewölbe werden wir wohl neu machen müssen, vermutlich auch die Türen. Ansonsten hat es nur die Futterkammer erwischt. Geh lieber nicht rüber, alles ist verkohlt und nass.»

Daphne blickte nachdenklich aus dem Fenster. «Dir ist klar, dass das eine weitere Warnung war?»

«Vielleicht hast du dir die Schritte nur eingebildet.» Er

hob beschwichtigend die Hände. «Nein, warte, bevor du protestierst. Im Dunkeln eingesperrt zu sein, macht auch das Gehör orientierungslos. Wir haben damals im Institut Versuche mit Probanden gemacht.»

«Ich weiß, was ich gehört habe», sagte Daphne müde. «Aber Mark wird uns ja sagen, ob es wirklich Brandstiftung war.»

Mark Clifford war der Sohn von Harvey Clifford, dem Kollegen von Francis. Mit Ende zwanzig war er bereits der stellvertretende Chef von Foweys Feuerwehr. Im Hauptberuf arbeitete er als Proviantlieferant für eine Schiffsfirma. Francis hatte ihn erst neulich im Pub wiedergesehen, als Mark seinen Vater abgeholt hatte. Daphne kannte ihn besser. Die Berge von Geschäftspost, die sie jeden Tag in Marks Briefkasten stecken musste, deuteten auf gute Abschlüsse hin. Auch seine Verlobte Erin kannte sie, ein unscheinbares Mäuschen mit Schulmädchenbrille.

Mark trat so rücksichtsvoll ein, als würde er einen heiligen Ort besuchen. Seine graue Schutzjacke mit den roten Ärmeln und die dicken Feuerwehrschuhe waren besprenkelt von Rußpartikeln, auch den Gestank von Rauch schleppte er mit. Francis entging nicht, wie Daphne leicht zusammenzuckte.

«Wir wären dann fertig», sagte er mit ruhiger Stimme. Er strahlte Verlässlichkeit aus wie sein Vater, nur dass Mark dazu noch sportlich war und gut aussah. Daphne versuchte zu lächeln.

«Danke, Mark. Francis sagt, Sie haben das Schlimmste verhindert.»

Der Feuerwehrmann kratzte sich verlegen an der Wange. «Zum Glück standen die Autos weit genug weg. Außerdem konnten wir den Brand vom Garten aus löschen, das hat uns auch geholfen. Die abgebrannte Hintertür haben wir notdürftig durch Bretter ersetzt. Das sieht jetzt etwas schäbig aus, war aber nicht zu ändern.»

Francis beruhigte ihn. «Kein Problem, ihr habt alle einen tollen Job gemacht. Ich darf mir gar nicht vorstellen, wie der Brand im Haupthaus gewütet hätte.»

«Eine Katastrophe ... bei dem vielen Holz ...»

«Wie ist es passiert, Mark?», fragte Daphne. Er zögerte, Daphne spürte es und ermunterte ihn. «Na los, keine Scheu. Wir müssen es wissen.»

«Es ist wohl so, Mrs. Penrose ...» Er räusperte sich. «Jemand hat Ihnen einen Brandbeschleuniger auf die Strohballen geworfen. An den verkohlten Resten der Außentür kann man ablesen, wo die Zündung ihre größte Anfangskraft hatte.»

«Mit anderen Worten – Brandstiftung?»

«Ja, Mrs. Penrose, so sieht's aus.»

Daphne schluckte. «Kann es nicht auch ein Kurzschluss gewesen ein?»

«Nein, aber das muss die Polizei klären. Ich hab schon dort angerufen.»

«Ich verstehe.»

Plötzlich stand Chief Inspector Vincent im Türrahmen, mit gerötetem Gesicht und polierten schwarzen Stiefeln, in denen beigefarbene Baumwollhosen steckten. Darüber trug er eine grüne Barbourjacke und sah damit aus, als wenn ihn seine Leute gerade von einem Hochsitz geholt hätten.

«Guten Abend allerseits», sagte er unerwartet locker. Es musste an seiner Wochenendstimmung liegen, dachte Daphne. «Ich war zufällig in der Nähe, als die Meldung vom Brand kam.» Er blickte zu Mark Clifford. «Sind Sie der Kommandant?»

«Ja, Sir.» Mark Cliffords Meldung kam militärisch kurz. Francis erinnerte sich, dass Mark nach der Schule ein paar

Jahre beim Militär gewesen war. Der Chief Inspector schien Erinnerungen an diese Zeit in ihm zu wecken.

«Glückwunsch», lobte James Vincent. «Sehr gute Arbeit.»

«Danke, Sir. Wir haben auch gute Leute.»

«Mein Kriminaltechniker schaut sich den Raum gerade an.»

«Soll ich die Einfahrt absperren lassen, Sir?»

«Schon passiert», sagte der Chief Inspector. Er trat ans Fenster und zeigte wie unter Schmerzen in den Garten. «Aber der Rasen! War das nötig, ihn so zu zertrampeln? Das ist der Fluchtweg des Täters, wie sollen wir da noch Spuren finden?»

Bei all seinem Respekt blieb Mark Clifford selbstbewusst. «Es war die einzige Möglichkeit, die Schläuche nach hinten zu bringen, Sir.»

Vincent akzeptierte die Antwort. Nachdem Mark Clifford sich verabschiedet hatte, ließ Francis es sich nicht nehmen, mit auf den Hof zu gehen, wo die übrigen Feuerwehrleute auf ihren Chef warteten. Die meisten Männer kannte er, einige hatten Boote im Hafen liegen. Für das nächste Hafenfest kündigte er eine Runde Freibier an.

Währenddessen hatte es sich James Vincent auf der Couch bequem gemacht. Daphne hätte ihm lieber nicht im braunen Frottee-Hasenkostüm gegenübergesessen, aber das war nun nicht mehr zu ändern. Ihr entging nicht, wie neugierig er sich im Wohnzimmer des Torhauses umsah, nachdem sie ihn beim letzten Mal in *Embly Hall* empfangen hatten.

«Wo wohnt ihr nun eigentlich?», fragte er. «Hier oder drüben?»

«In beiden Häusern», sagte Daphne, auch wenn es nur ein Teil der Wahrheit war. «Wenn du willst, können wir auch gerne rübergehen.»

«Nein, nein, ich wollte es nur wissen.» Er zog sein Notebook aus der Tasche, um ab jetzt ihre Antworten darin einzutippen. «Es tut mir leid, was passiert ist. Das war seit Monaten der erste Einbruch in Fowey.»

Francis kehrte aus dem Hof zurück und lehnte sich an die Bücherwand, um zuzuhören. «Ich bin mir nicht sicher, dass es wirklich ein Einbruch war», sagte Daphne. «Nichts fehlt, nichts ist durchsucht.»

«Ihr seid Laien, so was kann nur die Spurensicherung beurteilen.»

«Nein, James, wir leben hier. Jemand hat das Feuer gelegt, um uns zu erschrecken. Ich hab doch die Schritte gehört! Der Brand war geplant.»

James schien zu akzeptieren, dass sie ihre feste Meinung hatte. Er runzelte seine Stirn und fragte: «Waren es Männer- oder Frauenschritte?»

«Unmöglich zu sagen.»

«Und was meinst du mit *erschrecken*?»

«Eine Warnung an Francis und mich. Seid auf der Hut, nächstes Mal könnte euer Haus ganz brennen!»

James winkte ab. «Ein Feuerteufel kommt nur ein Mal, er will seinen Kick.» Er versuchte einen kleinen Scherz. «Oder hast du jemanden geärgert? Ist es Rache?»

Jetzt reichte es Francis. Er löste sich von der Bücherwand. «Moment mal! Haben Sie vergessen, dass sich möglicherweise noch jemand in Sandra McKallans Haus befand, als Daphne da war? Wenn es wirklich der Mörder war, der sie im Atelier beobachtet hat, dann weiß er alles über sie. Das ist es, was wir befürchten. Ist das so schwer zu verstehen?»

James Vincent schwieg. Daphne nutzte sein Schweigen, um ihm noch einmal zu schildern, was sie durchgemacht hatte. Es brach voller Emotionalität aus ihr heraus, die ganze aufgestaute Angst, auch ihre Wut darüber, dass der Mörder noch frei herumlief und Foweys wunderbare Unbekümmertheit zerstörte. Vielleicht war das sogar das Allerschlimmste, wenn man hier aufgewachsen war.

Der Chief Inspector hörte ihr mit ernstem Gesicht zu. Endlich, dachte Francis. Würde Daphne nun auch von dem Überfall in Truro erzählen? Nein, sie ließ es. Wie er sie kannte, hatte sie mit Sicherheit *taktische* Gründe dafür.

Als James Vincent jetzt antwortete, wirkte er ehrlich zerknirscht. «Bedaure, Daphne, ich habe deine Situation wohl unterschätzt. Wir könnten in den nächsten Tagen öfter eine Streife vorbeischicken.»

«Das hättest du schon längst machen können», sagte Daphne verärgert. «Vielleicht müssten wir dann nicht dieses Gespräch führen.»

«Wir sind nicht untätig!» Er schien seine Autorität wiederherstellen zu wollen. «Heute zum Beispiel gab es einen anonymen Hinweis zum Mord an Vikar Ipswich. Sagt euch der Name Luke Leary was? Aus Truro?

«Schon mal gehört», meinte Francis, ohne Daphne anzuschauen. Es fiel ihm schwer zu lügen. «Ist das nicht ein Buchmacher?»

«Richtig. Seit gestern Abend ist er spurlos verschwunden. Scheint sich ins Ausland abgesetzt zu haben.»

Daphne holte tief Luft. «Käme er denn als Mörder in Frage?»

«Offenbar nicht. Sergeant Burns ist immer noch in Truro und vernimmt gerade eine Mitarbeiterin von Leary. Sie behauptet, mit ihm auf einem Bischofsempfang gewesen zu sein, als der Vikar ermordet wurde.» Er fasste sich an den Kopf. «Was bitte macht ein Buchmacher beim Bischof?»

Francis sah jetzt doch Daphne an. Die Tatsache, dass Luke

Leary geflohen war, irritierte sie. Offensichtlich war er nicht ganz der harmlose junge Mann, den er ihr vorgespielt hatte. Oder konnte es sein, dass er selbst Angst hatte und befürchtete, als Vertrauter von Vikar Ipswich das nächste Opfer zu werden?

Inzwischen war der Chief Inspector aufgestanden, er wollte noch einmal nach draußen an den Tatort. Wichtigtuerisch ließ er sein Notebook in der großen Tasche der Barbourjacke verschwinden, die eigentlich für erschossene Moorhühner vorgesehen war. «Als Erstes sollten wir die Garage begehen», sagte er. «Ich möchte wissen, wo überall Fingerabdrücke des Täters sein könnten.»

«Muss ich wirklich mitkommen?», fragte Daphne müde.

«Leider ja. Es geht nicht ohne deine Hilfe.»

«Dann sollten wir anfangen», drängte Francis, der sich ernsthafte Sorgen um seine Frau machte. «Danach muss Daphne ins Bett, sonst fällt sie mir noch um.»

Mit wichtiger Miene schritt der Chief Inspector vor ihnen nach draußen.

# 18

«Es ist nicht klug, der Welt sein Herz zu zeigen ... In einem so vulgären Zeitalter wie dem unseren braucht jeder ein Maske.»

**Oscar Wilde, *Ein Leben in Briefen***

Der Morgen danach war bitter. Daphne hatte zwar tief geschlafen und fühlte sich entsprechend ausgeruht, doch der Geruch der verkohlten Balken, die im Hof lagerten, machte sie traurig. Entsprechend still war ihr Frühstück mit Francis. Er war schon seit sechs Uhr auf den Beinen, um draußen aufzuräumen. Auch mit dem Versicherungsvertreter und mit Lord Wemsley hatte er bereits telefoniert. Francis bekam für die Renovierung freie Hand. *Embly Hall* durfte durch das Feuer keinen Makel behalten.

Das einzig Positive an diesem Morgen war der frühe Anruf von Mrs. Sparke, ihrer Chefin bei der *Royal Mail*. Sie hatte dafür gesorgt, dass Daphne kurzfristig einen Urlaubstag nehmen konnte.

Francis erschien mit zwei alten Lockenten aus Holz, die früher im Garten gestanden hatten. Er hatte sie in der Futterkammer auf dem Fußboden gefunden. Sie waren noch heil, aber das Holz trug die Spuren der Feuerschlacht. «Sollen wir die Enten aufheben?»

Daphne begutachtete sie. «Schade drum, aber das ist zu fest eingebrannt.»

«Und die große Amphore, die im Regal stand? Ein Stück

ist rausgebrochen, aber wir könnten sie wiederherrichten lassen.»

«Dann heb sie auf», sagte Daphne. Die Amphore stammte von ihrem Großvater, Colonel Waring. «Sonst hätte ich das Gefühl, das Feuer hat uns besiegt.»

Er stellte das Entenpaar auf einen Hocker und nahm sie in den Arm. «Ich weiß. Wenn ich die verkohlten Wände sehe, könnte ich vor Wut schreien.»

«Dann tu's doch. Vielleicht hilft es.»

«Leider nicht mein Stil», sagte Francis bedauernd. «Im Brüllen ist Harvey besser. Dafür ist mir heute Nacht eine Idee gekommen.» Er zog einen bekritzelten Zettel aus der Tasche. «Es gibt etwas, an das noch keiner gedacht hat.»

«Und was ist das?»

Er küsste sie auf die Nasenspitze. «Das sag ich dir, wenn es funktioniert hat.»

Sein Handy klingelte. Der Anruf stammte von Logan Stanley, dem Hafenarbeiter. Seit den frühen Morgenstunden irrte ein verletzter Delfin durch die Bucht. Francis versprach, sich sofort auf den Weg zu machen. Daphne hatte das Gefühl, dass er froh war, den Brand für ein paar Stunden hinter sich lassen zu können.

Nachdem Francis weg war, ging sie durch den langen Gang zur Eingangshalle von *Embly Hall* hinüber. Trotz der hohen Decke war der Rauchgeruch im Herrenhaus besonders intensiv, vor allem in der Küche mit der alten Feuerstelle. Sie riss dort, im Salon und im Speisezimmer die drei größten Fenster auf. Der Luftzug war so stark, dass sich im Salon der Kristallleuchter bewegte und die Holzvertäfelung knackte, was sie immer tat, wenn sie ihre Spannung veränderte. Nachdenklich schritt Daphne über das glänzende Parkett durch die Räume. Nach den dramatischen Ereignissen und den vielen Menschen im Haus empfand sie hier plötzlich eine entsetzliche Leere, obwohl doch das Gegenteil der Fall sein müsste. Aber vielleicht hatte sie auch nur Angst, mit ihren Gedanken allein sein zu müssen.

Gleich nach dem Aufstehen war ihr wieder das Tapsen in der Vorratskammer eingefallen. Es waren keine großen Schritte gewesen, so viel stand fest. Insofern hätte es tatsächlich eine Frau sein können, die den Brand gelegt hatte. Auch Mark Clifford hatte davon gesprochen, dass man Brandstiftung nicht als reine Männerdomäne sehen durfte.

Womit Daphne wieder bei Betty Aston war.

Nach langem Grübeln zweifelte sie nicht mehr daran, dass Betty ihr die bisherige Sympathie entzogen hatte, vorgestern hatte sie regelrecht feindselig gewirkt. Auch die Sache mit dem Handschuh kam ihr weiterhin merkwürdig vor. Betty kannte sich zudem in *Embly Hall* gut aus, sie war oft zu Besuch gewesen. Sogar den hinteren Ausgang zum Garten hatten sie schon zusammen benutzt.

Daphne kam eine gewagte Idee. Sie hatte am Samstag beim Krocketspiel ihren Schläger liegenlassen, direkt neben Bettys Sporttasche. Es konnte durchaus sein, dass Betty ihn mit nach Hause genommen hatte, trotz ihres Streites.

Sie erinnerte sich daran, dass Betty heute zum Training fahren wollte. Sie würde gegen elf ihr Haus verlassen, um pünktlich zu sein. Die Villa war dann leer, bis auf Bettys spanische Putzfrau Rosita, die immer montags zum Saubermachen kam. Rosita kannte Daphne gut, sie würde bestimmt nichts dagegen haben, wenn sie kurz durchs Haus ging, um nach dem Schläger Ausschau zu halten. Vielleicht entdeckte sie dabei etwas Interessantes, sicher keine Waffe, aber vielleicht einen Hinweis auf den Brandbeschleuniger, auf etwas aus Sandra McKallans Haus oder aus dem Leben von Edward Hammett.

Daphne kam sich schäbig vor, andererseits konnte sie auch nicht länger untätig sein. Ein Rundgang durch Bettys Haus – zumal sie ja einen wirklichen Grund dafür hatte – war für sie gerade noch moralisch vertretbar. Nein, sagte ihr Gewissen, das redest du dir nur ein …

Es musste sein!

Eilig schloss sie die drei offenen Fenster. Aus der aufgeklappten Vitrine im Salon war ein japanischer Fächer neben den ledernen Chesterfield-Sessel geweht worden. Sie legte ihn wieder zu den anderen Souvenirs der Familie und ging durch die Bibliothek in den Wintergarten. Dort fiel ihr Blick auf die Zerstörung an der Ostseite des Gartens, wo die Löscharbeiten stattgefunden hatten. Der Anblick schmerzte sie zutiefst.

Die Fahrstrecke zu Betty Astons Haus, das außerhalb von Fowey lag, führte durch eine begrünte Schlucht. Der schmale Streifen Asphalt war rechts und links von nassen Wiesen gesäumt. Auf beiden Seiten wuchsen an den Rändern ganze Urwälder von *Gunnera*, dem fast drei Meter hohen Mammutblatt. Auf den großen Blättern schimmerte noch Tau, sie erinnerten an die gewaltigen Rhabarberblätter in *Gullivers Reisen*. Am häufigsten fand man sie in den subtropischen Parks, in diesem Fall hatten sich die Samen aus dem benachbarten Garten von Lavinia Sillicot verbreitet. Früher war Daphne mit Jenna hierhergekommen, um Verstecken zu spielen. Lachend waren sie wie in einem Wald zwischen den armdicken Stängeln hindurchgerannt, bis eine von ihnen die dicken Blattschirme zum Wogen brachte und ganze Ströme von angesammeltem Regenwasser auf sie niedergingen.

Am Ende des Tals machte die Straße einen Bogen und landete oben im Wald. Im Gegensatz zu ihrer Nachbarin Lavinia Sillicot bewohnte Betty ein bescheidenes Landhaus. Es war nicht viel größer als ein modernes Einfamilienhaus, aber durch sein Spitzdach im viktorianischen Stil, mit weißem Holz, einer kleinen Veranda und einem Turm darüber strahlte es Puppenstubencharme aus. Betty hatte es von einem berühmten Cellisten gekauft, eigentlich lag es viel zu einsam, aber das kümmerte sie nicht.

Das nicht eingezäunte Grundstück war groß und *à la nature*, wie es in Bettys Vokabular hieß, sogar ein Stück Wald gehörte dazu. Daphne parkte gleich vor der Veranda, wo sie die Tür zur Küche aufstehen sah. Der Carport war leer. Beruhigt, dass Betty tatsächlich schon unterwegs war, stieg sie die drei Stufen zur Veranda hinauf, an deren verschnörkelter Eiseneinfassung bereits Rost zum Vorschein kam. Wie bei vielen alten Gebäuden in Cornwall versuchten auch hier kräftig wuchernde Kletterpflanzen, liebevoll alle Macken zu verdecken.

Aus der offenen Küchentür hörte sie ein Geräusch, Bettys Putzfrau war offenbar schon bei der Arbeit. Daphne stellte sich an die Türschwelle und klopfte höflich an die Scheibe.

«Rosita? Ich bin's, Daphne Penrose. Darf ich mal reinkommen?»

Keine Antwort.

«Rosita? Ich möchte nur nachsehen, ob Mrs. Aston meinen Krocketschläger gefunden hat.»

Wieder keine Antwort. Im Garten wehte der Wind raschelnd ein Stück Zeitung über die Wiese, aus dem Haus war jetzt nichts mehr zu hören.

«Rosita? Hallo?»

Mit einem vorsichtigen Schritt stieg sie über die steinerne

Schwelle und betrat die Küche. Die lange Küchenzeile aus Eichenholz war sauber aufgeräumt. Es sah ganz danach aus, als ob Rosita hier schon mit dem Putzen fertig war.

Plötzlich schwang hinter ihr die Verandatür zu. Noch bevor sie sich umdrehen konnte, legte sich ein harter Gegenstand auf ihre rechte Schulter, wie ein Schwert, das jemand fest auf ihr Schlüsselbein drückte.

Wie eingefroren blieb Daphne stehen. Sie hörte schwere Atemzüge, wagte aber nicht, sich umzuschauen. Dann fiel ihr ein, dass Betty einmal erzählt hatte, dass die Spanierin an Asthma litt. Den Blick geradeaus gerichtet, stammelte sie: «Rosita ... wenn Sie es sind ...»

Der Kühlschrank machte klickende Geräusche.

«Von mir willst du gar nichts?»

Betty Astons Stimme.

Überrascht fuhr Daphne herum, im selben Moment wurde der harte Gegenstand von ihrer Schulter genommen. Jetzt erst sah sie, dass es sich um einen Golfschläger handelte – ein Achter-Eisen.

«Sorry für den kleinen Scherz» – Betty legte den Schläger zurück auf ein schmales Bord –, «aber wieso schleichst du auch über die Veranda rein?»

«Weil ich dachte, ich hätte Rosita in der Küche gesehen», log Daphne. «Du wolltest doch heute beim Rudern sein.»

«Meine Pläne haben sich geändert. Und Rosita ist mit dem Auto zum Einkaufen gefahren. Was immer du auch willst, wir können uns jetzt in aller Ruhe unterhalten.»

«Ich hab leider wenig Zeit», sagte Daphne hastig. «Hast du vielleicht gestern meinen Krocketschläger mitgenommen?»

«Linda hat ihn ... Aber wenn du schon mal da bist, hätte ich dich gern einen Augenblick für mich.»

Betty sah seltsam aus. Die Augen waren gerötet, das

Gesicht war blass, auf ihrer linken Wange hatte sie einen langen Kratzer und am rechten Handgelenk einen Mullverband. Daphne zählte eins und eins zusammen: So sah man aus, wenn man einen Brand gelegt und danach fluchtartig den Brandherd verlassen hatte. Trotzdem willigte sie ein dazubleiben.

In diesem Moment bekam Betty einen Hustenanfall, der kein Ende nehmen wollte. Als sie endlich wieder sprechen konnte, sagte sie: «Setz dich.» Schnaufend ging sie zum Küchentisch hinüber. Die vier Stühle davor waren alte Designermodelle aus Holz mit geflochtenen Sitzen. Es war ihr gelungen, sie auf einer Auktion zu ersteigern. Was immer sie tat, es durfte nie das Übliche sein.

Mit einem Gefühl von Anspannung und Wachsamkeit nahm Daphne Betty gegenüber Platz. Gleich rechts von Betty, in Greifnähe, stand ein großer Messerblock auf der Anrichte, die Messer darin waren so scharf wie Säbel. Daphne musste es wissen, sie hatte die gleichen.

Sie zeigte auf Bettys Verband. «Hast du dich verletzt? Das hattest du doch am Samstag noch nicht?»

*«Une grande catastrophe.»* Betty fuhr sich nervös durch die Haare, die entgegen ihrer sonstigen Gewohnheit nur oberflächlich hochgesteckt waren. «Deshalb habe ich auch mein Training verschoben, zu dem du ja nicht mitkommen wolltest.»

«Was ist passiert?», fragte Daphne. Sie wusste, sie hatte Betty gekränkt, die wochenlang auf solchen Dingen rumreiten konnte.

«Als ich nach dem Krocketspiel von der Bar kam, war mir schwindelig. Erinnerst du dich an den dicken Belgier? Der sieht mich ins Gebüsch fallen und kommt angerannt – wahrscheinlich dachte er, es wäre was Essbares. Das Ende vom

Lied war, das ich für drei Stunden im Krankenhaus gelandet bin.»

Daphne betrachtete das geschundene Gesicht ihrer Freundin. Die Geschichte konnte wahr sein. Sie beschloss, ihre Zurückhaltung fallenzulassen, und fragte vorsichtig: «Was hast du, Betty? Du bist anders als sonst, du wirkst so ... Wie soll ich sagen?»

Betty schaute sie kampfbereit an. Ihre Stimme klang scharf. «Sag du mir lieber, was du an meiner Sporttasche gemacht hast. Ich hab dir vom Spielfeld aus zugesehen, und der Kellner hat mir anschließend erzählt, du hättest sogar meine Handschuhe rausgenommen!»

Was sollte Daphne darauf antworten? Ihre methodistische Großmutter hatte gepredigt, man müsse gerade dann ehrlich sein, wenn es für einen am unangenehmsten ist, nur so würde einem die Schuld erlassen. Aber hier ging es nicht um Daphnes Verfehlungen, sondern um eine mögliche Schuld Bettys. Vielleicht wäre es gut, Betty in ein längeres Gespräch zu verwickeln, um ihr ein Ventil für ihre Wut zu bieten. Etwas in Daphne sträubte sich, jetzt abrupt aufzustehen und fluchtartig das Haus zu verlassen. Sie war keine Psychologin, aber sie verstand etwas von Menschen. Offenheit auf ihrer Seite würde möglicherweise auch Betty helfen.

«Ich habe die Ruderhandschuhe darin liegen sehen und wollte sie mir anschauen», antwortete sie deshalb wahrheitsgemäß.

«Aha», sagte Betty und warf Daphne einen seltsamen Blick zu. «Willst du sie haben? Ich schenke sie dir. Aber hier geht es doch nicht um Handschuhe, oder, Daphne? Ich bin vielleicht nicht so sensibel wie du, aber ich merke es. Da liegt ein dicker Stein auf unserem Weg, wie man in China sagt.» Sie atmete schwer. «Und das gerade jetzt, wo ich dich bräuchte.»

Bettys schwere Atemzüge erinnerten Daphne an ihr auffälliges Schnaufen beim Krocketspiel. «Hat es was mit deinen Schwindelanfällen zu tun? Bist du krank, Betty?»

«Ja, aber dazu später. Erst will ich deine Antwort hören.»

Daphne nahm ihren ganzen Mut zusammen und sagte: «Ich habe deine grünen Handschuhe in Sandra McKallans Haus liegen sehen, nachdem sie schon tot war.»

«Meine Handschuhe?», fragte Betty entrüstet. «Bist du verrückt geworden?»

«Mit denselben Handschuhen hat mir am Freitag in Truro jemand den Mund zugehalten und mich von hinten zusammengeschlagen.»

«Das ist ja schrecklich! Aber wie kannst du glauben, dass ich es war? Wegen ein paar blöder Handschuhe, die auch noch andere Leute besitzen? Deshalb traust du mir zu, dich niederzuschlagen und Sandra und den Vikar umgebracht zu haben? Ist das dein Ernst?»

Es fiel Daphne schwer, Bettys Blick zu erwidern. «Es gibt noch etwas, das ich weiß und das mich verwirrt hat. Angeblich hattest du früher ein Verhältnis mit Edward Hammett.»

«Ich glaub es nicht! Deswegen bist du hergekommen? Soll ich etwa auch noch Edward Hammett getötet haben? Und nun bist du hier und schnüffelst rum? Hinter meinem Rücken? Was dachtest du, dass du hier findest? Ein blutiges Messer neben meinem Frühstücksteller? Oder eine Pistole?» Sie rang nach Atem. «Mein Gott, Daphne, merkst du nicht, wie erbärmlich das unter Freundinnen ist? Du hättest mich nur zu fragen brauchen, und ich hätte dir auf alles eine Antwort gegeben.»

Doch Daphne ließ sich nicht davon einschüchtern. «In meiner Situation? Wie hätte ich da auf dich zugehen sollen? Plötzlich war doch alles möglich. Seit ich die beiden Toten gefunden habe, versucht jemand, mir und Francis zu schaden, um es mal vorsichtig auszudrücken.»

Sie erzählte vom gestrigen Brand in *Embly Hall* und beobachtete dabei, wie Betty reagierte. Sie schien glaubhaft erschrocken zu sein. Als sie hörte, wie die Umstände des Brandes waren und dass Daphne vorher in das alte Gewölbe eingesperrt worden war, stöhnte sie auf.

«Gott, ist das furchtbar! Ich schwör dir, Daphne! Ich habe nichts damit zu tun. Hier ...» Sie sprang auf und zog ihren Terminkalender aus einer Schublade in der Küchenzeile. «Da! Da kannst du selbst sehen, wo ich in den vergangenen Tagen die meiste Zeit verbracht habe.»

Sie warf den Kalender auf den Tisch. Daphne nahm ihn peinlich berührt in die Hand. Fast bei jedem Tag stand der schwarz umkringelte Eintrag *Klinik Dr. Hopkins*, St. Austell. Einige Termine schienen sogar über zwei Tage gegangen zu sein. Auch der Montag und der Dienstag, die möglichen Todestage von Sandra McKallan und Vikar Ipswich, waren darin notiert. Betroffen legte Daphne den Kalender zur Seite.

«Und? Glaubst du mir jetzt? Dr. Hopkins könnte der Polizei jederzeit eine Bestätigung dafür geben, wenn das nötig ist. Bei ihm war ich auch gestern, am Sonntagabend.»

Betty hatte plötzlich Tränen in den Augen. Als sie sich wieder setzte, schob Daphne versöhnlich ihre Hände über den Tisch. Betty nahm sie und hielt sie fest.

«Entschuldigung, Daphne, ich hätte viel früher ehrlich zu dir sein sollen. Dann hätten wir dieses blöde Missverständnis gar nicht erst bekommen.»

«Nein, ich muss mich entschuldigen», sagte Daphne. «Irgendwie schien plötzlich alles einen Sinn zu ergeben. Vor allem wegen deiner Affäre mit Edward. Oder stimmt das etwa auch nicht?»

Betty nahm eine zerknüllte Serviette von Küchentisch und wischte sich die Tränen ab. «Doch, es stimmt. Das ist aber schon zwei Jahre her. Ich wollte damals Geld in seine Reederei investieren, rein geschäftlich. Daraus wurde nichts, Edward konnte mir nicht genügend Sicherheiten bieten. Stattdessen haben wir uns dann privat getroffen, ein paar Monate lang, meistens in einem Hotel in Plymouth. Wusstest du, wie unglücklich er mit Helen war?»

«Nein, aber jetzt weiß ich es. War es denn ernst zwischen euch?»

Betty zuckte mit den Schultern. «Schon, ja, Edward war genau die Mischung, nach der ich gesucht habe. Ein Gentleman, lebenserfahren genug, um nicht zu viel zu erwarten. Bis er mich am St. Piran's Day gegen Sandra McKallan ausgewechselt hat.» Sie winkte ab. «Ich weiß, man könnte jetzt glauben, dass ich wütend auf ihn war. Aber das stimmt nicht, wir haben es geschafft, weiter Freunde zu bleiben. In unserem Alter will man sich doch keine Eifersuchtsszenen mehr liefern.»

«Wusstest du eigentlich, dass sich Helen von ihm scheiden lassen wollte?»

«Ja, und das wurde auch Zeit! Edward hat es mir letzte Woche am Telefon erzählt. Er war wie ein eingesperrter Adler in dieser Ehe, und die wenigsten ahnten es.»

«Jemand hatte Helen einen anonymen Brief geschickt wegen Edwards Affäre mit Sandra McKallan.»

Betty schwieg einen Moment, als würde sie überlegen, was sie darauf antworten sollte. Die Art, wie sie schwieg, ließ Daphne die Antwort bereits ahnen.

«Warst du das etwa?»

Betty nickte langsam. «Ja. Ich konnte einfach nicht mehr mit ansehen, wie Edward seine Kraft mit ihr vergeudete. Ihre kindische Art war unerträglich. Während er dabei war, eine große Allianz für seine Reederei zu schmieden, hat sie ihm jeden Abend ihre Märchen vorgelesen. Selbst im Bett hat sie noch gedichtet!»

«Ach, Betty! Was hast du bloß angerichtet? Vielleicht hast du dadurch wirklich ein Eifersuchtsdrama in Gang gesetzt, wie der Chief Inspector meint. Hätte es dir denn gar nichts ausgemacht, dass Edward nach einer Scheidung für Sandra McKallan frei war? Mit deinem anonymen Brief hättest du ihn doch noch mehr in ihre Arme getrieben.»

«Ich glaube nicht, dass er gleich danach Sandra geheiratet hätte», sagte Betty.

«Und wieso? Sandra hätte das bestimmt forciert, eigentlich hätte der anonyme Brief sogar von ihr kommen müssen, um ihm den nötigen Schubs zu geben.»

Bevor Betty antworten konnte, begann sie auf einmal, schwer zu atmen, dann folgte ein neuer, heftiger Hustenanfall. Nachdem er vorüber war, stand sie abrupt auf. «Komm mit raus, ich brauche frische Luft. Lass uns auf die Veranda gehen.»

Daphne erhob sich. «Und dann will ich endlich wissen, was du hast.»

Im hinteren Teil der Veranda stand eine alte Hollywoodschaukel mit bunt gestreiftem Stoffbezug, in die Betty sich fallen ließ. Daphne setzte sich auf einen der verschnörkelten weißen Eisenstühle davor.

«Noch mal zurück zu Edward», sagte Betty, ohne auf Daphnes Frage nach ihrer Gesundheit einzugehen. «Ich wollte, dass er endlich die langweilige Helen loswird. Auch wenn es mit uns nicht geklappt hat, wollte ich doch, dass er glücklich wird. Und im zweiten Schritt hätte ich ihm die Augen über Sandra McKallan geöffnet. In seiner Firma gibt es eine hübsche, kluge Übersetzerin, ich weiß, dass er sie sehr mochte. Sie hätte viel besser zu ihm gepasst.»

«Wie? Wolltest du allen Ernstes sein Liebesleben planen?», fragte Daphne ungläubig.

«Nicht planen, nur nachhelfen», korrigierte Betty sie. «Ich weiß ein paar Dinge über Sandra, die Edward garantiert nicht gefallen hätten.»

Daphne musste an Mrs. de Beers Beobachtung denken. «Es gibt eine Zeugin, die gesehen hat, wie du wütend an Sandras Ateliertür gepocht hast.»

«Ach das! Einmal bin ich zu ihr gefahren und wollte ihr die Leviten lesen, aber sie war nicht zu Hause. Danach ...» Sie hob die Hände. «... danach ging es mir dann schon ziemlich dreckig. Am Freitag muss ich ins Krankenhaus einrücken, in London. Sonst wüsste ich genau, wo ich weiter nach Sandra McKallans schmutziger Unterwäsche suchen müsste. Betonung auf Unterwäsche.»

«Jetzt will ich endlich wissen, was los ist», verlangte Daphne. «Hat es was mit deinem Husten zu tun?»

«Bingo.» Betty verzog traurig das Gesicht. «Dr. Hopkins hat ein Lungenkarzinom festgestellt. Wie hat Henry Fielding gesagt? Man sollte niemals zu einem Arzt gehen, ohne zu wissen, was dessen Lieblingsdiagnose ist.»

«Ach, Betty!», rief Daphne noch einmal. Sie stand auf, setzte sich neben ihre Freundin und legte ihren Arm um sie. Mit Tränen in den Augen lehnte Betty ihren Kopf an Daphnes Schulter, als hätte sie lange auf diesen Augenblick gewartet. Kinder hatte sie nicht, mit ihrer einzigen Schwester Elsie redete sie nicht mehr, und in den vielen Clubs, in denen sie als Partylöwin Mitglied war, erwartete man Witz und Esprit von ihr. Wem sollte sie erzählen, wie schlecht sie sich fühlte? Es war der Preis für ihr Leben auf der Gesellschaftsbühne.

«In welches Krankenhaus gehst du?», fragte Daphne.

«St. George's. Angeblich haben sie dort die beste Abteilung dafür.»

«Ich werde sofort Jenna anrufen», sagte Daphne hilfsbereit. «Vielleicht kann sie dort etwas für dich tun.»

«Danke. Am besten sagt sie den Ärzten gleich, dass ich an meinen Lungenflügeln hänge.» Betty rückte etwas von Daphne ab, als wäre es ihr unangenehm, Schwäche gezeigt zu haben. «Weißt du, warum ich dich heute zum Training mitnehmen wollte? Es wäre mein letztes gewesen, das letzte in meinem ganzen Leben. Und weil ich dir von meiner Lungengeschichte erzählen wollte.»

Daphne spürte, dass sie Betty am besten mit einer Portion Herz begegnete. Jetzt ging es ums Mutmachen. Sie erzählte von einem Lotsen in Pentewan, den sie durch Mellyn kannte. Er hatte sich vor neun Jahren an der Lunge operieren lassen müssen und spielte heute wieder fröhlich Posaune im Seemannschor von Mevagissey.

Betty musste lachen. «Bitte keine Posaune! Und lasst mich bloß nicht im Seemannschor enden!» Dass sie künftig nicht mehr Rudern konnte, machte ihr schwer zu schaffen, jetzt, wo sie den Sport gerade erst für sich entdeckt hatte. Das Training mit den alten *gigs* hatte ihr in letzter Zeit zunehmend mehr Vergnügen bereitet, fast mehr als das Segeln. Sie schaute Daphne wehmütig an. «Wenn du willst, kann ich dir meine Ruderhandschuhe jetzt schenken», sagte sie. «Als Erinnerung an die alte Betty.»

«Unsinn», sagte Daphne. «Ich würde nur gerne wissen, wer noch so ein grünes Paar besitzt. Vielleicht hilft mir das weiter. Hast du sie in Fowey gekauft?»

Betty schüttelte den Kopf. «Nein. Die gab es nur im Ruderclub, sozusagen eine Edition Betty Aston.»

«Wie meinst du das?»

«Als ich im *Gig Club* Mitglied wurde, habe ich dem Vorstand angeboten, spezielle Handschuhe für die Mitglieder herstellen zu lassen. Ich kenne einen Lieferanten in Brighton, der hat uns Sonderkonditionen gegeben. Die Aufschrift *Champion* war meine Idee, weil der Club gerade die Scilly-Meisterschaften gewonnen hatte.»

«Na, das ist doch mal was.» Für Daphne klang das nach einer reellen Chance, endlich einen Schritt weiterzukommen. «Hast du zufällig eine Liste mit den Käufern?»

«Nein», bedauerte Betty. «Die Sache war kein großer Erfolg. Die meisten Ruderer haben offenbar lieber Blasen an den Händen, als zuzugeben, wie praktisch diese Handschuhe sind. Am Ende haben wir nur zehn oder elf Paar verkauft.»

«Könnte dein Lieferant so eine Liste besitzen?»

«Bestimmt. Ich werde ihn fragen, ob er sie mir zumailen kann. Das schaffe ich noch vorm Krankenhaus.»

«Danke, Betty, das würde mir bestimmt helfen.» Daphne nahm sich vor, ihre Freundin so bald wie möglich in London zu besuchen. Was Betty jetzt brauchte, war die Zuversicht, dass man sich über alle gesellschaftlichen Oberflächlichkeiten hinweg um sie kümmerte.

Betty dachte nach. «Ich habe noch eine Idee. Komm mit. Wir müssen was aus dem Gartenhaus holen.»

Daphne folgte ihr am Ententeich vorbei zu einer weiß gestrichenen Holzhütte, die am Gartenende unter den Bäumen stand. Die schönen roten Malven an der Seitenwand wimmelten von Blattläusen, auch das entsprach Bettys *à la nature*. Vielleicht steckte auch ihre Sympathie für den Budhismus dahinter, der jedem Lebewesen eine friedliche Daseinsberechtigung zusprach.

Betty schob den Rasenmäher aus dem Weg, der quer vor

dem Eingang stand, und drang ins Innere der Hütte vor. «Warte draußen, hier ist mein ganzer Asienkrempel geparkt. Das alte Zeug gehört mal ordentlich sortiert.»

«Kann ich dir helfen?», fragte Daphne.

«Nein, ohne Kompass findest du nie wieder raus.»

Tatsächlich war der kleine Raum so vollgestellt wie das Lager eines chinesischen Antiquitätenhändlers. Es roch nach Sandelholz, auf einem Regal stapelten sich Jadefiguren, geschwungene Gläser mit Schriftzeichen, ein Sonnenschirm aus rotem Papier und vieles andere. Von der Decke baumelte ein Lotosleuchter, auf dem Boden standen Möbel und drei hüfthohe Buddhas. Betty kletterte über alles hinweg und griff nach einer Schachtel. Die überreichte sie feierlich an Daphne.

«Hier sind sie, meine kleinen Freunde aus Burma, fast hundert Jahre alt. Sei vorsichtig mit ihnen. Sie haben in Hongkong auf meinem Schreibtisch gestanden und mir Glück gebracht.»

Daphne öffnete vorsichtig den Deckel. In der Schachtel befanden sich zwei rot lackierte, liegende Elefanten, jeder nicht größer als ein Handteller. Die auf die Stirn gerollten Elefantenrüssel und die angelegten Ohren der Tiere waren fein ziseliert.

«Danke, Betty! Sie sind wunderschön. Warum willst du sie nicht mehr haben?»

«Weil es ein Jammer wäre, wenn sie hier verrotten würden. Vor allem, wenn ich ...» Sie brach ab. «Der eine ist für dich, der andere für meinen alten Freund Alex Eaton.»

«Wer ist das? Du hast ihn nie erwähnt.»

«Alex und ich kennen uns aus Hongkong, als es noch britisch war. Eine rein platonische Freundschaft. Er besaß dort einen der schönsten Buchläden. Vor zehn Jahren haben wir uns beide höflich aus der Stadt verabschiedet, es war nicht mehr das Hongkong, das wir aus der britischen Zeit kannten. Eigentlich hatte Alex schon genug Geld verdient, aber er liebt nun mal Bücher, deshalb betreibt er immer noch einen kleinen Laden in St. Ives.»

Daphne war irritiert. «Möchtest du, dass ich ihm den Elefanten bringe, wenn ich wieder einmal nach St. Ives komme?»

Betty lächelte, zum ersten Mal heute. «Ja. Wenn du ihn von mir grüßt, kannst du ihm alle Fragen stellen, die du zu Sandra McKallan hast.»

«Warum gerade ihm?»

«Das wirst du selbst rausfinden. Jetzt, wo ich weiß, was du wegen der Morde durchgemacht hast, möchte ich dir gerne helfen. Mein Wissen über die Zielperson McKallan steht dir zu Verfügung – heißt das nicht so beim Geheimdienst?»

Daphne musste daran denken, dass es das Gerücht gab, Bettys Exmann sei in Hongkong beim britischen Auslandsgeheimdienst MI6 gewesen Aber es wurde viel geredet in Fowey. Auf jeden Fall war es nett von Betty, ihr die falschen Verdächtigungen zu verzeihen.

Daphne schaute Betty ernst an. «Hör zu, ich will auf keinen Fall, dass du in die Sache mit reingezogen wirst. Du hast wahrlich ganz andere Sorgen. Und wenn ich *dir* bei irgendwas helfen kann, musst du das zulassen, hörst du, Betty!»

«Du musst weitermachen», sagte Betty eindringlich. «Versprich mir das! Glaub mir, der Schlüssel heißt Sandra McKallan. Es gibt noch viel mehr, was man über sie erfahren kann.»

«Aber warum gerade von Alex Eaton?»

Betty lächelte ein zweites Mal. «Weil er mein Joker für dich ist.»

# 19

«Die Stille bedrückte mich. Es war nicht das Schweigen des Schweigens. Es war mein eigenes Schweigen.»

**Sylvia Plath, *Die Glasglocke***

Seit einer Stunde verfolgten Francis und Logan Stanley nun schon den Delfin. Jeder von ihnen steuerte ein Boot, damit sie das verletzte Tier vorsichtig aus dem hinteren Teil des Hafens drängen konnten. Dass es sich in die Bucht verirrt hatte, war zunächst nichts Ungewöhnliches, Delfine kamen öfter hierher. Meistens sah man nur ihre leicht gebogenen Rückenflossen durch die Wellen ziehen, selten ihre eleganten grauen Körper.

Was beiden Männern Sorgen bereitete, war die offensichtliche Schwäche dieses Delfins. Es war ein Jungtier. Ein paarmal war es Francis gelungen, mit seinem Boot bis auf fünf Meter heranzufahren, dicht genug, um die lange rosafarbene Wunde auf dem Rücken des Delfins zu erkennen. Schon auf dem Weg zum Hafen hatte Francis den *Cornwall Wildlife Trust* angerufen und die Sichtung gemeldet. Die Hafenleitung hatte für mittags die Ankunft eines Frachters avisiert, der unter den weiß bepuderten Schüttvorrichtungen des Kaolin-Docks anlegen wollte. Hier wurden ganze Berge der wertvollen Porzellanerde aus St. Austells Kaolingruben verladen. Mit Loren transportierte man die weiße Erde bis zu den Frachtern, damit sie irgendwo auf der Welt in Pulvern,

Papierfabriken und Zahnpastatuben landen konnte. Jedes dieser Schiffe brauchte viel Platz, wenn es in den relativ kleinen Hafen fuhr.

Langsam näherte sich das verletzte Tier der Hafenausfahrt, die Taktik schien zu funktionieren, auch wenn jedes vorbeirauschende und vorbeiknatternde Motorboot den kleinen Delfin erschreckte. Sie glaubten ihn bereits sicher in der Strömung zum Meer, als das Tier plötzlich abtauchte und im rechten Winkel auf die Uferklippen zuhielt, als gäbe es das offene Wasser gar nicht. Francis wurde klar, dass der Delfin vollkommen ohne Orientierung schwamm, es war wie ein Selbstmordkommando. Sie versuchten verzweifelt, seine Tauchfahrt zu den scharfkantigen Klippen zu stoppen, aber das verängstigte Tier schwamm umso schneller. Es steuerte den einzigen Sandstreifen zwischen den Klippen an, einen winzigen Strand. Als wollte der Delfin aus dem Wasser flüchten, setzte er sich auf die Spitze einer Welle und ließ seinen Körper mit letzter Kraft auf den Sand schieben. Dort blieb er bewegungslos liegen.

Logan erriet, was Francis jetzt vorhatte. Er legte sich neben dessen Boot und band es an seinem fest. So ließen sie sich nebeneinander bis an die Klippen treiben. Schließlich entdeckte Francis auf den Felsen eine Stelle, auf die er seinen Fuß setzen konnte. Sobald er dort stand, warf ihm Logan einen leeren Eimer zu und steuerte die beiden Boote durch die Wellen in tieferes Wasser zurück.

Als Francis neben dem gestrandeten Delfin stand, sah er das ganze Ausmaß der Wunde. Sie zog sich quer über den Rücken, wie von einem scharfen Messer gezogen. Der rundliche Körper des Tieres war noch kleiner, als er gedacht hatte. Während es atmend vor Francis im Sand lag, blickte es ihn aus klugen Augen an, als wollte es fragen, wie lange der

Schmerz wohl noch andauern würde, bis das sichere Ende kam.

Es war nicht ungefährlich, sich dem Tier zu nähern, seine Schwanzflosse konnte selbst bei einem Jungtier eine mächtige Waffe sein. Francis blieb am Kopf des Tieres stehen und legte gegen jede Vernunft die Hand auf seinen Körper, um zu prüfen, wie sich die Haut anfühlte. Wie immer bei Delfinen war sie fest und glatt, das Atemloch bewegte sich gleichmäßig.

Francis ging ans Wasser und wusch sich ausgiebig die Hände. Dann füllte er den Eimer und begoss den Delfin.

Zum Glück näherte sich wenige Minuten später das Team vom *Cornwall Wildlife Trust*. Mit ihrem flachen Boot fuhren sie bis auf den Strand. Sie hievten den Delfin auf eine Trage. Danach kam er in die Auffangstation, wo man ihn untersuchen und behandeln würde, um ihm möglichst schnell wieder die Freiheit schenken zu können.

Nachdenklich und erleichtert steuerten Logan und Francis ihre Boote zurück zum Hafen. Dort würde Logan mit einem Schlauch die Sitze sauber abspritzen, denn die Boote mussten jederzeit einsatzbereit sein. Francis verabschiedete sich von ihm und ging nach oben zum Hafenamt. Er war sehr gespannt, auf seinem Schreibtisch würde sicherlich schon ein Päckchen auf ihn warten, er hatte es heute Morgen beim Forstamt angefordert.

Er hatte gerade die Eingangstür geöffnet, als jemand von hinten rief.

«Warten Sie, Mr. Penrose!»

Als Francis sich umdrehte, erkannte er Mark Clifford, den jungen Feuerwehrmann. Mark schleppte einen schweren Karton, der ihm bis unter die Nase reichte.

«Was haben Sie denn da?»

«Von meinem Vater. Er kommt erst heute Nacht aus Plymouth zurück und wollte, dass ich Ihnen schon mal das hier bringe.»

«Wissen Sie, was drin ist?»

«Keine Ahnung, Dad erzählte was von alten Unterlagen vom Hafenamt. Sie waren bei uns auf dem Dachboden. Er sagte, Sie hätten nach etwas gesucht.»

Francis fiel ein, dass er bei Harvey Clifford angefragt hatte, ob dieser eine Akte über die Scheune in Lostwithiel zu Hause hatte.

«Okay, dann werfe ich mal einen Blick rein.»

Während Mark geduldig den Karton auf seinem rechten Knie balancierte, öffnete Francis den Deckel und las die Beschriftungen auf den verstaubten Hängeordnern. Katasterauszüge waren nicht dabei, auch sonst keine Informationen über die Scheune in Lostwithiel.

Er klappte den Kartondeckel wieder zu.

«Danke, Mark. Nicht, was ich suche. Würden Sie mir einen Gefallen tun? Bringen Sie den Karton gleich zu Mary, unserer Archivarin. Die hat bestimmt auch einen Kaffee für Sie.»

«In Ordnung, Mr. Penrose.» Mark packte den Karton wieder fester. «Aber dann muss ich gleich weiter zum Bürgermeister. Wir haben um zwei eine Besprechung mit der Seenotrettung.»

Und schon verschwand Mark mit dem Karton im Untergeschoss. Während Francis die Treppe zu seinem Büro hochging, zollte er Jungs wie Mark Clifford und den vielen jungen Frauen der Rettungsorganisationen Respekt. Zum Glück gehörten auch sie zu Fowey. Schon immer war das abgeschiedene Leben in Cornwall nur möglich gewesen, weil es über alle Generationen hinweg Zusammenhalt gegeben hatte.

Als er in sein Büro kam, sah er das schmale Päckchen schon von der Tür aus auf seinem Schreibtisch liegen. Es trug den Stempel des Forstamtes, natürlich in Grün. Ungeduldig öffnete er es. Zum Vorschein kam ein weißer USB-Stick. Gespannt schob er ihn in seinen Laptop, der neben dem gerahmten Foto von Daphne und Jenna stand.

Die Idee, sich die Fotos anzuschauen, war ihm gestern Abend gekommen, unmittelbar nach dem Brand. In diesen Stunden hatte er es bedauert, doch keine Überwachungskamera in *Embly Hall* installiert zu haben, die den Brandstifter mit Sicherheit entlarvt hätte. Als Lord Wemsley einmal davon angefangen hatte, wollte Francis nichts davon wissen.

Angesichts der verkohlten Futterkammer waren ihm die fünf Fotofallen des Forstamtes eingefallen, die am Ufer des *River Fowey* postiert waren, um die Aktivitäten der Otter und Füchse zu kennen. Eine dieser Wildkameras hing gut getarnt an einem Baum in Fowey, ganz in der Nähe von *Daisy's Lobster Pot* und dem Bootshaus, wo Daphne den Vikar und Sandra McKallan gefunden hatte. Von dort aus ließ sich ein Teil des langen Uferstreifens beobachten, ein feuchter, undurchdringlicher Urwald aus Gehölz und Schlingpflanzen, der gut zweihundert Meter entfernt beim Bootshaus begann und erst kurz vor der Stadt endete. Es war der unattraktivste Teil des Ufers, verdreckt von Enten und Schwänen, ohne Zugang und bei Hochwasser von grünem Schaum bedeckt. Kaum jemand aus Fowey wusste überhaupt, wie man hierhergelangte.

Es sei denn, man floh nachts aus Daisys Bootshaus, war ein Mörder und musste die Straße meiden.

Auf dem Laptop erschien ein fahles Bild. Am unteren Rand waren Datum, Uhrzeit und Temperatur vom vergangenen Montag eingeblendet. Auch der Dienstag musste auf dem Stick sein, beide Tage, in deren Verlauf die zwei Morde im Bootshaus irgendwann geschehen waren. Das Forstamt hatte das Bildmaterial ab diesem Zeitpunkt überspielt. Der Modus der Beobachtungskamera war auf Einzelbilder eingestellt, Videoaufnahmen hielt das Amt für unnötig.

Das Prinzip der Wildkamera war einfach. Ihre Sensoren reagierten auf Körperwärme und Bewegung, ganz gleich, ob es sich um ein Tier oder einen Menschen handelte. Erst dann startete die Aufnahme. Selbst nachts konnte die Kamera durch ihre unsichtbaren Nachtsichtblitze aufzeichnen.

Die Aufnahmen begannen am Montag um acht Uhr morgens. Francis sah sie sich im Schnellgang an. Da der Blickwinkel der Kamera mehr zum Boden als zum Himmel gerichtet war, konnten sogar Mäuse der Auslöser sein. Tatsächlich huschten in den ersten Stunden Haselmäuse, Eichhörnchen, ein Fuchs und zwei Otter an der Kamera vorbei.

Um kurz nach drei Uhr nachmittags zeigte die Aufnahme eine erste Überraschung. Da sie auch ein Stück vom Ufer im Blick hatte, schob sich plötzlich der Bug eines Aluminiumbootes ins Bild. Für Sekunden war das schwitzende Gesicht eines korpulenten Mannes zu sehen, der eilig Müllsäcke vom Boot ins Gebüsch warf, kurz darauf war er wieder verschwunden.

Ungläubig schaute Francis sich die Bilder ein zweites Mal an, doch es gab keinen Zweifel. Er hatte soeben das ehrenwerte Stadtratsmitglied P. C. Brandon bei der illegalen Müllentsorgung beobachtet.

Als hätten die stinkenden Müllsäcke sämtliche Tiere verschreckt, blieb von da an alles ruhig. Erst mit dem Einsetzen der Dunkelheit erschien wieder der Fuchs, später auch ein Dachs. Foweys Tierwelt war erfreulich aktiv.

Ungeduldig wartete Francis auf die Nachtbilder, ab jetzt

konnte der Mord jederzeit geschehen sein. Bis dahin hatte sich kein Mensch auf der Uferböschung blickenlassen, niemand, der aus Richtung Stadt zu Daisys Bootshaus geschlichen war. Möglicherweise hatte der Mörder einen anderen Weg zum Bootshaus genommen, vielleicht durch die Felder im Hinterland. Es blieb nur zu hoffen, dass er es auf dem Rückweg eiliger hatte und den Uferweg genommen hatte. Auch die Polizei war aus verschiedenen Gründen davon überzeugt, dass er nicht mit dem Auto zum Tatort gekommen war.

Um kurz vor Mitternacht kehrten die Otter zurück, doch nur für Sekunden. Plötzlich lauschten sie aufgeschreckt und verschwanden blitzartig im Gebüsch.

Francis sah, wie eine Gestalt aus Richtung Bootshaus auf die Kamera zukam. Er konnte nur schätzen, dass sie etwa mittelgroß war. Auf drei Einzelbildern näherte sie sich, auf drei anderen sah er nur ein Knie, als die Person dicht vor der Kamera stand, sie aber zum Glück nicht entdeckte.

Die Gestalt war komplett schwarz eingekleidet. Sie trug einen Neoprenanzug, so wie ihn viele Surfer und Segler rund um Fowey besaßen, darüber eine weite schwarze Jacke. Man konnte unmöglich erkennen, ob es sich um einen Mann oder eine Frau handelte. Der Kopf war mit einer schwarzen Wollmaske verhüllt. Francis versuchte verzweifelt, die Augen zu erkennen. Ohne Erfolg. Da es sich um Nachtaufnahmen handelte, waren sie blass und viel zu hell übersteuert. Es war wirklich ärgerlich. Jetzt hätte er den Videomodus gebraucht, den das Forstamt sinnigerweise ausgeschaltet hatte.

Zum Glück gab es noch zwölf weitere Einzelbilder. Mittlerweile hatte sich die Gestalt ins Gras gesetzt, mit dem Rücken zur Kamera. Machte sie hier Rast? Warum? Es gab nur eine Erklärung: Der Platz neben dem Baum war die trockenste und exponierteste Stelle an der gesamten Böschung.

Es war auch der einzige Baum, aus diesem Grund hatte man genau hier die Kamera montiert.

Nach einer Weile griff die Person in die linke Tasche und zog zwei Gegenstände heraus. Francis hielt den Atem an. Es waren zwei Mobiltelefone. Gehörten sie Sandra McKallan und Vikar Ipswich? Die Hand, die die Handys jetzt mit Schwung ins Wasser schleuderte, steckte in einem grünlichen Handschuh mit einer nicht lesbaren Aufschrift.

Weitere Einzelbilder verrieten, wie kaltblütig die vermummte Gestalt vorging. Offensichtlich hatte sie sich nach dem Wurf umgesetzt, denn auf dem nächsten Bild konnte Francis nur noch angezogene Knie, die Unterschenkel und die Füße erkennen. Sie steckten in schwarzen Segelschuhen. Plötzlich griff die linke Hand an den linken Unterschenkel und rollte das Hosenbein aus Neopren nach oben. Zum Vorschein kam ein dort festgeschnalltes Messer. Es steckte in einer Art Halfter. Die Hand löste das Halfterband und schleuderte es samt Messer ins Wasser.

Francis fuhr die Aufnahmen ein Stück zurück. Er stoppte bei dem Foto, auf dem das Messerhalfter bereits verschwunden war. An dem Unterschenkel wurde eine große Tätowierung sichtbar. Sie zeigte einen kleinen Drachen, der sein Maul aufriss und von einem Kreis umgeben war. Außen am Kreis waren Großbuchstaben eintätowiert, die den Drachen rundum einrahmten. TDOYAAM. Was sollte das heißen? Drei weitere Buchstaben waren leider unlesbar, sie verschwanden auf der anderen Seite des Unterschenkels. Sicherheitshalber machte Francis Bildschirmfotos von der Tätowierung und der vermummten Gestalt und überspielte sie auf sein Handy. So konnte er später Daphne fragen, ob ihr dazu etwas einfiel. Dann ließ er die restlichen Aufnahmen weiterlaufen.

Nachdem das Messer verschwunden war, stand die Gestalt wieder auf ihren Beinen. Leider sah man nur den Rücken mit der weiten Jacke, aber es war klar, dass sie aus dem Bild ging. Mit einem großen Schritt stieg sie ins Wasser und verschwand.

Das war es also!

Die Flucht war dem Täter tatsächlich über die Flussmündung gelungen, vermutlich hatte irgendwo ein Boot vor Anker gelegen. Jetzt machte auch der Neoprenanzug Sinn. Die Pistole ließ sich darin wasserdicht transportieren, und alle Uferspuren waren mit der nächsten Flut zuverlässig verschwunden.

Auf den Fotos vom Rest der Nacht konnte Francis lediglich ein paar Kleintiere im Gras erkennen. Auch die Bilder vom Dienstag, die er sich noch im Schnellgang anschaute, brachten keine weiteren Erkenntnisse.

Erst als er seinen Laptop ausschaltete und den Stick herauszog, spürte er die Nachwirkung seiner Entdeckung. Es war wie ein Faustschlag, den Täter und das Messer gesehen zu haben. Die schwarz verhüllte Gestalt konnte fast jeder in Fowey sein: die Nachbarssöhne, die Mitglied im Kajakclub waren. Daphnes tauchende Kollegen. Ja, sogar Helen Hammett, die früher immer zum Windsurfen ging.

Es war Aufgabe der Polizei, das jetzt auszuwerten.

Wie ausgelaugt steckte Francis den USB-Stick in den Umschlag zurück und ging eine Etage tiefer ins Polizeibüro. Schon im Treppenhaus hoffte er inständig, dass der Chief Inspector nicht da war …

In Ermangelung einer Sekretärin stand Sergeant Burns am Fotokopierer, als Francis ins Büro kam. Auf dem Tisch neben sich hatte er einen Stapel mit Vernehmungsprotokollen, die er einlegen musste. Er machte einen etwas genervten Eindruck.

«Hallo, Sergeant. Der Chief Inspector wieder mal nicht da?»

Burns verließ den Kopierer. «Nein, Panikstimmung in Bodmin. Der Protokollchef des Buckingham-Palastes ist zu Besuch. Allein das Buch mit den korrekten Anreden hat fünfzig Seiten, der Chief Inspector muss es für die königliche Regatta auswendig lernen.»

«Der Arme», sagte Francis, «dann muss ich wohl Ihnen meine Schätze übergeben.»

Er wollte es locker klingen lassen, aber der Versuch misslang. Sergeant Burns war sensibel genug, die ernste Botschaft hinter der Flapserei zu erkennen.

«Neue Indizien?» Burns zog den weißen Stick aus dem unverschlossenen Umschlag hervor. Irritiert betrachtete er den grünen Aufdruck. «Vom Forstamt? Was ist das?»

Francis sah ihn voller Sympathie an und sagte: «Alles, was Ihren Chef neidisch machen wird.»

# 20

«Wir haben nach einem Haus geschaut, ich denke, wir haben ein gutes gefunden. Es liegt rund sieben Meilen von St. Ives entfernt, Richtung Land's End, sehr einsam, in den Felsen über dem Meer.»

**D. H. Lawrence, *Letter of 25 Feb. 1916 to Ottoline Morrell***

Die Verabredung, die Daphne am Telefon mit Alex Eaton getroffen hatte, sah ein Treffen in seiner Buchhandlung vor, danach wollte er mit ihr zu seinem Cottage in der Nähe von Zennor fahren. Daphne war schon länger nicht mehr in St. Ives gewesen, obwohl sie die Atlantikseite sehr liebte.

Als sie nach einer guten Stunde in den Hafenort einfuhr, kamen die Kindheitserinnerungen wieder. St. Ives und die Dünen im Osten waren etwas Besonderes, lieblich und rau zugleich. Die weißen Atlantikstrände *Porthminster Beach* und *Porthmeor Beach* sah man schon in der Sonne leuchten, sobald man am Golfplatz des *Tregenna Castle* vorbeifuhr. An heißen Tagen drängten sich die Sonnenschirme bis an die Promenade. In Daphnes Album gab es zahlreiche Kinderfotos, auf denen sie bei Ebbe muschelbesetzte Bootskörper anfasste, mit Schaufel und Eimer im Wasser stand oder grinsend mit einem Pappteller voller *fish 'n' chips* vor den bunten Wimpeln der Uferpromenade posierte.

Der Sommer in St. Ives bot eine interessante Mischung, noch immer. Sie mochte beides, das Hippe und das Touristische, die vielen Pubs und die Künstlerateliers. Im Vorbeifahren sah sie das Hinweisschild zur Tate Gallery, einer der Ableger der gleichnamigen Galerie in London, auch das Hepworth-Museum für Skulpturen war nicht weit. Dort unten am Strand musste auch der Laden von Alex Eaton sein. Seine Buchhandlung war früher ein Ausstellungsraum für junge Bildhauer gewesen, an den sie sich erinnern konnte.

Schon in der Schule hatte sie gelernt, wie viele berühmte Maler auf die Landzunge Penwith gekommen waren. St. Ives war so etwas wie Cornwalls Montparnasse, und der Aufenthalt der Künstler hatte mit dem klaren Licht der Gegend zu tun.

Daphne wollte gerade in die Unterstadt abbiegen, als sie am Straßenrand eine Frau im wehenden grauen Umhang sah. Es war Helen Hammett, sie strebte eilig auf das Bürohaus der Kanzlei Rodgers & Farell zu, die auf Schifffahrtsverträge spezialisiert war.

Daphne hielt neben Helen an und fuhr das Seitenfenster runter. «Hallo, Helen!»

Helen blieb kurz stehen, die Lippen schmal, mit Herpesbläschen in den Mundwinkeln. Der Stress der letzten Tage war ihr anzusehen. Sie war überrascht, ein bekanntes Gesicht zu entdecken. «Ach, Daphne! Was machst du denn hier?»

«Ich muss in eine Buchhandlung. Und du?» Sie zeigte auf das schicke neue Bürohaus. «Sind das deine Anwälte?»

«Ja, das sollen die besten sein. Wenn nichts mehr dazwischenkommt, werden mir irgendwann Firmenanteile übertragen. Ausgerechnet mir ... Kannst du dir das vorstellen?»

«Du hast ja Max. Er wird dir sicher behilflich sein», sagte Daphne tröstend.

«Ich weiß, aber am Ende wird es mich krankmachen.» Helen schaute nervös auf die Uhr. «Ich muss weiter.»

«Helen, warte.» Daphne hätte es gerne gesehen, wenn Helen trotz aller Vorkommnisse ihr Vertrauen in die Nachbarschaft nicht verlor. «Wenn du Lust hast, komm doch nächste Woche mit zum Grillabend bei den Hensons. Du brauchst jetzt vor allem Normalität.»

Helens Lippen wurden noch schmaler. «Danke, aber ich glaube nicht, dass ich das schon kann. Du hast dich wenigstens mal gemeldet, aber von den anderen habe ich kein Wort gehört. Mach's gut, wir können ja mal telefonieren.»

Sie zog ihren Umhang enger und ging eilig weiter. Daphne bedauerte Helens Kühle, andererseits musste sie zugeben, dass Helen zu Recht gekränkt war. Auch sie hatte Helen in Gedanken vorverurteilt, ohne mehr zu wissen. Sie schämte sich dafür.

Sie fuhr abwärts zu den Stränden. Am Ende der Straße erspähte sie das türkisblaue Meer, mit Surfern auf den rollenden Atlantikwellen. Sie suchte sich einen Parkplatz, holte die Schachtel mit dem burmesischen Elefanten aus dem Kofferraum und schlenderte durch die verwinkelten Gassen mit weiß gewaschenen Fischerhäusern, in denen heute Geschäfte waren. Es begann zu nieseln. Auf dem Vorplatz des *Sloop Inn*, St. Ives' berühmter Pub, war jeder Holztisch von Touristen besetzt. Unter dem Kreischen der aufdringlichen Möwen hielten sie lachend ihre Teller bedeckt.

Alex Eatons kleiner Buchladen lag in einer schmalen Gasse zwischen zwei leeren Geschäften, von denen eines gerade umgebaut wurde. Die Front des Buchladens war mit dunkelgrün lackiertem Holz verkleidet, was sehr edel wirkte; das Schaufenster war interessant dekoriert.

Als Daphne den Laden betrat, fiel ihr sofort auf, wie viele anspruchsvolle Bücher in den Regalen standen. Alex Eaton schien vor allem auf zeitgenössische Kunst und Biographien spezialisiert zu sein. Es dauerte keine fünf Sekunden, bis sich eine Glastür in der hinteren Bücherwand öffnete und ein etwa sechzigjähriger Herr in blauem Anzug auf sie zukam. In der Brusttasche steckte ein weißes Tuch, die Schuhe glänzten. Im Gegensatz zu James Vincent wirkte dieser Herr wie ein wahrer Gentleman, der seine Garderobe aus Überzeugung trug.

«Mrs. Penrose, nehme ich an?»

«Ja. Hallo, Mr. Eaton.» Sie konnte gar nicht anders als lächeln, er war ihr auf Anhieb sympathisch. «Darf ich gleich Betty Astons Geschenk loswerden? Sie meinte, es sei so etwas wie ein Türöffner bei Ihnen.»

Der Buchhändler schmunzelte. «Danke. Bettys Direktheit ist ja legendär.»

Daphne holte den roten Elefanten aus der Schachtel. Eaton nahm ihn vorsichtig in die Hand und betrachtete das asiatische Kunstwerk mit Kennermiene. «Eine vorzügliche Arbeit. Ich nehme an, es gibt ein Pendant dazu. Sehen Sie hier?» Er zeigte auf eine winzige Gravierung mit Schriftzeichen. «Das ist das birmanische Wort für Zwillinge. Es verrät, dass es einen zweiten, identischen Elefanten gibt.»

Daphne staunte. «Sie haben recht. Betty hatte beide, den zweiten hat sie mir geschenkt.»

«Dann sollten wir das zu schätzen wissen. Solche Arbeiten sind nicht nur selten, sondern auch wertvoll. Aber in Bettys Zustand ...» Alex Eaton seufzte. «... wird man vielleicht freigebiger, wenn man die Dinge bewahren will.»

«Sie wissen Bescheid?»

Eaton nickte. Er hatte etwas an sich, das die angenehmste Art eines Gentlemans verriet, nämlich Bescheidenheit. Vielleicht vermittelte er diesen Eindruck auch durch sein schmales Gesicht und die auffallend großen, fragenden

Augen darin. Das schüttere braune Haar war mit einem legeren Scheitel gekämmt.

«Ja, Betty hat mir alles anvertraut. Sie müssen wissen, dass wir oft telefonieren, seit wir uns vor einiger Zeit zufällig wiedergetroffen haben. Wir hängen beide noch an unserer Zeit in Hongkong.»

«Waren Sie mal wieder dort?»

«Nur ein Mal. Der Glanz ist weg, seit die Chinesen ihre Spielregeln durchsetzen wollen.»

Er zeigte zu der Bücherwand neben dem Eingang. Auf einer Bibliotheksleiter wartete ein Stapel Bildbände darauf, eingeräumt zu werden. «In dieser Ecke finden Sie alles über Hongkong, was politisch und kulturell von Bedeutung ist.» Er machte eine kleine Pause. «So, und jetzt zu Ihnen.»

«Wenn Sie wollen, können wir auch hier reden», schlug Daphne vor.

«Nein, wir machen es wie besprochen. Ich schließe den Laden, und wir fahren zu mir nach Hause. Mein Auto ist in der Werkstatt, sie müssten mich also mitnehmen.»

Während er ein paar Rechnungen und Lieferscheine auf dem Ladentisch zusammenheftete, plauderten sie weiter. Er erzählte Daphne, dass er sein Geschäft oft nach Gutdünken schloss, die Buchhandlung war nur noch sein Hobby.

Als sie bis hinter die Tate Gallery zu Daphnes Auto gingen, hörte es auf zu regnen, und die Sonne kam durch.

Eatons Cottage befand sich auf dem Weg nach Land's End. Die Fahrt dorthin entlang der Atlantikküste ließ die Wildheit von Penwith ahnen, dem armen Land der Zinnarbeiter, der einsamen Felder und der zerfallenen Mauern. Während Daphne ihren Wagen Richtung Zennor steuerte, schwärmte sie Eaton von den Ausblicken des Küstenpfades vor. Francis und sie waren früher öfter von St. Ives nach Zennor gewandert und wieder zurück.

Eaton zeigte Bewunderung. «Respekt, das sind rund zwölf Meilen. Aber mit einer Stärkung im *Tinner's Arms* kann man es überstehen.»

Mitten auf der Strecke ließ er sie auf einen Feldweg einbiegen, niemand hätte hier die Zufahrt zu einem Wohnhaus erwartet. Kurz vor dem Meer senkte sich der Weg. Eaton öffnete ein Weidetor, danach führte die Holperstrecke zwischen Hecken und Feldmauern hindurch. Sie wurde so schmal, dass der Kotflügel des Autos um ein Haar die Steine berührt hätte.

Dann waren sie da. Und der Ausblick war atemberaubend.

Der winzige Parkplatz vor dem Cottage ging in eine gepflasterte Terrasse über, die direkt über dem Meer lag. Fünfzig Meter unter ihnen tobten die Wellen, die auf die Felswand trafen. Ihre Gischt war selbst hier oben noch als feiner Schleier zu sehen.

Das Cottage war weiß mit blauen Fensterrahmen, eine Fata Morgana griechischer Inseln. Es war zweigeschossig, beschützt von einem verwitterten Schieferdach, auf dem eine wachsame Möwe saß und ihr zerzaustes Gefieder gegen den Wind stemmte. An der windgeschützten Hausseite hatte Eaton ein kleines Blumenbeet angelegt. Dort war die Wand bis unter die Fenster mit Rittersporn, Wolfsmilch, Lavendel und anderen Gewächsen bedeckt.

Alex Eaton bat Daphne ins Haus. Das Wohnzimmer war größer, als sie von außen vermutet hätte, und strahlte wie Eaton schlichte Noblesse aus.

Das lichtdurchflutete Fenster vor der weißen Sitzecke an der Meeresseite ließ alles hell und sommerlich erscheinen. Auf den Regalen reihten sich asiatische Figuren aus Porzellan oder Messing, ähnlich filigran wie der kleine rote Elefant. Von hier aus ging es ins Esszimmer, das hinter dem offenen Durchgang lag. Daphne konnte das Ende eines schönen alten Refektoriumstisches sehen. Die überladenen Bücherregale im Durchgang zogen sich an der schwarz lackierten Eisentreppe bis ins Obergeschoss. Dort befänden sich noch weitere Räume, erklärte Alex Eaton.

«Ich denke, wir nehmen unseren Tee draußen», schlug er vor, während er einen bereitgelegten Briefumschlag aus einem der Wohnzimmerregale nahm und ihn Daphne gab. «Gehen Sie doch schon mal auf die Terrasse und nehmen Sie den Umschlag mit. Ich will Ihnen später was zeigen.»

«Soll ich was helfen?»

«Nein danke, wenn ich etwas kann, dann Tee kochen. Fünfundzwanzig Jahre Hongkong haben ihre Spuren hinterlassen.»

Daphne ging nach draußen. Beeindruckt setzte sie sich auf einen der Loungesessel, die Alex Eaton um einen alten Tisch mit Mosaikmuster gruppiert hatte. Von hier aus hatte sie einen freien Blick auf die anderen Felswände der Bucht. Sie fielen so steil ins Meer ab, dass sich die Seevögel wie Drachenflieger herabfallen ließen. Aus dem rauschenden Wasser ragten Dutzende winziger, schroffer Steininseln, ständig von Wellen überflutet und mit Schaum bedeckt.

Als Alex Eaton mit einem Tablett herauskam, war Daphne der Faszination des Ortes bereits erlegen. Der Wind vom Meer war erträglich, da er an den Klippen von krummen dichten Kiefern aufgehalten wurde.

«Wie haben Sie das hier gefunden?», fragte sie bewundernd. «Jeder träumt von so einem Cottage.»

Eaton verteilte das Geschirr und goss den Tee ein, langsam und behutsam wie bei einer chinesischen Zeremonie.

Das silberne Milchkännchen stellte er daneben. «Die Antwort darauf ist bereits der Anfang unseres eigentlichen Gespräches», sagte er, während er Platz nahm. «Ich habe es von Ian Sturgess gekauft.»

«Dem Reeder aus Plymouth?»

«Ja. Als ich vor zehn Jahren aus Hongkong zurückkam, lebte er mit meiner Schwester Moira in diesem Haus. Moira arbeitete als Innenarchitektin in seiner Firma, sie richtete Schiffskabinen für ihn ein. Sturgess war geschieden, sein kleiner Sohn blieb bei der Mutter. Moira wusste, wie schwierig Sturgess sein konnte, aber sie liebte ihn nun mal.»

«Ich nehme an, es klappte auf Dauer doch nicht, oder?» Daphne hatte den Reeder einmal auf einer Spendengala kennengelernt, die von der *Cornwall Travel Society* veranstaltet worden war. Ian Sturgess hatte dort eine kurze Rede gehalten, ein ehrgeiziger Zweimetermann, der so wirkte, als ob er immer recht behalten wollte.

«Nein. Das Verhältnis der beiden endete in einem Drama. Sturgess entpuppte sich als Tyrann, was Moira anfangs nicht wahrhaben wollte. Sie wurde immer unglücklicher und dünnhäutiger. Als sie starb, war ich leider gerade in London. Sie war nicht nur meine einzige Schwester, sondern auch die Letzte aus der Familie, die ich noch hatte.»

«Das tut mir leid», sagte Daphne voller Mitgefühl. «Wie ist es passiert?»

«Sie ist hier im Haus die Eisentreppe runtergefallen und hat sich das Genick angebrochen. Es war der berühmte Tag, als wegen des Orkans in ganz Cornwall der Strom ausfiel.»

«Ich erinnere mich», sagte Daphne. «Auch einige Häfen waren überflutet.»

«Ja. Der Krankenwagen kam nicht durch. Sturgess fuhr sie selbst und kam erst nach einer Stunde im Krankenhaus an, weil auf den Straßen lauter umgeknickte Bäume lagen. Als man sie auslud, war Moira schon tot. Für mich hat er sie durch seinen Egoismus auf dem Gewissen.»

«Wie meinen Sie das?»

«Wie ich das meine?» Er dachte nach. «Ich habe mich oft gefragt, ob es vielleicht vorher einen Streit gegeben hat. Man kennt das doch, ein Wort ergibt das andere ...» Er brach ab. «Laut Obduktion hatte sie viele Prellungen, aber was sagt das schon bei einer steilen Treppe?»

«Und dann hat er ausgerechnet Ihnen das Cottage überlassen?»

Eaton lachte bitter. «Sturgess? Eher hätte er sich fünf Finger abgebissen. Nein, als er das Cottage kurz darauf loswerden wollte, habe ich es über einen Strohmann gekauft. Er war wütend, aber er konnte nichts dagegen unternehmen. In China glauben die Menschen, dass ein Verstorbener in seinem letzten Haus weiterwohnt. Moira ist also mit mir in diesem Cottage geblieben.»

Daphne bewunderte Eaton, wie klar und sachlich er über dieses Drama reden konnte. Sie spürte aber auch, dass die Geschichte noch nicht zu Ende war.

«Wie lange ist das her?»

«Fünf Jahre. Inzwischen hat auch Sturgess einen Schicksalsschlag wegstecken müssen. Ich sage das nicht gehässig, weiß Gott nicht. Sein zwölfjähriger Sohn bekam Leukämie. Er hat es überlebt, aber nur durch eine Knochenmarkspende. Sturgess war monatelang aus der Öffentlichkeit verschwunden.»

Daphne erinnerte sich an die vielen Gerüchte, die es um die Reederei *Sturgess Atlantic Shipping Group* gab. Die Firma war aggressiv gewachsen und hatte sich durch Zukäufe von Schiffsfirmen in Holland und Italien zu einer der größten Reedereien Englands entwickelt. Sturgess verhandelte grundsätzlich selber und machte seine Verträge schnell, zur Not auf einer Serviette. Auch dass er eine Zusammenarbeit mit Edward Hammetts Reederei vorbereitet hatte, wie Helen erzählt hatte, passte zu ihm.

«Wie eng ist eigentlich die Verbindung zwischen Sturgess und der Reederei Hammett?», fragte sie. «Wissen Sie etwas darüber?»

Alex Eaton trank einen Schluck Tee und tupfte sich dann mit der Serviette den Mund ab. Sie blieb genauso zusammengefaltet wie das weiße Tuch in seiner Brusttasche. «Hin und wieder gehe ich mit einer ehemaligen Kollegin von Moira essen. Das Letzte, von dem sie wusste, war eine Kooperationsabsicht. In der Firma munkelt man, dass Sturgess sich mit zehn oder zwanzig Prozent an Hammetts Reederei beteiligen wollte. Der große Fisch schluckt den Kleinen, damit hat er ja Erfahrung. Aber das Ganze war reine Chefsache, Sturgess wollte den Deal erst im nächsten Monat bekanntgeben.»

Daphne erzählte ihm von ihrer kurzen Begegnung mit Helen Hammett vorhin in St. Ives. Eaton hörte interessiert zu. Dann sagte er: «Das klingt, als würden die beiden Erben, Helen und ... Wie heißt ihr Schwager?»

«Max Hammett, er besaß früher einen Steinbruch.»

«Als würden die beiden Erben jetzt schnell eigene Pläne mit der Reederei umsetzen. Vielleicht wollen sie verkaufen.»

«Schon möglich.»

Eaton lehnte sich in seinem Loungesessel zurück. «So, und jetzt will ich hören, was Sie bereits über Sandra McKallan wissen.»

Sie waren an einem entscheidenden Punkt angekommen. Schon auf dem Weg hierher hatte Daphne beschlossen, Alex Eaton ihr Vertrauen zu schenken. Betty hatte nicht übertrieben, Alex war integer, klug und aufmerksam. Seine großen Augen sahen einen an, als würde er aus jeder Information das Universum dahinter erkennen. Also erzählte sie alles, von Sandra McKallans unverschlossenem Atelier bis zur Entdeckung des Schuldscheins im Pfarrhaus. Sie schilderte die Kommentare des Buchmachers zu Sandras und Peter Ipswichs Schuldenberg, erwähnte sogar den *Knock-down* in der kleinen Gasse von Truro und erzählte vom Brand in *Embly Hall*.

Als sie fertig war, atmete Daphne tief durch. Es war ein langes Register an Ereignissen geworden.

Eaton, der ihr die ganze Zeit konzentriert zugehört hatte, stand auf, nahm Daphnes Hand und deutete einen Handkuss an. Dann setzte er sich wieder und sagte bewundernd: «Sie sind eine mutige Frau, Mrs. Penrose! Die meisten Leute hätten sich hinter dem Rücken des Chief Inspectors versteckt.»

Eine Brise vom Meer pustete Daphne die Haare ins Gesicht. Trotzig schob sie die Strähnen von der Wange. «Nach diesem Rücken hätte ich lange suchen können ...»

«Ist Ihnen klar, dass der Täter gefährlich viel über Sie wissen muss?»

«Ja, beängstigend viel.»

Eaton überlegte. «Darf ich einmal Ihr Telefon sehen?»

Sie reichte ihm ihr Smartphone, obwohl sie die Frage seltsam fand. Er stellte es an und suchte ein paar Sekunden lang im Speicher herum. Seine Finger wanderten geschickt über die Tastatur. Eaton war offenbar nicht nur Buchhändler und Asienkenner, sondern auch Technikfreak.

«Ah ja, da haben wir's. Jemand hat Ihnen eine Wanze angehängt. Man nennt so was eine Spy-App, ist leicht zu bekommen. Damit kann man feststellen, wo Sie sich gerade aufhalten.»

Daphne war schockiert. «Aber wie soll das gegangen sein? Mein Telefon ist immer in der Jacke oder in meiner Handtasche.»

«Es ist ein Kinderspiel. Als Sie in Truro ohnmächtig auf der Straße lagen, hätte man die App schnell installieren können. Wahrscheinlich ist es da auch passiert.» Er drückte erneut auf die Tastatur. «So, weg damit. Legen Sie es bloß nicht mehr aus der Hand.»

Daphne nahm ihm das Telefon wieder ab. «Gott, bin ich naiv! Wieso kennen Sie sich eigentlich damit aus?»

Eaton lächelte fein. «Ein Freund in Hongkong gehörte zur britischen Regierung. Seit ich von ihm weiß, was technisch möglich ist, halte ich mich auf dem Laufenden.»

Daphne musste spontan an das Gerücht über Betty Astons Exmann und den MI6 denken, aber sie fragte nicht weiter nach, um Eaton nicht in Verlegenheit zu bringen. Vielleicht hatte sogar er selbst Kontakte zum britischen Geheimdienst.

Eaton erlöste sie von dem Rätsel, indem er das Thema wechselte. «Zurück zu Sandra McKallan. Sie haben gut recherchiert. Sie wissen fast so viel über Sandra wie ich.»

Er goss Daphne Tee nach.

Sie nickte dankend und sagte: «Auch dafür hat man doch seinen Verstand mitbekommen – um hin und wieder ein Rätsel zu lösen.» Jetzt erst entdeckte sie, dass neben der Untertasse ein Ingwerplätzchen lag. Begehrlich steckte sie es in den Mund. «Was hatten Sie mit Sandra zu tun?»

Seine Antwort klang so höflich, als hätte Daphne gerade gefragt, warum am Haus Blumen gepflanzt waren. «Sie lebte hier, mehr als ein Jahr. Bis sie nach Fowey zog und Edward Hammett kennenlernte.»

Daphne hätte sich fast an ihrem Keks verschluckt. «Sie war Ihre Lebensgefährtin?»

Eaton lächelte etwas schief. «Bringen wir's auf den Punkt: Sandra hätte nie eine Lebensgefährtin sein können, für keinen Mann. Sagen Sie einfach *Geliebte*, das trifft die Sache eher.»

«Aber sie passte doch gar nicht zu Ihnen», entfuhr es Daphne.

«Nein, sie passte nicht zu mir.» Er versuchte, seine knappe Feststellung näher zu erklären. «Die Frau, mit der ich in Hongkong zusammengelebt hatte, war tatsächlich das Gegenteil von ihr. Eine französische Ärztin, elegant, kultiviert, rücksichtsvoll. Aber hier war ich plötzlich allein, hungrig auf die neue Kunstszene in England, immer noch begeisterungsfähig.» Er erklärte nicht, warum seine französische Ärztin in Hongkong geblieben war. «Sandra und ich haben uns zum ersten Mal in St. Ives gesehen, in der Tate Gallery. Sie war hinreißend und frech, wie immer, wenn sie sich bei einem Mann anstrengte. Heute weiß ich, dass das mit ihrer Kindheit zu tun hatte, diese Lust am Dominieren anderer Menschen.»

Fasziniert hörte Daphne zu. Eaton beschrieb, wie schnell Sandra sich in den Monaten ihres Zusammenlebens verändert hatte. Anfangs spielte sie ihm genau das vor, was er von ihr erwartete, dann kam die wahre Sandra durch. Ihr Egoismus explodierte stufenweise, wie eine Rakete, die alle Treibsätze von sich wirft und als einsame Kapsel weiterfliegt. Ihr Ziel war das eigene Atelier in Fowey. Da Alex Eaton ein höflicher Liebhaber war, finanzierte er es mit, nahm sich aber vor, ihre Beziehung danach zu beenden. Dass Sandra sich schon ein paar Wochen später den Reeder Edward Hammett geschnappt hatte, überraschte ihn allerdings, nachdem es vorher so ausgesehen hatte, als hätte sie um dessen Konkurrenten Ian Sturgess herumgeschwänzelt.

Daphne wurde hellhörig. «Um Sturgess? Inwiefern?»

«Sie kannte meine Vorwürfe gegen Sturgess wegen Moiras Tod. Trotzdem erfuhr ich eines Tages, dass sie bei Sturgess in der Firma gewesen war, um ihm ein Gemälde für die neue Halle seiner Reederei anzudrehen.

«Vielleicht hatte sie was mit ihm?»

Eaton lachte. «Nein, das weiß ich aus sicherer Quelle. Er hat sie vor die Tür setzen lassen, schon allein deshalb, weil sie mit mir zusammenlebte.»

Daphne begriff langsam, wie Sandra McKallans Logik funktionierte. Was sie bremste, wurde einfach über Bord geworfen. «Also war es Zeit für Sandra, mit Ihnen Schluss zu machen?»

«Ja, sie zog aus. Nachdem dann auch noch ihr Bruder der neue Vikar von Fowey wurde, habe ich nie wieder was von ihr gehört.»

Es klang nicht im mindesten traurig. Daphne dachte nach. «Das einzig Stabile in Sandra McKallans Leben war wohl ihr enges Verhältnis zu ihrem Bruder, dem Vikar», sagte sie dann.

«So könnte man es sagen. Sie hat ihn geliebt, und sie hat ihn verachtet.» Die buschigen Brauen über Eatons Augen hoben sich. «Trotzdem, da ist etwas, das die beiden verändert hat, ich kann es förmlich spüren.» Er griff zu dem Briefumschlag, der auf dem Tisch lag, und zog zwei Fotos heraus. «Hier, das ist das einzige Bild, das ich von Sandra noch habe. Schenken Sie es hinterher dem Chief Inspector, wenn Sie wollen.»

Daphne nahm die Fotos und beugte sich vor, um sich kein Detail entgehen zu lassen. Das erste Bild zeigte Sandra als Töpferin. Lachend saß sie im Kittel vor einer Töpferscheibe, auf der sich eine halbfertige Vase drehte.

Das zweite, größere Foto schien bei einem anglikanischen

Gottesdienst aufgenommen worden zu sein, vermutlich in Plymouth, denn es war der Innenraum einer stattlichen Kirche zu sehen. Daphne glaubte, dass es sich um die St. Andrew Church handelte, für die Ipswich tätig gewesen war. Sandra McKallan stand in Bluse und Jeans auf den Stufen des feierlich geschmückten Altars neben Ipswich im weißen Talar. Rechts vom Altar stand noch jemand im weißen Talar, eine junge Frau, wahrscheinlich hatten sie und Ipswich den Gottesdienst gemeinsam gehalten. Die Pfarrerin war etwas jünger als er, schwarzhaarig, nicht sehr groß und sah aus wie ... – Daphne stutzte plötzlich und schaute ein zweites Mal hin – ... wie Sandra McKallan, nur erheblich jünger.

Alex Eaton bemerkte ihre Irritation. «Sind Sie auch so überrascht, wie ähnlich sich die beiden sehen?», fragte er.

«Das ist unglaublich.» Daphne legte die Fotos zurück auf den Tisch. «Sind Sie sicher, dass das nicht die jüngere Schwester der beiden ist?»

«Ganz sicher», sagte Eaton. «Als dieses Mädchen geboren wurde, war Sandras Mutter schon tot. Vikar Ipswich hat sie immer *mein Sandra-Double* genannt. Er schien sie fast zu verehren, weil sie ihn an seine Schwester erinnerte.»

«Wie heißt sie?»

«Fiona Croyle. Sie ist heute Vikarin in der Gemeinde St. Mawes. Peter Ipswich und Fiona besuchten zusammen das Theologische Seminar. Sandra hoffte, dass die beiden ein Paar werden, aber das hat nicht geklappt.»

Plötzlich fiel Daphne wieder das Foto auf dem Schreibtisch des Vikars ein, das Liegestuhlbild vom *Carrow Beach*. Sandra McKallan hatte so merkwürdig jung darauf ausgesehen. Daphne zückte ihr Handy, suchte das Foto im Speicher und zeigte es Eaton. «Ist sie das auch?»

«Ja.» Er vergrößerte das Bild und zeigte Daphne die kleine

Narbe am Hals. «Fiona hatte eine Schilddrüsenoperation. Vikar Ipswich hat sie damit aufgezogen, dass sie nur deshalb Pfarrerin geworden ist, weil sie dann immer den kleinen Kragen tragen darf.»

Daphne erinnerte sich, dass auf der Rückseite des Fotos eine Widmung stand: *Ein Sommer am Strand von Carrow*. Jetzt machte auch das Sinn. Es war Fiona, die dem Vikar das Foto geschenkt hatte.

Alex Eaton bemerkte, dass die Teekanne leer geworden war. Er erhob sich. «Soll ich uns neuen Tee machen? Oder mögen Sie lieber einen Espresso? Nach all den Enthüllungen?»

Daphne lehnte dankend ab. «Nein, mehr geht nicht, in jeder Hinsicht. Der Chief Inspector sollte bei Ihnen in die Lehre gehen. Ich habe endlich ein paar Zusammenhänge verstanden. Dafür möchte ich mich bedanken, Mr. Eaton.»

«Genau das ist der Sinn von Gesprächen, oder?» Er knöpfte sein Sakko zu und schob den Korbsessel zurück, damit Daphne bequemer aufstehen konnte. Während sie den Briefumschlag mit den Fotos einsteckte, ging Eaton zu seinem Rosenbeet unter den Bäumen. Auf der Mauer daneben lag ein Gartenmesser. Er bückte sich, schnitt eine lachsfarbene Rose ab und brachte sie Daphne.

«Zur Erinnerung, obwohl die gute Erinnerung eher bei mir sein wird.» Er lächelte sein feines, kluges Lächeln. «Ich finde, wir haben Bettys Absichten alle Ehre gemacht. Grüßen Sie sie von mir.»

Dann begleitete er Daphne noch zum Auto und öffnete ihr die Tür. Während sie einstieg, beglückwünschte sie ihn noch einmal zu seinem Paradies und fügte hinzu: «Aber ist Ihnen nicht manchmal mulmig, so allein und so dicht an den Klippen?»

«Ach was», antwortete Eaton locker. «Erst bei Sturm wird

es im Cottage gemütlich. Und ganz allein bin ich ja nicht.» Er drehte sich zum Haus und pfiff kurz auf zwei Fingern. Wie ein Schatten löste sich ein brauner Dobermann aus der offenen Wohnzimmertür. Er wirkte so elegant wie sein Besitzer, ein Hundegentleman im unaufgeregten Trab, der sich völlig entspannt näherte, vor Eatons Füßen Platz nahm und Daphne freundlich, aber aufmerksam betrachtete.

«Also dann, gute Fahrt, Mrs. Penrose!» Eaton hob zum Abschied die Hand und tat so, als wäre der Hund gar nicht vorhanden. «Ich rufe Sie an, falls ich was Neues erfahre.»

Als Daphne ihren Wagen zwischen den Mauern und Hecken hindurchsteuerte, um wieder zur Hauptstraße zu gelangen, kratzten überhängende Zweige am Autolack. Sie achtete kaum darauf, ihre Gedanken kreisten immer noch um Alex Eaton, sein Wissen und seine faszinierende Persönlichkeit. Jetzt ahnte sie, wer Betty Astons Freund beim britischen Geheimdienst in Hongkong gewesen war.

Erst auf der Landstraße zurück nach St. Ives fiel ihr Blick auf die runde Uhr am Armaturenbrett. Es war kurz vor zwei, und es war Montag.

Oh Gott, dachte sie, ich habe vergessen, meine *cornish girls* auszuladen. In einer Stunde stehen sie vor der Tür!

# 21

«Sie sagt immer, Tatsachen seien wie Kühe, Mylord.
Wenn man ihnen nur fest genug in die Augen sieht,
laufen sie meist weg.»

**Dorothy L. Sayers, *Diskrete Zeugen***

Für den Nachmittag hatte Francis geplant, nach Golitha Falls zu fahren. Der Wasserfall im Quellbereich des *River Fowey* war sein Lieblingsprojekt. Hier oben war der Fluss noch ursprünglich, sein Erscheinungsbild wild und ungezähmt. In endlosen Kaskaden strömte das Wasser über bemooste Steine, am Ufer flankiert von knorrigen alten Eichen. In den Ritzen der Steine und unter den Bäumen wuchsen Leberblümchen und Glockenblumen.

Doch es blieb bei der Vorfreude. Gerade als er das Büro verlassen wollte, rief Daphne an. Ihre Stimme klang aufgeregt, sie brauchte dringend seine Hilfe. Wie jeden zweiten Montag waren einige ihrer Freundinnen im Anmarsch, mit denen sie einen Club zur Förderung der kornischen Sprache gegründet hatte. Ihr Hauptziel war es, durch verschiedene Aktivitäten Spenden zu sammeln, um in den Schulen und Kindergärten der Umgebung den Unterricht des Kornischen finanzieren zu können. Sie nannten sich *cornish girls*, aber Francis bezeichnete sie hartnäckig als *golden girls*, was Daphne boshaft und uncharmant fand.

Sie bat ihn, nach St. Mawes zu fahren und sich dort mit der Vikarin Fiona Croyle zu unterhalten. Das Strandfoto würde sie ihm in einer Minute zumailen. Das Ganze war – wie konnte es anders sein? – ein wenig eilig.

Francis hörte es wieder, das störrische Pochen ihres harten Schädels an der Wand. Was er noch hörte, waren ihre klappernden Schuhe auf dem Fußboden, während sie beim Telefonieren im Haus geschäftig hin und her lief.

«Also gut, dann fahre ich jetzt», sagte er stöhnend. «Aber du hättest mich auch vorwarnen können.»

«Moment, bleib dran!», rief Daphne in den Hörer. «Da ist noch was, was du wissen solltest.» Zögernd beichtete sie ihm ihren Besuch bei Betty Aston. Danach zog sie – einer Zauberkünstlerin gleich – auch noch St. Ives, Alex Eaton und den tyrannischen Reeder Ian Sturgess aus der Tasche.

Francis war sekundenlang sprachlos, musste aber zugeben, dass Daphne ganz hervorragend recherchiert hatte, auch wenn sie wieder einmal einen dieser Alleingänge hingelegt hatte, von denen er gerne vorher gewusst hätte. Erst als sie schon auflegen wollte, spielte er seinen eigenen Triumph aus, den USB-Stick. Diesmal war es an ihr, sprachlos zu sein. Er spürte die kleine verblüffte Pause, die es nicht oft bei seiner Frau gab.

«Das heißt, du hast den Mörder gesehen?», fragte sie ungläubig.

«Ja. Leider kann man nicht erkennen, ob es ein Mann oder eine Frau ist.»

«Darling, das ist ja ... Ich weiß gar nicht, was ich sagen soll.»

«Bewundere mich einfach», sagte er. «Und viel Spaß mit deinen *golden girls*.»

Genüsslich legte er auf, schaltete wieder seinen Laptop ein und suchte im Internet nach der Telefonnummer des Pfarramtes von St. Mawes. Er griff gerade zum Hörer, um die

Vikarin anzurufen, als Detective Sergeant Burns seinen Kopf durch die Tür steckte.

«Sorry, Mr. Penrose. Wollte Ihnen nur sagen, dass wir die Scheune in Lostwithiel gefunden haben. Das Bauamt hat uns geholfen.»

«Und?»

Burns sah unglücklich aus. «Die Scheune ist vor zwei oder drei Tagen abgebrannt. Die Kollegen gehen von Brandstiftung aus. Viel ist nicht mehr davon zu sehen. Schade.»

Francis konnte es nicht glauben. «Und das hat niemand bemerkt? Das gibt's doch gar nicht.»

«Offenbar doch. Der Schuppen liegt in einer Schlucht, da kommt kein Mensch hin.» Burns klopfte zweimal an den Türrahmen. «Bis morgen dann. Wir werden jetzt alle in Bodmin zu einem Empfang erwartet.»

Die Vikarin war bereit, Francis zu treffen, allerdings nur, wenn er mit ihr joggen ging. Er glaubte, nicht richtig zu hören. Doch sie hatte einen engen Zeitplan, von dem sie nicht abrücken konnte. Ihre Stimme klang weich, hatte aber einen festen Kern.

«Es geht leider nicht anders. Um fünf muss ich unseren Gebetsabend vorbereiten, und morgen bin ich beim Bischof in Truro. Sind Sie sportlich?»

«Ich denke schon. Und meine Sportsachen müssten sogar noch im Auto liegen.»

Als Francis über die Roseland-Halbinsel zur Kirche hochfuhr, dahinter das alte Kastell aus der Zeit Heinrichs VIII., sah er jenseits des breiten *River Fal* die Stadt Falmouth in der Sonne liegen. Zur anderen Seite waren es nur ein paar Minuten mit der Fähre, dennoch fand Francis, dass die weißen Häuser und die wenigen, aber recht hübschen Restaurants hier unten am Hafen Falmouth ausstachen. Für Daphne und ihn war St. Mawes immer wie eine Sommerfrische gewesen – in der Hand ein Glas Pimm's mit Eis oder einen Campari Orange auf der Restaurantterrasse.

Er stieg aus. Im Kofferraum hatte er tatsächlich noch die Tasche für sein Fitnesstraining gefunden mit Nikes, einem weißen T-Shirt und einer schwarzen Sporthose und sich am Straßenrand umgezogen. Vor der porösen Kirchenmauer kniete eine hübsche junge Frau mit längeren schwarzen Haaren und schnürte sich gerade ihre pinkfarbenen Laufschuhe zu. Francis schaute noch einmal auf das Strandfoto, das Daphne ihm per SMS geschickt hatte. Ja, das war Fiona Croyle, die längeren Haare ließen sie reifer erscheinen. Für den Jogginganzug hatte sie ein dezentes Grau und einen weiten Schnitt gewählt.

Die Vikarin reichte ihm freundlich die Hand, verzichtete aber auf ein Lächeln. Während sie ihm die Joggingrunde rund um St. Mawes erklärte, sah sie ihn mehrmals prüfend an, bevor es losging, erst zum Hafen hinunter und dann in eine Wohnstraße mit hübschen weißen Villen.

Fiona Croyles Laufstil war locker und nicht übertrieben schnell. Auf der ersten halben Meile unterhielten sie sich über die drei Morde im Allgemeinen. Die Vikarin hatte in ihren Gottesdiensten für die Toten gebetet. Dann kamen sie auf Peter Ipswich zu sprechen. Die Straße war jetzt zu Ende, und sie bogen in einen zerfurchten Wiesenweg ein. Francis schien die erste Vertrauensprüfung bestanden zu haben, denn plötzlich wurde Fiona gesprächiger.

«Als der Rektor mich anrief und es mir erzählte, war ich mit dem Auto unterwegs. Ich bin auf den nächsten Rastplatz gefahren, habe geweint und an ihn gedacht. Ich wollte beten, aber es ging nicht. In meinen Augen hatte Gott ihn im Stich gelassen.» Sie schaute zur Seite, wie Francis darauf reagierte. «Was ich dann gemacht habe, wird Sie schockieren. Ich habe mir im Rasthaus einen Schnaps bestellt. Die gleiche Marke, mit der Peter und ich auf unser theologisches Examen angestoßen hatten.»

«Das macht Sie mir richtig sympathisch», sagte Francis. «Warum sollte eine Vikarin nicht zweifeln dürfen?»

«Ja, das sehe ich auch so. Zweifel darf man haben, Peters Seele dagegen war krank. Kennen Sie das Gebet *Herr, sprich nur ein Wort, so wird meine Seele gesund*? Auch Peter hat es gebetet wie jeder Geistliche. Nur dass es ihm selbst nicht vergönnt war, gesund zu werden.»

«Sie wissen, dass er Spieler war?»

Sie machte eine Geste der Hilflosigkeit. «Ich ahnte es, aber ich wusste es nicht. Bis es in der Diözese rauskam.»

Die zweite Meile der Joggingrunde begann neben einer Wiese mit langen Reihen von Obstbäumen. Ihr ruhiges Lauftempo ließ zu, dass sie sich bequem weiterunterhalten konnten.

Francis erwähnte das Strandfoto, das auf Vikar Ipswichs Schreibtisch stand.

«Ach das!» Es schien Fiona Croyle peinlich zu sein. «Das hat er aufgehoben? Das mit dem hässlichen Bademantel?»

«Es ist doch hübsch.»

«Nein, es ist scheußlich.» Sie musste lachen. «Peter hatte überhaupt keinen Sinn für so was. Den Bademantel hatte ich mir von einem alten Ehepaar geliehen, das neben uns saß. Es sollte ein Witz sein.»

«Waren Sie oft zusammen am Strand von Carrow?»

«Bestimmt fünfzehn-, zwanzigmal. Und das von Plymouth aus! Er hatte kein Auto, also war ich die Chauffeurin. Wir machten oft Picknick. Peter fand die Bucht von Carrow geradezu magisch. Auch von Fowey aus ist er oft hingefahren.»

Francis wollte wissen, ob ihr klar war, wie unsicher und scheu Peter Ipswich durch sein Leben gestolpert war.

«Ja, das wusste ich. Ich war früher genauso schüchtern, zum Glück ist der Knoten bei mir geplatzt. Aber Peter blieb ein Einzelgänger.»

Sie erzählte, dass schon im Theologiestudium jeder wusste, wie gehemmt Ipswich war. Trotzdem wollte er Pfarrer werden. Nach der Prüfung kapitulierten seine Lehrer vor so viel Gottesliebe und ließen ihn Kurat werden. Fiona und er blieben gute Freunde. Einmal wollte er mit ihr zusammenziehen, sie aber brachte ihm sanft bei, dass sie sich nur eine Freundschaft vorstellen konnte. Schließlich wurden sie beide zu Vikaren in der Diözese Plymouth ernannt, Peter kam an die St. Andrew Church.

«Und», fragte Francis, «wie hat er sich dort gemacht?»

«Er hat sich große Mühe gegeben. Aber erst, als im letzten Jahr die Sache mit dem Reeder Sturgess passierte, hat man ihn in St. Andrews halbwegs akzeptiert.»

Hechelnd rannten sie eine Holztreppe hinauf, die über einen Graben führte. Auf der anderen Seite ging es wieder hinunter.

«Was war das für eine Geschichte?», keuchte Francis.

Das Gesicht der Vikarin wurde ernst. «Ian Sturgess hat aus erster Ehe einen kleinen Sohn, Artus. Er bekam eine schwere Leukämie, was Sturgess ziemlich getroffen hat. Ein paar Monate lang musste er um das Leben des Jungen zittern. Die Familie Sturgess gehört zur St.-Andrew-Gemeinde, sodass Peter ihr Geistlicher war und ständig mit ihr zu tun hatte.»

Francis konnte sich beim besten Willen nicht vorstellen,

wie der für seine Ungeduld bekannte Reeder Sturgess ausgerechnet bei Vikar Ipswich Trost finden sollte. «Das ist sicher nicht gutgegangen.»

«Ganz im Gegenteil», schnaufte nun auch die Vikarin. «Wir waren alle perplex. Plötzlich war Peter an genau der Stelle, wo er gebraucht wurde. Als echter, sensibler Seelsorger. Er hat damals einen Satz gesagt, den ich gut fand: ‹Vor der Gemeinde bin ich ein Feigling, aber unter vier Augen bin ich mutig.› Genau das war es. Sturgess kam wochenlang jeden Tag in die Sakristei, um für das Leben von Artus zu beten. Peter war Tag und Nacht für ihn da. Das Einzige, worauf Sturgess bestand, war Diskretion, deshalb empfing Peter ihn auch nur in der Sakristei.»

Francis sah sie fragend an. «Und? Haben die Gebete geholfen? Hat der Junge überlebt?»

Die Vikarin nickte. «Ja, seit einem halben Jahr ist er wieder im Internat. Zum Dank für seine Hilfe hat Peter irgendwas von Sturgess geschenkt bekommen. Etwas Wertvolles.»

Sie hatten wieder den Hafen erreicht und gingen nun im Schritt nebeneinanderher. Gemeinsam schnappten sie nach Luft. Francis ließ zur Entspannung seine Arme kreisen, bevor er fragte: «Was war das für ein Geschenk?

«Keine Ahnung, irgendwas Kleines.» Die Vikarin lüftete dezent ihren verschwitzten Kragen. «Peter hat es mir nicht gesagt. Auf jeden Fall etwas, das er nicht zu Geld machen wollte. Ich sollte es in einem Umschlag für ihn aufbewahren, weil ich in meiner Kirche einen eigenen Spind besitze. Aber das erschien mir zu riskant.»

«Er hat es nie mehr erwähnt?»

«Nein, nie wieder. Danach haben wir uns nicht mehr oft gesehen. Er ließ sich von heute auf morgen nach Fowey versetzen, und ich kam hierher.»

Vor der Kirche wartete eine Floristin auf Fiona Croyle, um mit ihr den Blumenschmuck für die Trauung am nächsten Sonntag zu besprechen. Francis nutzte die Gelegenheit, um sich zu verabschieden.

«Vielleicht kommen Sie mal mit Ihrer Frau zum Gottesdienst», schlug Fiona vor. «Dann beten wir gemeinsam für Peter Ipswich.»

Francis versprach es. Nachdem die Vikarin mit der Blumenfrau in der Kirche verschwunden war, ging er zu seinem Auto, öffnete mit verschwitzten Fingern den Kofferraum und holte ein Handtuch heraus. Dann zog er sich hinter der offenen Autotür um.

Auf der Rückfahrt fielen ihm wieder Daphnes *cornish girls* ein. Soweit er wusste, sollten heute fünf von ihren Freundinnen dabei sein. Er hat seine eigene Vorstellung davon, wie so ein Treffen ablief. Erst redeten sie tatsächlich über ihr ehrenhaftes Anliegen, dann wurde es schlagartig fröhlich. Francis hatte die «Sitzung» einmal miterlebt, als er mit einem Knöchelbruch zu Hause lag.

Von einer Sekunde zur anderen hatten die Frauen das Thema gewechselt, sich gegenseitig neue Shirts und Blusen vorgeführt und von ihren gelungenen Kindern geschwärmt. Dann öffnete Daphne gerne mit einem lauten Knall die erste Proseccoflasche, alle klatschten, und die Party ging richtig los. Susi Hogan stellte die Musik laut, Brenda Gregory erzählte Geschichten aus ihrem Büro, und Esther Random hatte als Überraschung kleine Petits Fours mitgebracht ...

Nun, er gönnte es den Ladys von Herzen, nur Zuschauer wollte er heute nicht wieder sein.

Ein Stück hinter dem Fischerdorf Mevagissey lag die Abfahrt nach *Carrow Beach*. Die enge Straße führte durch ein

Maisfeld, und man musste ordentlich aufpassen, dass einem niemand entgegenkam.

Der Strand war nicht groß, aber landschaftlich reizvoll, umgeben von rot blühenden Büschen und halbhohen Palmen. Der Sand war fein und golden. Kein Wunder, dass Vikar Ipswich die kleine Bucht geliebt hatte. Vielleicht erinnerte sie ihn an den *Porthmeor Beach* in St. Ives, wo er seine Kindheit verbracht hatte.

An der linken Seite des Strandes stand die Strandbude von Lowenna Bellman, mit der Daphne in der Grundschule die Bank geteilt hatte. Das Holzgebäude gehörte der Gemeinde, die unverwüstliche Lowenna hatte es gepachtet und gleich am ersten Tag blau angestrichen. Bei ihr gab es nicht nur Getränke und Snacks, sondern auch Boogie Boards. Bei schlechtem Wetter durfte man im Warteraum seine Chips knabbern oder Eis essen. Jetzt, bei Sonne, standen die Strandgäste in Badesachen vor dem Verkaufsfenster Schlange.

Francis fand Lowenna am Zeitungsständer, wo sie Sportzeitschriften für die vielen Kids am Strand einsortierte. Sie war ganz schön rund geworden, seit sie mit dem Koch des Pubs von Mevagissey verheiratet war. «Hallo, Lowenna.»

«Francis, Schätzchen!» Sie zog ihren gelben Hänger über dem Bauch glatt, gab dem Zeitungsrondell einen Schubs und kam zu ihm. «Du warst lange nicht hier. Wo ist Daphne? Wollt ihr einen Tee?»

Francis erzählte ihr, dass er allein war und auch nur ein paar Fragen hatte. Sie schien ehrlich enttäuscht zu sein, Daphne nicht zu sehen. Dennoch musste er an einem der wackligen Picknicktische Platz nehmen. Auf der Tischplatte klebten Senfreste.

«Seid ihr munter?», fragte sie fröhlich. «Alles okay? Ist die *Royal Mail* noch auf den Beinen?»

«Eigentlich schon», sagte Francis. «Bis auf die Mordgeschichte, die uns alle belastet.»

Lowenna stutzte. «Wieso?» Sie pustete sich eine braune Haarsträhne aus dem Gesicht. «Was für 'ne Mordgeschichte?»

«Die drei Morde bei uns in Fowey.»

Lowenna hörte fassungslos zu. Sie hatte wirklich keine Ahnung, weil sie und ihr Mann erst gestern aus Griechenland zurückgekommen waren, ihre Bedienung hatte die Strandbude für eine Woche allein geführt. Geschockt schlug sie ihre Hände vor den offenen Mund. Francis musste sie trösten, weil sie Vikar Ipswichs stille Art sehr gemocht hatte.

«Er holte sich immer ein Himbeereis», sagte sie wehmütig. «Tee, Scones und anschließend ein Himbeereis.» Sie zeigte zu einer der Palmen in der Nähe der Bude. «Meistens hat er da drüben gesessen.»

«War er denn auch in dieser Saison hier? Im Juni oder davor?»

Während eine Gruppe Halbstarker schreiend und lachend an Lowenna vorbei zum Meer rannte, überlegte sie angestrengt. «Zuletzt Anfang Juni.» Sie ging in Gedanken alle Wochen durch. «Wir öffnen am 15. Mai. Da kam er, pünktlich wie eine Krabbe bei Ebbe. Ich zeigte ihm sein neues Fach, er trank einen Tee, dann fuhr er wieder mit dem Bus zurück nach Fowey. Eine Woche später kriegte mein Vater die Gürtelrose, deshalb hatte ich bis 11. Juni immer nur montags Dienst, da kam er nicht. Erst am 15. Juni wieder, ja, genau – das war das letzte Mal, dass ich ihn gesehen habe. Himmel, wenn ich das geahnt hätte!»

Ihr kompliziertes Geflecht von Daten irritierte Francis, doch eine Sache hakte sich sofort in ihm fest: Was hatte Lowenna mit dem neuen Fach gemeint?

«Na, unsere Spindfächer neben dem Warteraum», sagte sie so nachdrücklich, als würde Francis auf dem Schlauch stehen. «Schon vergessen?»

Er erinnerte sich daran, dass man dort während des Badens seine Sachen einschließen konnte. Aber wie groß die Spinde waren, wusste er nicht. Waren sie nicht sehr klein?

«Klein?» Lowenna protestierte amüsiert. «Schätzchen, da passt eine zusammengerollte Badematte rein! Seit letztem Sommer vermieten wir die Fächer nur noch für die ganze Saison. Ich wurde schon gebeten, sie etwas größer zu machen, damit man auch die Schwiegermutter bis zum Herbst einlagern kann.»

Sie lachte glucksend. Francis versuchte, einfach darüber hinwegzuhören.

«Hatte Vikar Ipswich auch so ein Fach gemietet?»

«Du hörst nicht zu, Schätzchen! Ja, gleich am Eröffnungstag. Für die ganze Saison.» Sie brach ab und dachte angestrengt nach. «Aber wenn er jetzt tot ist, was mache ich dann mit seinen Sachen?»

«Kannst du den Spind öffnen?», fragte Francis.

«Natürlich, wir haben einen Generalschlüssel, der versiegelt in unserem Tresor liegt.»

Francis erklärte Lowenna, dass das Eigentum des Vikars in jedem Fall der Polizei übergeben werden müsste, damit sie keinen Ärger bekam. Jammernd erklärte sie ihm, dass ein Polizeiwagen vor ihrer Bude das Letzte war, was sie sich wünschte. Schon ein einziges abgeschlepptes Auto auf der Strandzufahrt vergraulte ihr die Badegäste.

«Nimm du doch die Sachen mit», schlug sie vor. «Du bist bei einer Behörde, ihr Burschen haltet doch zusammen. Wir öffnen den Spind, packen alles in eine Tüte, und du gibst sie bei der Polizei ab.»

Im ersten Moment wollte Francis widersprechen, dann wurde ihm klar, dass es tatsächlich das Einfachste wäre, wenn sie so vorgingen. Vermutlich hatte Vikar Ipswich ohnehin nur seine Badesachen in dem Spind deponiert.

Nachdem Lowenna kurz in ihrem Büro verschwunden war, um den Generalschlüssel zu holen, betraten sie gemeinsam den Warteraum. Die nagelneuen Fächer an der Innenwand waren schmal und hoch. An den anderen beiden Wänden stand eine über Eck verlaufende Holzbank, auf der alte Zeitungen und zwei Pappteller mit Wurstzipfeln und Papierservietten lagen. Lowenna schnappte sich den Müll und ließ ihn kopfschüttelnd im Mülleimer verschwinden.

«Ferkel! Dieser Raum ist nur für Gewitter und Sturm gedacht, aber was machen die Jugendlichen? Spielen dauernd Karten hier drin!»

Sie zog einen Schlüssel mit dreieckigem Anhänger aus der Tasche, die Fachnummer des Vikars kannte sie auswendig. «Nummer zwölf.»

Als sie das Fach öffnete, waren Francis und sie gleichermaßen überrascht. Sie hatten beide das übliche Strandzubehör erwartet: Badetuch, Decke oder Schwimmflossen. Doch was sich in dem Spind befand, war einzig und allein ein mittelgroßer hellbrauner Briefumschlag.

Lowenna nahm ihn heraus und überreichte ihn Francis. «Das ist alles?», fragte sie enttäuscht. «Für so ’n bisschen hat er das viele Spindgeld ausgegeben?»

Francis zuckte mit den Schultern. «Vielleicht hätte er demnächst noch mehr gebracht.»

Er nahm ihr den Umschlag ab und befühlte ihn. Es steckte etwas Festes, Hartes darin, etwas, das zusätzlich gut eingewickelt war, in Papier oder in Folie. Francis musste daran denken, dass Fiona Croyle ein wertvolles Geschenk von

Reeder Sturgess an Vikar Ipswich erwähnt hatte. Ob sich das Geschenk in diesem Umschlag befand?

Sie gingen in Lowennas chaotisch-stickiges Büro, steckten den Umschlag in eine zerknitterte Plastiktüte von Marks & Spencer und verschlossen diese dreimal mit Klebeband. Durch das Fenster sah Francis die Gäste draußen in Badehose oder Bikini Eis leckend über den Strand laufen, der Laden schien gut zu gehen. Als die Bedienung ins Büro gerannt kam und hektisch neues Wechselgeld anforderte, war die Audienz bei Lowenna beendet.

Hastig drückte sie ihm das Päckchen in die Hand. «Na, dann los, Schätzchen. Eine dicke Umarmung für Daphne. Lasst euch mal wieder zum Schwimmen sehen!»

In Halbschuhen über den Strand zu laufen, war nicht angenehm, und bis er sein Auto auf dem Parkplatz erreicht hatte, waren sie voller Sand. Er setzte sich auf den Fahrersitz, schüttete die Schuhe aus und klopfte den Rest des Sandes an der Türschwelle ab. Erst danach klemmte er sich hinter das Steuer. Neben ihm lag die Tüte von Marks & Spencer. Eine Sekunde lang spielte er mit dem verlockenden Gedanken, sie wieder zu öffnen und heimlich nachzuschauen, was der Vikar da Schönes in den braunen Umschlag gesteckt hatte. Aber er ließ es.

Sein Telefon piepte. Es war eine E-Mail von Daphne.

*Hi, Darling, gerade hat mich Alex Eaton angerufen. Wie versprochen, hat er seine Fühler in Richtung Reederei Sturgess ausgestreckt. Es gibt eine Neuigkeit, die noch geheim bleiben sollte.*
*Ian Sturgess wollte am 1. August verkünden, dass Edward Hammett die Hälfte der Sturgess Atlantic Shipping Group*

*übernimmt. Es sollte eine große Fusion werden. Verstehst du? Nicht Sturgess beteiligt sich bei Hammett, sondern umgekehrt, der Kleine schluckt den Großen. Aber nach Edward Hammetts Tod ist das nun wohl hinfällig. Bitte komm nicht so spät, meine Freundinnen sind gerade gegangen. Küsschen, Küsschen, Daphne.*

Wie konnte Daphne bloß so etwas als E-Mail verschicken? Nach ihrem Internetseminar in London hatte sie geschworen, künftig nicht mehr so bedenkenlos mit ihren Mails umzugehen. Und schon war alles wieder vergessen.

Tatsächlich war die Nachricht höchst brisant. Jeder in Cornwall, der etwas von Schifffahrt verstand, kannte die wirtschaftliche Stärke der *Sturgess Atlantic Shipping Group*. Dass Ian Sturgess bereit war, die Hälfte seiner Anteile an den vergleichsweise kleinen Konkurrenten Edward Hammett aus Fowey zu übergeben, konnte nur zweierlei bedeuten.

Entweder war der Reeder Sturgess weniger solvent, als er dem Markt vortäuschte, oder er war nach der langen Krankheit seines Sohnes zermürbt und müde, vielleicht sogar selbst krank. Nach allem, was Francis von der Vikarin gehört hatte, tippte er persönlich auf die zweite Variante. Sturgess war seelisch ausgebrannt.

Für Edward Hammett wäre die Fusion dagegen zweifellos ein großer Triumph gewesen. Vielleicht hatten die beiden Unternehmer sich ja besser verstanden, als sie nach außen hin taten. Edward hatte keine Kinder und mit Helen eine verträumte, weltfremde Frau. Auch seine Reederei brauchte eine Zukunft. Wie hätte die neue Firma wohl geheißen, wenn Edward nicht tot wäre? Vielleicht *Sturgess & Hammett Atlantic Shipping Group*?

Und was passierte jetzt angesichts von drei Morden? Blieb

alles beim Alten im Hause Ian Sturgess? Verblieben die Anteile nun bei ihm? Gab es vielleicht doch Zusammenhänge zwischen Edwards Ermordung, Helens Firmenerbschaft, dem Hass von Max Hammett und all den anderen Komponenten?

Francis hätte es nur allzu gerne gewusst. Er war zwar nur der Flussmeister in Fowey und nicht der Hafenchef, aber das Maritime an seinem Beruf bezog auch Cornwalls Werften und Reedereien mit ein. Und er hatte sogar längere Zeit mit dem Gedanken gespielt, doch noch das Kapitänspatent zu erwerben.

Plötzlich kam ihm eine aberwitzige Idee.

Da Ian Sturgess und er sich nicht persönlich kannten, war es ihm kaum möglich, Kontakt aufzunehmen. Selbst in seiner Funktion als Hafenoffizier ging das nicht. Welchen Vorwand hätte er für seine Fragen benutzen sollen? Es reichte wohl kaum aus, dass er ein persönlicher Freund von Edward Hammett gewesen war. Nein, mit Ian Sturgess konnte nur einer das Gespräch auf Augenhöhe suchen. Sein Cousin Lord William Wemsley, der Eigentümer von *Embly Hall*.

Seit Francis mit Daphne im Torhaus wohnte, war es immer er gewesen, der streng auf Abstand geachtet hatte. Er wollte die familiäre Verantwortung für das Anwesen nicht missbrauchen, so großzügig die Wemsleys sonst auch waren. Ihr Leben in Südafrika bedeutete schließlich nicht, dass sie das Herrenhaus aufgegeben hatten. Deshalb pflegte Francis *Embly Hall*, als gehörte das alles ihm, und er ging nur gelegentlich mit Daphne zum Frühstücken hinüber oder auf einen Drink in den Salon. Ansonsten respektierte er das Eigentum seines adligen Cousins.

Heute hatte er zum ersten Mal das Gefühl, dass er Williams Hilfe brauchen könnte. Im Nussbaumsekretär der Bibliothek von *Embly Hall* befanden sich die Visitenkarten von Lord Wemsley, verstaut in einem Silberetui. Es war nicht schwer, sich eine dieser edlen Karten mit dem goldenen Familienwappen und dem Prägedruck auszuleihen. Francis wusste, dass Daphne ihn jetzt grinsend mit dem Ellenbogen angeschubst und ihn zu dieser dreisten Lüge ermuntert hätte. Schließlich war es ja für einen guten Zweck.

Aber sagten das nicht alle Lügner?

Francis gab sich einen Ruck. Er suchte auf dem Smartphone nach der Büroadresse von Ian Sturgess. Dann wählte er und hielt den Atem an, während ihm ein Ansageband mitteilte, dass er sofort verbunden werden würde. Letzte Ausfahrt für meine Vernunft, dachte er unruhig, noch kann ich schnell wieder auflegen.

Er ließ es.

Als die junge Frau in der Telefonzentrale abnahm und nach seinem Namen fragte, sagte Francis mutig: «Lord Wemsley. Ich möchte bitte mit Mr. Sturgess sprechen.»

«Selbstverständlich, Lord Wemsley.»

Er wurde zweimal weiterverbunden, bis er in der Geschäftsleitung landete. Die Chefsekretärin versprach, sofort nachzufragen, ob der Reeder Mr. Sturgess Zeit für das Telefonat hatte. Francis hörte, wie sie in die Sprechanlage flüsterte. «*The Honourable* Lord Wemsley möchte Sie dringend sprechen, Sir. Darf ich durchstellen?»

Sie durfte. Es dauerte nur einen Moment, dann war Ian Sturgess selbst am Apparat. Seine Stimme klang kräftig, wie man es von einem wuchtigen Zweimetermann erwartete, allerdings auch etwas angestrengt. Francis wusste, dass er erst Mitte fünfzig war, aber der Stimme nach hätte er viel älter sein können. Andererseits schien das Telefon von seiner Tatkraft zu vibrieren.

«Sturgess hier. Was für eine Freude, Lord Wemsley! Ich wollte Sie schon immer mal kennenlernen.»

«Das beruht auf Gegenseitigkeit», sagte Francis. «Sie wissen vielleicht, dass ich vorwiegend in Südafrika lebe, aber jetzt bin ich für zwei Tage hier. Ich würde gerne über ein Schiffsprojekt mit Ihnen reden.»

«Ein Projekt in Südafrika?»

«Ja, aber es könnte auch für den asiatischen Markt von Interesse sein. Hätten Sie morgen Zeit für ein Treffen?»

«Aber ja, mit Vergnügen. Lassen Sie mich schnell im Kalender nachsehen.» Sturgess schien Gefallen daran zu finden, ein Geschäft südlich des Äquators einzufädeln. Er hörte sich überhaupt nicht an wie jemand, der seine Karriere demnächst beenden wollte. «Was ich anbieten kann, ist morgen früh auf dem Golfplatz. Der Platz heißt Polmary, mit neun Löchern, direkt am Meer gelegen. Vielleicht kennen Sie ihn.»

«Ist das nicht ein Privatplatz?», fragte Francis.

«Ja, wir sind sieben Eigentümer.» Sturgess lachte. «Mir gehört der Dienstag. Sagen wir also morgen um neun beim ersten Abschlag?»

«Sehr gerne.»

«Ich werde vielleicht noch jemanden mitbringen», meinte Sturgess. «Ich hoffe, es stört Sie nicht. Zu dritt spielt es sich spannender.»

«Aber nein.» Francis vermutete, dass er an seine Frau dachte. Sollte er doch.

«Also dann, *your lordship*, auf gute Ideen morgen! Und danke für Ihren Anruf.»

Francis warf sein Telefon auf den Beifahrersitz, schloss kurz die Augen und legte den Kopf an die Nackenstütze. Ihm kam es so vor, als hätte er gerade etwas Ungeheuerliches in Gang gesetzt. Zum Glück wusste er von Captain Nevil einiges über den Schiffsmarkt in Südafrika, sodass er wahrscheinlich leicht ein Projekt vorgaukeln konnte. Dennoch war das Ganze nicht ohne Risiko. Wenn diese Täuschung aufflog und Ian Sturgess seine Macht beim Hafenamt ausspielte, war er seinen Job los.

Heilige Daphne, dachte er, hast du deinen Mann jemals so todesmutig gesehen?

# 22

«Der Anfang ist das Wort, und das Ende ist Schweigen. Und dazwischen liegen all die Geschichten.»

**Kate Atkinson, *Ein Sommernachtsspiel***

An diesem Abend beschloss Daphne, auf das zu pfeifen, was ihr sonst heilig war.

Bisher hatte sie ihr Tagebuch fast pedantisch geführt und selbst unangenehmste Dinge notiert, an die sie sich eigentlich lieber nicht erinnern wollte. Das Tagebuch war die Handschrift ihres Lebens, ihre ganz persönliche Art von Literatur. Jetzt, mit über fünfzig und reifer geworden, fand sie sich emanzipiert genug, auch einmal alles ordentlich über den Haufen zu werfen. Auch Scherben mussten manchmal sein.

An diesem Abend verspürte sie nicht das geringste Bedürfnis, den Brand und die widerlichen Ereignisse im Gewölbe schriftlich festzuhalten. Voller Genuss machte sie etwas, das sie noch nie getan hatte – sie übersprang den Sonntag einfach wie mit dem *skip* auf der Fernbedienung.

Kurz und bündig schrieb sie:

**Sonntag, 5. Juli**

Wie heißt es beim Zoll? Nichts zu deklarieren.

Der heutige Montag war dagegen einige Worte wert. Es war jede Menge passiert, Dinge, die wieder anderes in Bewegung setzen würden. Sie begann mit dem vergnüglichen Teil, dem Besuch ihrer Freundinnen.

**Montag, 6. Juli**

Meine *cornish girls* sind da, fünf tolle Frauen, die alles mitbringen, was man von guten Freundinnen erhofft – Intelligenz, interessante Lebensansichten, Witz, Hilfsbereitschaft. Endlich ist auch Mellyn Doe wieder dabei. Mellyn ist ein echter kornischer Name, nur blonde Babys bekommen ihn. Tatsächlich ist Mellyn hellblond und sehr witzig.

Unser Programm für Vorschulkinder, die *kernewek* lernen wollen, die alte kornische Sprache, gedeiht wunderbar. Kaum jemand weiß noch, dass das Kornische 1777 fast ausgestorben war, als mit Dolly Pentreath die letzte Sprecherin der Sprache zu Grabe getragen wurde. Mellyn und Suzanne haben ein Sommercamp organisiert, in dem Sprachlehrer den Kids Cornwalls keltische Spuren erklären. Mellyn meint, mich sollte man auch gleich ins Camp schicken, weil ich nur ein paar klägliche Brocken *kernewek* beherrsche.

Nach der harten Arbeit habe ich eine kleine Überraschung, von der Francis zum Glück nichts ahnt. Die *cornish girls* und ich schleichen kichernd nach *Embly Hall* rüber, wo ich heimlich drei Flaschen Prosecco in Lord Wemsleys pompösem Kühlschrank kalt gestellt habe. Mit Schaudern sehen alle die verbrannten Reste der Futterkammer. Auch im Salon riecht es nach Rauch. Aber das stört die Mädels nicht, sie spazieren im ganzen Haus herum und fühlen sich wie Ladys. Bevor ich sie stoppen kann, muss Susi Hogan natürlich noch die tolle Musikanlage des Lords ausprobieren, nach der wir ein bisschen tanzen. Francis würde die Krise kriegen. Zum Glück hat Esther Random ihre berühmten Petits Fours mitgebracht, die den Nachmittag abschließen. Und für drei Stunden denke ich nicht an die Morde. Ich atme durch.

Als später Francis aus St. Mawes und vom *Carrow Beach* zurückkehrt, lässt er eine kleine Bombe platzen. Er will sich als Lord Wemsley mit Ian Sturgess treffen. Aber so ist er. Ich mache viel Lärm und renne wie ein Foxterrier los, während er alles mit Bedacht tut. Sobald er einen Entschluss gefasst hat, ist er dann nicht mehr aufzuhalten. Dafür liebe ich ihn!

Abends kocht Francis für uns beide *spaghetti al olio* mit viel Knoblauch. Ich bin ziemlich müde. Bei einem Glas Wein vergleichen wir wie zwei Detektive alle bisherigen Fakten zu den Mordfällen.

Bevor ich an meinen Schreibtisch gehe, diskutieren wir, ob Francis morgen früh wirklich mit der Visitenkarte seines Cousins zum Golfplatz fahren soll. Ich könnte wetten, dass es sich lohnt, aber das soll er entscheiden. Er zweifelt noch, hat aber schon mal seine Golftasche ins Auto gepackt.

Die Systematik, mit der er Probleme angeht, hat sich als richtig erwiesen. Wie er den Mörder entdeckt hat, ist so einfach wie genial. Als er mir sein Foto mit dieser schrecklichen Tätowierung zeigt, bekomme ich eine Gänsehaut. Und dann darf er auch noch den Spind von Peter Ipswich leeren, Lowenna sei Dank! Wie hat er das nur ausgehalten, den Briefumschlag *nicht* zu öffnen?

Jetzt liegt Marks & Spencer unten im Wohnzimmer. Ich denke an die Tüte, wie ich sonst nur an eine leckere, im Schrank verschlossene Tafel Schokolade denke.

Doch am Ende bleibt heute Nacht nur eine Frage: Was wird Francis tun? Wird er morgen früh fahren?

# 23

«Hass ist die Rache des Feiglings dafür,
dass er eingeschüchtert ist.»

**George Bernard Shaw, *Komödien des Glaubens***

Die Entscheidung war gefallen. Als Daphne aufwachte, war Francis schon nicht mehr da. Auf dem Badezimmerboden – damit sie es ja nicht übersah – hatte er ein großes Blatt Papier mit einer Nachricht hinterlassen:

*Ich werde mich doch mit Sturgess treffen. Auf dem Weg zum Golfplatz gehe ich noch in Charlestown frühstücken. Das Päckchen aus dem Spind liegt im Wohnzimmer. Bitte gib es bei Sergeant Burns ab. Love, Francis*

Daphne bewunderte ihn für diesen Schritt. Es konnte ihm – nein, eigentlich sogar ihnen beiden – eine Menge Ärger einbringen. Francis durfte sich allerdings darauf verlassen, dass er niemals Vorwürfe von ihr zu hören bekäme. Auch umgekehrt galt das. Im Laufe ihrer Ehe hatten sie oft genug bei Freunden miterlebt, wie einer der Partner ständig mit einem vorwurfsvollen *hätte* oder *wäre* rumhantierte, bis die Ehe irgendwann kaputt war. Sie hatten sich geschworen, niemals so zu werden.

Während sie in der Küche stand und das Teewasser kochte, erschien auf ihrem Handy eine Nachricht von Betty Aston, die ihr die versprochene Liste zugemailt hatte. Darauf standen die Namen aller Ruderclubmitglieder, die damals die grünen Lederhandschuhe geordert hatten. Ach, Betty! Im Stillen schickte ihr Daphne einen besonderen Gruß. Dann las sie aufgeregt die Reihe der Namen durch.

Es waren zwölf Paar Handschuhe verkauft worden. Fünf der Namen sagten ihr nichts, die anderen sieben kannte sie persönlich: Da waren Leo Vivyan und Toby Wheeler, die beiden Internatsfreunde von Francis; Betty selbst; Jake Ferguson, der Mann von Linda; Max Hammett – also doch!; Harvey Clifford vom Hafenamt; Janet Burton aus dem Modegeschäft.

Was sagte diese Liste aus? Eigentlich weniger, als sie erhofft hatte. Tatsächlich waren aber einige Persönlichkeiten Foweys darunter, von denen Daphne nie gedacht hätte, dass sie dem Rudersport frönten. Welche von diesen Leuten aber tatsächlich als Verdächtige in Frage kamen, konnte sie erst heute Nachmittag klären, zusammen mit Betty.

Da Daphne heute wieder Dienst hatte, blieb ihr nicht viel Zeit zum Frühstücken. Eine Tasse Tee, zwei Scheiben Toast mit *marmelade* und etwas Schinken, das war alles, was sie im Stehen zu sich nehmen konnte. Wie jeden Morgen band sie sich ihren praktischen Pferdeschwanz, schnappte sich die Tüte mit Vikar Ipswichs geheimnisvollem Umschlag und ging zu ihrem Auto in die Garage. Während sie aus dem Tor fuhr, nahm sie sich vor, zunächst die Post auszutragen und erst dann die Tüte bei Sergeant Burns abzugeben. Jetzt war sowieso noch kein Ermittler im Büro.

Sie parkte im Hinterhof der Poststation und ging grüßend an den Paketfahrern vorbei. Im Lager der *Royal Mail* wurde sie von Bertie empfangen, dem schlurfenden Faktotum in seinem ewig grauen Kittel. Sein breiter Mund konnte von einem Ohr zum anderen grinsen. Seit über zwanzig Jahren verwaltete er die Postsäcke. Im Grunde war er ein lieber Kerl, nur wenn er seine flauen Witze machte, verzog jeder genervt das Gesicht.

An diesem Morgen wollte Bertie alles über den Brand in *Embly Hall* hören. Daphne spielte das Feuer so weit herunter, dass Bertie am Ende beruhigt sagte: «Ach so, dann is ja gut.» Als sie wenig später vollbepackt vom Hof radelte, stand er breitbeinig in der Ausfahrt und gab ihr einen liebevollen Schubs.

Gegen ihre Gewohnheit begann sie die Tour diesmal nördlich des Hafens, aus rein praktischen Erwägungen. So hatte sie noch eine reelle Chance, sich um acht im Fischladen frischen Seeteufel weglegen zu lassen.

Das Bürohaus mit den zwei Kanzleien, dem schottischen Trust und der Arztpraxis kostete immer viel Zeit. Hier musste Daphne bergeweise Post abgeben. Da heute auch noch der Fahrstuhl repariert wurde, durfte sie alles über das Treppenhaus austragen. Im nächsten Gebäude befand sich der Fischladen, bei dem sie ihre Bestellung hinterließ.

Anschließend begann ein Straßenzug mit bescheidenen Reihenhäusern aus spätviktorianischer Zeit, die meisten waren an junge Paare vermietet. An einigen der schlichten Fenster klebten von innen bunte Kinderzeichnungen. Vor den niedrigen, bunt lackierten Türen standen Gummistiefel, Rennräder oder Surfbretter.

Auch Toby Wheelers Tochter wohnte hier. Daphne wusste, dass Toby der erste von Francis' *old boys* war, der ein Enkelkind hatte, auch wenn es unehelich war. Schon Sekunden nachdem Daphne an der blauen Tür geklingelt hatte, machte ein pausbäckiges Mädchen auf und streckte die Hand nach den beiden Briefen aus, die Daphne brachte.

Im Haus daneben wohnte Mark Clifford mit seiner Verlobten Erin, dem grauen Verwaltungsmäuschen. An der Tür klebte eine Plakette der Feuerwehr, die Mark als Vorstand aufgehängt hatte, um neue Mitglieder zu werben. Einen Briefkasten gab es nicht. Die Post wurde nach alter Manier durch den Türschlitz geworfen, was die jungen Leute ziemlich hip fanden.

Daphne wollte gerade die Briefe durchschieben, als ihr etwas einfiel. Für Mark hatte sie Einschreiben dabei, die quittiert werden mussten. Sie klingelte. Von innen ertönte Erins Stimme. «Bitte einfach reinkommen!»

Daphne drehte den Türknauf. Sie war noch nie in der Wohnung gewesen, meistens kam Mark raus. Erin stand im engen Flur auf einer fleckigen Holzleiter und bekleisterte unter der Decke ein Stück abgelöster Tapete.

«Morgen, Erin», sagte Daphne. «Lass dich nicht stören. Ich muss nur zwei Einschreiben abgeben.»

«Ich komm runter.»

Erin drückte noch schnell die Tapete fest, strich mit einem Tuch darüber und legte den klebrigen Pinsel auf der obersten Stufe der Leiter ab. Dann stieg sie herab. Ihre Brille war besprenkelt von Kleister, aber sie schien es nicht zu bemerken.

«Diese alten Tapeten», stöhnte sie. «Dauernd löst sich irgendwas. Aber wir wollen momentan nichts investieren.»

Erin war ein bescheidenes Mädchen; auch ihre Eltern, die eine Metzgerei in Par betrieben, waren sehr nett.

«Gehört das Haus euch, oder ist es gemietet?», fragte Daphne, um ein wenig Konversation zu machen.

«Gemietet, wir hoffen, dass wir es bald kaufen können. Wenn nicht, suchen wir uns nächstes Jahr was Größeres. Marks Geschäfte laufen so gut, da können wir uns das leisten.»

«Das freut mich. Und wann ist eure Hochzeit?»

«Im September.» Erin strahlte. «Für danach hat Mark eine Kreuzfahrt gebucht.»

«Ihr Glücklichen!» Daphne fiel etwas ein. «Ach bitte, richte Mark noch einmal unseren Dank aus für seine Löschaktion. Ohne ihn wäre aus dem Brand eine Katastrophe geworden.»

«Ist ja alles gutgegangen ...» Jetzt hatte Erin doch bemerkt, dass sie durch ihre Brille nichts mehr sah, und nahm sie ab. «Sekunde, ich muss das Zeug nur schnell abwaschen, sonst sehe ich nicht, was ich unterschreibe.»

«Lass dir Zeit», sagte Daphne.

Erin flitzte ins Bad und stellte das Wasser an, während Daphne ein paar Schritte weiter in den Flur ging. Er war zwar eng, aber auch erstaunlich lang, weil die schmalen Häuser tief nach hinten gebaut waren. Zwischen Küche und Bad gab es ein Stück Wand voller großformatiger Fotos, die wie kleine Plakate gestaltet waren. Auf einem erkannte Daphne Erin und Mark gemeinsam auf einem Segelboot, ein anderes Bild zeigte das Paar reitend. Daphne fragte sich, wieso sich der gutaussehende Mark ausgerechnet das unscheinbare Mäuschen Erin ausgesucht hatte. Aber vermutlich hatte Erin einen guten Einfluss auf ihn, denn aus dem unsteten, unberechenbaren Jugendlichen, der Mark in der Pubertät gewesen war, hatte sich ein zuverlässiger und vorbildlicher Mann entwickelt.

Zu Daphnes Erstaunen gab es auch ein gerahmtes Foto mit Mark als Marinesoldat an Bord eines Kreuzers. Darunter stand: *In Erinnerung an die Gründung der Royal Marines am 28. Oktober 1664 unter dem Namen «The Duke of York and Albany's Maritime Regiment of Foot»*.

Erin kam aus dem Bad zurück und setzte wieder ihre Brille auf. Sie stellte sich hinter Daphne.

«Sieht Mark nicht schick aus in seiner Uniform?», fragte sie. «Da war er noch bei den Royal Marines, der Marineinfanterie, bevor er später zur Navy nach Singapur ging.»

«Ich wusste gar nicht, dass er in Singapur war», staunte Daphne.

«Oh doch, vier Jahre lang. Er ist mächtig stolz darauf.»

Interessiert schaute Daphne sich auch die anderen Fotos an. Als ihr Blick nach rechts unten wanderte, glaubte sie, einen Stromschlag zu erhalten, so stark war der Schock beim Anblick der Fotografie.

Aus dem silbrigen Holzrahmen lachte ihr bildfüllend Mark entgegen, wie er in Badehose auf einem Bootssteg saß, die Beine angezogen. Auf seinem linken Unterschenkel prangte ein großes Tattoo.

Es war der Drache, den Francis auf dem Bein des Mörders gesehen hatte. Um den Drachen herum waren kreisförmig die Buchstaben TDOYAAMROF in die Haut gestochen.

Erin schien zu merken, wie seltsam Daphne auf das Foto reagierte. «Das ist die Tätowierung der Royal-Marine-Jungs. Die Buchstaben sind die Abkürzung für das Gründungsregiment – *The Duke of York and Albany's Maritime Regiment of Foot*. Originell, nicht?»

«Sehr originell», sagte Daphne steif und starrte weiter auf das Foto, um Zeit zu gewinnen, während sie hektisch nachdachte.

«Ist Mark heute eigentlich unterwegs?», fragte sie dann.

«Ja», sagte Erin. «Mr. Sturgess brauchte ihn dringend.»

Daphne konnte nicht mehr. Sie drehte sich um und fragte fassungslos: «Er arbeitet für Ian Sturgess?»

«Schon seit fünf Jahren! Marks Schiffsproviantfirma gehört ja der Sturgess-Reederei.» Erin schaute sie besorgt an. «Ist Ihnen nicht gut, Mrs. Penrose?»

«Entschuldigung, aber mein Kreislauf.» Daphne griff schnell zu den Einschreiben und der anderen Post und reichte sie Erin. «Ich gehe gleich einen starken Kaffee trinken. Wenn du bitte noch schnell quittieren würdest.»

Erin tat es, wenn auch verwundert über die plötzliche Eile.

Als Daphne wieder auf der Straße stand, spürte sie, wie ihre Beine zitterten. Der so höfliche, rücksichtsvolle und gut erzogen wirkende Mark Clifford hatte Menschen umgebracht? Es war unfassbar. Verzweifelt suchte sie nach Gründen, warum es nicht stimmen konnte, doch je mehr sie darüber nachdachte, desto schwerer wurde die Last der Indizien. Marks Vater besaß als ehemaliger Vorsitzender des Ruderclubs die grünen Lederhandschuhe, er stand ja ganz oben auf Bettys Liste. Damit waren die Handschuhe auch für Mark zugänglich. Mark war nach dem Brand sofort zur Stelle gewesen und hatte so leicht Spuren vernichten können. Außerdem wusste er dadurch, auf welchem Stand die polizeilichen Ermittlungen waren.

Mark könnte durch die alten Akten seines Vaters auch von der Scheune in Lostwithiel gewusst haben. Danach hatte er die Akte vernichtet, damit Francis sie nicht mehr einsehen konnte.

Plötzlich setzte sich alles puzzlegleich zusammen. Die schockierendste Erkenntnis war für Daphne jedoch, dass Mark für Ian Sturgess arbeitete und sich jetzt möglicherweise ebenfalls auf dem Golfplatz befand. Die Gefahr, in der Francis schwebte, war unübersehbar. Allein der Gedanke machte Daphne wahnsinnig.

Während sie mit einer Hand am Lenker zur Poststation zurückfuhr und dabei heldenhaft in die Pedale trat, wählte sie mit der anderen die Telefonnummer von Francis. Natürlich, nur die Mailbox. Verzweifelt sprach sie ihre Warnung darauf.

Als sie versuchte, James Vincent zu erreichen, sagte ihr seine Sekretärin in Bodmin, dass er bereits mit Sergeant Burns bei einem Einsatz sei. Daphne beschwor die Sekretärin, den Chief Inspector schnellstens darüber zu informieren, dass sie jetzt den Namen des Mörders wusste und dass James Vincent dringend zum Golfplatz kommen solle, wo sie auf ihn warten würde.

Die Zeit begann ihr unter den Fingern zu zerrinnen. Es war inzwischen 8:16 Uhr. Wenn sie Glück hatte, konnte sie Francis noch in der kleinen Teestube in Charlestown erreichen, wo er gerne frühstückte, wenn er in der Nähe zu tun hatte. Je mehr sie darüber nachdachte, desto sicherer war sie, dass er sich dort noch aufhalten musste. Wie sie ihn kannte, fuhr er erst kurz vor neun zum nahe gelegenen Golfplatz.

Um 8:21 Uhr radelte sie in halsbrecherischem Tempo auf den Hof der *Royal Mail*. Fast hätte sie dabei Bertie umgefahren, der vor der Laderampe stand und leere Postsäcke faltete. Sie drückte ihm ihr Rad in die Hand, erzählte etwas von einem erneuten privaten Notfall, sprang in ihren Ford und raste im Rückwärtsgang aus der Einfahrt.

Fünf Minuten später befand sie sich auf der Landstraße nach St. Austell und Charlestown. Hinter Par entschloss sie sich, die Abkürzung vorbei am Bay Hotel zu nehmen. Es schien ihr eine gute Idee zu sein, weil der morgendliche Verkehr vor St. Austell gerne stockte.

Sie bog ab und folgte der Straße durch das Villenviertel. Immer wieder kamen ihr Lastwagen mit Schutt entgegen, was sie zunächst nicht skeptisch machte. Erst als sie das Sperrschild und die Straßenverengung sah, fiel ihr der Hotelneubau ein.

Doch da war es schon zu spät. Direkt vor ihr hob ein Bauarbeiter seine Stoppkelle, während ein umgelegter Kran aus der Hoteleinfahrt kroch und durch das Nadelöhr der Straßenverengung zu schleichen begann. Daphne wollte zurücksetzen und wenden, aber auch das ging nicht mehr. Hinter ihr hatten sich bereits fünf weitere Autos und ein Lastwagen aufgestaut.

Sie musste warten.

In ihrer Verzweiflung versuchte sie erneut, Francis zu erreichen, doch sein Handy war immer noch ausgestellt. Als sie ihr eigenes Smartphone enttäuscht neben sich auf den Beifahrersitz warf, fiel ihr Blick auf die Tüte von Marks & Spencer. Sie kannte jetzt den Mörder, Francis war in Gefahr, der Chief Inspector nicht erreichbar, sie selbst hier im Auto gefangen – hatte sich die Situation nicht dramatisch verändert?

Plötzlich war ihr alles egal, sie wollte sofort wissen, was Vikar Ipswich in seinem Spind aufbewahrt hatte. Vielleicht hing auch das mit Mark Clifford zusammen.

Fast wütend griff sie nach der Plastiktüte, zog die Klebestreifen ab, nahm den braunen Umschlag heraus. Prüfend drückte sie darauf herum. Trotz der Verpackung fühlte sich der Inhalt eckig an. Weil sie den Umschlag nicht wild aufreißen wollte, öffnete sie ihn mit der Nagelfeile aus ihrer Handtasche und zog den Inhalt heraus. Es war eine Audiokassette, wie sie noch bis Ende der neunziger Jahre verwendet wurde. Es passte zu Vikar Ipswich, dass er ein Modell aus seiner Kinderzeit benutzt hatte.

Schade, dass sie die altmodische Kassette nicht abhören konnte. Ihr Blick fiel auf das Armaturenbrett ihres Wagens. Plötzlich erinnerte sie sich daran, dass der alte Ford noch mit einem Kassettendeck im Radio ausgerüstet war.

Der Kran auf der Straße rangierte mit immer neuen Versuchen hin und her, genug Zeit, um wenigstens kurz in die Kassette zu hören. Gespannt schob Daphne das Band in die Öffnung des Autoradios. Es klickte ein paarmal, dann war der Ton da. Er klang etwas hallig, ließ sich aber verstehen.

Als sie die leisen Stimmen der beiden Männer hörte, bekam sie eine Gänsehaut. Einer der beiden war Vikar Ipswich, der andere Ian Sturgess. Der Reeder klang leise und kleinmütig, ganz anders, als sie ihn in Erinnerung hatte.

IPSWICH: «Wir haben in den vergangenen Tagen viel über Gottes Gnade und unsere verständliche Sehnsucht nach innerem Frieden gesprochen, Mr. Sturgess. Jeder, der ein krankes Kind hat, beschäftigt sich mit diesen Fragen. Was Sie mir gestern anvertraut haben, braucht aber wesentlich mehr als nur Gnade. Ist Ihnen das klar?»

STURGESS: «Ich habe darüber nachgedacht. Sie haben recht. Erst wenn Gott mir wirklich vergibt, wird er meinen kleinen Sohn retten.»

IPSWICH: «Dass Artus an Leukämie erkrankt ist, ist Gottes Hinweis auf die Schuld des Blutes. Ihres Blutes, Mr. Sturgess. Dieser Schuld müssen Sie sich stellen. In der Krankheit Ihres Sohnes ruft der Herr Ihnen zu: ‹Beichte deine Schuld, mein Sohn, und ich werde dein Kind retten!›»

STURGESS *(weinend)*: «Es tut mir leid ... ich weiß selbst, das hätte nicht passieren dürfen ... die viele Arbeit damals ... meine Scheidung ... all das ... der viele Streit ...»

IPSWICH: «Es ist ja nicht zu spät. Der Himmel lässt uns auch wieder umkehren, wenn er es für richtig hält. Wir werden heute gemeinsam die Reinigung Ihrer Seele auf den Weg bringen. Möchten Sie das?»

STURGESS: «Oh ja, das möchte ich.»

IPSWICH: «Gut. Dann beten Sie mir nach: Allmächtiger Gott,

lass meine Seele durch deine Hand gleiten, damit sie so rein werde wie am Tag meiner Geburt. Heute will ich dir über meine Schuld die Wahrheit sagen, denn die Lüge wäre des Teufels. Denn sprich nur ein Wort, Herr, so wird meine Seele wieder gesund. Amen.»

Daphne begann zu ahnen, welches infame Spiel der Vikar mit seinen religiösen Drohungen begonnen hatte. Vermutlich hatte er das Gespräch heimlich in der Sakristei mitgeschnitten. Gehorsam wiederholte der um seinen Sohn bangende Sturgess die Gebete. Danach hielt Ipswich sich nicht mehr lange mit Gottesworten auf. Seine monotone, salbungsvolle Stimme klang noch salbungsvoller als sonst.

IPSWICH: «Lassen Sie uns mit dem schrecklichen Tag des Teufels beginnen. Was ist an diesem 17. Oktober mit Moira Eaton geschehen?»

STURGESS *(nach Worten ringend)*: «Es war ... Es war wieder der Streit, wie immer. Ich kam aus London, war müde ... Moira ... nahm darauf keine Rücksicht, wollte unbedingt, dass wir irgendwohin zum Essen fahren. Ich war sauer. Wir stritten auch im Badezimmer weiter ... Moira warf aus Versehen ein Glas mit Badesalz um ... Nein, ich kann nicht alles erzählen. Lassen Sie uns aufhören, Vikar. Bitte!»

IPSWICH: «Denken Sie an Ihren Sohn, Mr. Sturgess! Wie er dort in der Klinik liegt, sein kleiner Körper mit der schrecklichen Maschine verbunden. Stellen Sie sich vor, wie er zittert, wenn Sie mit ihm reden, weil die vielen Medikamente ihn kaputtmachen. Beenden Sie sein Leiden durch die Wahrheit. Ich bitte Sie! Ich kann es doch selbst nicht mehr mit ansehen!»

STURGESS *(gehetzt)*: «Hören Sie auf! Ich wollte Moira damals nur ihren gehässigen Mund stopfen. Sie hatte den Staubsauger geholt, stand oben auf der Treppe. Es ist ein altes Cottage, die Eisentreppe ist steil. Ich packte sie am Kragen, gab ihr einen Stoß. Ich wollte, dass sie über den Staubsauger fällt, dann konnte sie sich nicht mehr am Geländer festhalten. Als sie im Wohnzimmer aufschlug, war ihr Genick angebrochen.»

IPSWICH: «Hatten Sie das gewollt? Denken Sie nach und seien Sie ehrlich, sonst offenbaren Sie sich vergeblich vor Gott. Hatten Sie das gewollt?»

STURGESS: «Ja, vielleicht, im Grunde meines Herzens wollte ich es. Ich hab mir alles im Leben selbst erkämpfen müssen. Seit ich auf der Schule war, hab ich mir jede Schwierigkeit im Leben allein aus dem Weg räumen müssen.»

IPSWICH: «War Moira Eaton sofort tot?»

STURGESS: «Nein. Es war dieser Tag, halb Cornwall stand unter Wasser, kein Notarzt weit und breit. Ich hab sie auf dem Liegesitz meines Wagens transportiert. Aber nur bis zu einem Parkplatz. Da stand ich eine halbe Stunde lang rum, damit ich nicht zu schnell in St. Ives war.» *(Er schluchzt.)* «Ich hörte, wie sie die ganze Zeit atmete und ...»

IPSWICH: «Herr im Himmel, sei der Seele dieses Mannes gnädig! Nimm die Beichte an und erlöse deinen Sohn von seiner Schuld. Hat es denn hinterher keine Untersuchung gegeben, Mr. Sturgess? Hat niemand ermittelt?»

STURGESS: «Doch, es gab ein Gutachten der Gerichtsmedizin. Ich ... ich kannte den Gerichtsmediziner, er war der Bruder eines Schuldfreundes aus London. Ich konnte die Sache vorher mit ihm regeln ...»

IPSWICH: «Mit Geld.»

STURGESS: «Ja.»

IPSWICH: «Lassen Sie uns angesichts Ihrer großen Schuld gemeinsam das Vaterunser beten und damit die Reinigung Ihrer Seele einleiten. Vater unser im Himmel, geheiligt werde dein Name, dein Reich komme, dein Wille geschehe ...»

Jemand klopfte hart an das Seitenfenster des Autos.

Daphne erschrak. Es war der Bauarbeiter, der sie energisch weiterwinkte. Die anderen hinter ihr hupten bereits. Schnell stoppte sie das Tonband, ließ es aber im Kassettendeck stecken. Vermutlich war es dort sicherer. Die Tüte und den Briefumschlag schob sie unter ihren Sitz.

Sie startete den Motor und fuhr los. Der Kran stand jetzt am Straßenrand. Nachdem Daphne an ihm vorbeigefahren war, konnte sie endlich Gas geben.

Ihr schien, als wäre sie aus einer Séance aufgetaucht. Die Last an Wissen, die sie zu tragen hatte, drohte sie zu erdrücken. Dazu kam die Angst um Francis.

Es war jetzt kurz vor neun, viel zu spät, um Francis noch in Charlestown abfangen zu können. Entschlossen blieb sie weiter auf der Landstraße und versuchte, das Durcheinander in ihrem Kopf halbwegs zu ordnen. Ihre verkrampften Hände am Lenkrad waren schweißnass.

Vikar Ipswich und Sandra McKallan waren Erpresser. Mit dem Tonband aus der Sakristei hatten sie den Reeder in der Hand. Vermutlich sollte das viele Geld für ihre Schuldentilgung von Sturgess kommen. Und der hatte wiederum Mark Clifford angeheuert, um die Geschwister umzubringen.

Aber warum ausgerechnet Mark?

Und hatte Mark etwa auch Edward Hammett getötet?

Drei Kilometer weiter kam das Schild nach Polmary, sie

musste auf eine schmale Straße abbiegen. Ungebremst raste sie über die Schlaglöcher hinweg, als wären sie gar nicht vorhanden. Kurz vor der Abfahrt zum Golfplatz geriet der alte Ford auf einer Schlammspur ins Rutschen, gerade noch rechtzeitig konnte sie ihn abfangen. Die Vorstellung, dass Francis sich in diesem Moment bei Ian Sturgess als Lord Wemsley vorstellte und Mark Clifford überraschend dazukam, war grauenvoll. Ihre Angst um Francis wuchs mit jedem Yard, den sie zurücklegte.

Als sie die vornehme Auffahrt zum *Polmary Private Golf Course* erreicht hatte, sagte ihr ein Instinkt, dass es besser wäre, wenn sie das Auto auf der Landstraße stehen ließ und zu Fuß das Gelände betrat. Sie hatte Francis gestern so verstanden, dass es an diesem Tag außer Ian Sturgess keine anderen Spieler auf dem Neun-Loch-Platz geben würde. Ihr Wagen wäre also sofort aufgefallen.

Daphne stellte ihr Handy auf Vibration, verschloss das Fahrzeug und kletterte über den Holzzaun in das kleine Wäldchen neben der Zufahrt. Von hier aus war es nicht weit bis zum Clubhaus am Ende der Zufahrt. Das Design des modernen Gebäudes aus Zedernholz und Glas verriet den teuren Geschmack der Eigentümer.

Tatsächlich standen seitlich vor dem Clubhaus nur zwei Autos, ein silberner Bentley und der Geländewagen von Francis. Er hatte seinen Wagen so geparkt, dass die linke Seite vor einem Gebüsch stand, die Türen waren nicht abgeschlossen. Daphne zwängte sich durch das Dickicht und öffnete unauffällig die hintere Tür, um sich das Fernglas von der Rückbank zu schnappen. Unter den Pinien auf der anderen Zufahrtseite frühstückten gemütlich zwei Gärtner. Daphne duckte sich und kroch mit dem Fernglas zurück ins Wäldchen.

Hinter einer Hecke aus Kirschlorbeer entdeckte sie den ersten Abschlag. Der Rasen des Platzes war so gepflegt, dass keine Erdkrume zu sehen war. Wie viele ihrer Landsleute hatten Daphne und Francis auf ländlichen, rustikalen Fairways Golf spielen gelernt. Dieser hier ähnelte einem Meisterschaftsplatz. Auch die Hügel und Sandbunker waren mit größter Präzision angelegt.

Als sie der Golfbahn mit den Augen folgte, sah sie mit klopfendem Herzen, dass Sturgess und Francis bereits das erste Loch gespielt hatten und gerade die Fahne zurücksteckten. Zu ihrer Erleichterung waren sie allein, von Clifford keine Spur. Sie schienen sich angeregt zu unterhalten, einträchtig schoben sie ihre Wagen zum zweiten Abschlag weiter. Sturgess trug ein pinkes Polohemd und eine blaue Hose.

Im Schatten der Sträucher und Bäume des Wäldchens folgte Daphne den Männern zum zweiten Fairway. Als sie im Gras eine weggeworfene Scorekarte mit dem Plan der einzelnen Löcher fand, konnte sie sich orientieren. Ab jetzt gab es nur noch Spielbahnen, die an der wilden Steilküste entlang verliefen. Nobler konnte ein Golfplatz nicht liegen.

Sie spürte, wie das Handy in ihrer Gesäßtasche vibrierte. Da sie noch weit genug von Sturgess und Francis entfernt war, zog sie es heraus. Der Anrufer war Chief Inspector Vincent. Ungehalten wollte er wissen, warum Daphne so panisch in seinem Büro angerufen hatte.

«Weil ich jetzt weiß, wer der Mörder ist», flüsterte sie. «Hat man dir das nicht gesagt?»

«Nein, ich bin noch unterwegs. Eine Hausdurchsuchung in Grampound, sei also bitte so gut und ...»

Daphne schnitt ihm das Wort ab. «James, Francis ist in Gefahr! Er ist gerade mit Sturgess auf dem Golfplatz Polmary, und ich bin es auch ...»

In aller Eile nannte sie die Einzelheiten, auch das, was sie über Mark Clifford wusste. Diesmal hörte ihr der Chief Inspector zu – und versprach, sofort zu kommen, Grampound war nicht weit entfernt. Sie sollte im Schutz des Wäldchens bleiben, wo er und Burns sie in einer Viertelstunde treffen würden.

Daphne steckte ihr Handy weg und schlich zum zweiten Fairway weiter. Sturgess hatte seinen Ball abgeschlagen, jetzt war Francis dran. Mit einer Ruhe, die sie an ihm bewunderte, schwang er den Driver und ließ seinen Ball trotz des kräftigen Windes neben den des Reeders fliegen. Neben ihnen war das Meer, wie zum Gruß fuhren zwei Frachter mit hoch aufgetürmten Containern an der Küste vorbei. Die Klippen fielen hier so steil ab, dass überall am Fairwayrand Warnschilder aufgestellt waren, zudem hatte man ein Holzgeländer errichtet.

Sturgess und Francis schoben ihre Wagen bis zu den Bällen, um von dort erneut abzuschlagen. Daphne folgte ihnen im Schutz der dichten Kirschlorbeerhecke, bis sie etwa gleichauf war. Sie war so damit beschäftigt, auf Francis zu achten, dass sie das flüsternde Golfmobil erst sah, als es im Halbkreis um die beiden Männer herumfuhr und direkt vor Francis anhielt. Der Fahrer stieg aus und rückte seine blaue Golfkappe zurecht. Er trug rote Bermudashorts und ein lässiges weißes Polohemd.

Mark Clifford! Die runde Tätowierung am linken Unterschenkel war deutlich sehen. Grinsend begrüßte er Francis, der ihm höflich die Hand reichte.

Sie standen zu dritt genau in der Mitte des Fairways. Daphne hielt sich aufgeregt das Fernglas vor die Augen, um die Gesichter von Sturgess und Clifford erkennen zu können, aber vor lauter Nervosität rutschte ihr das Glas aus der Hand und fiel zu Boden. Zitterig tastete sie zwischen den harten Blättern und Stämmen des Kirschlorbeers herum, bis sie es endlich gefunden hatte. Als sie erneut durch das Glas schaute, befanden sich die Männer bereits im Gespräch.

Jetzt musste sie die Nerven behalten. Ihre Fähigkeit, von Lippen zu lesen, war vielleicht die einzige Chance, eine Gefahr für Francis zu erkennen. Sie konnte nur hoffen, dass Sturgess und Clifford sich nicht allzu oft von ihr wegdrehen würden.

*«Dann lassen Sie uns mal konkret werden, Lord Wemsley»*, sagte Ian Sturgess in diesem Moment. *«Oder darf ich einfach Francis Penrose sagen?»*

Francis blieb ruhig, soweit das Daphne beobachten konnte. Er musste doch längst wissen, in welcher Gefahr er schwebte, auch ihm konnte das Tattoo auf Mark Cliffords Wade nicht entgangen sein! Nein, du darfst nicht nachlassen, Daphne, machte sie sich selbst Mut, du musst weitermachen.

*«Wie Sie möchten»*, sagte Francis. *«Wenn Sie mir dafür erzählen, warum Mark zum Mörder wurde.»*

*«Sie sind dreist.»* Sturgess hob die Augenbrauen. *«Aber das war mir klar, seit Mark rausgefunden hat, wie Sie und Ihre Frau sich eingemischt haben.»*

Mark schwieg, aber seine Augen schienen jede Bewegung von Francis zu beobachten. Das Freundliche, Hilfsbereite war ganz aus seinem Gesicht verschwunden. Daphne hatte eher den Eindruck, dass er Haltung einnahm. Die konzentrierte Anspannung eines Elitesoldaten.

*«Mich würde interessieren, seit wann Sie beide sich kennen. Nie im Leben hätte ich Mark so was zugetraut.»* Francis attackierte, obwohl er doch wissen musste, was er damit riskierte.

Daphnes Finger wurden immer feuchter. Durch das Fernglas sah sie, wie Sturgess lachte. Dann sagte er: *«Die dümmste Frage der Welt. Wem traut man so was zu? Sag's ihm ruhig, Mark.»*

Zögerte Mark? Er wirkte unruhiger als der Reeder. Doch dann erzählte er, dass er erst für die Marineinfanterie tätig war, später für vier Jahre bei der Royal Navy in Singapur. Dann hatte er weitere zwei Jahre für Sturgess am Hafen von Singapur gearbeitet. Daphne schluckte. So lange kannten sich die beiden schon?

*«Und er hat sich bewährt!»*, sagte Sturgess. *«Als Sicherheitsoffizier und als Mann für schwierige Fälle. Unsere Marinesoldaten sind eben bestens ausgebildet, nicht wahr, Mr. Penrose?»* Daphne konnte förmlich hören, in welch sarkastischem Ton Sturgess sprach.

*«Ich weiß. Auch mit Messer und Pistole»*, antwortete Francis. Er gab nicht klein bei.

*«Keine Ironie, Mr. Penrose. Hätten Sie gestern nicht den Fehler gemacht, mir am Telefon von einem Afrika- und Asiengeschäft zu erzählen, hätte ich ihn heute gar nicht mitgebracht. So ist das mit dem Schicksal.»* Sturgess gab Mark Clifford ein kleines Zeichen mit der Hand. *«Los, Mark, bring ihn an die Klippen.»*

Mark zog eine Pistole aus der Tasche und richtete sie auf Francis. *«Kommen Sie mit. Sorry, dass ich Sie so enttäusche.»*

Daphne überlegte angespannt. Was sollte sie tun? Nur dabei zusehen, wie ihr Mann vor lauter Schock blass wurde und trotzdem versuchte, Haltung zu bewahren? Plötzlich stellte Francis die eine Frage, die auch Daphne bewegte.

*«Warum musste eigentlich Edward Hammett sterben, Mark?»*

Mark wollte etwas sagen. Er fuchtelte mit der Pistole herum. «*Dieser Vollidiot hat sich …*»

Er brach ab, weil Ian Sturgess sich breitbeinig vor Francis aufstellte und erklärte: «*Hammett war so dumm, sich auf Sandra McKallan einzulassen. Bei mir hat sie es auch probiert. Sie war manipulativ und intrigant, sie und ihr Bruder wollten mich erpressen. Schließlich haben sie noch Edward Hammett mit ins Boot geholt und haben eine Erpressung zu dritt versucht. Hammett hatte sich mit seiner neuen Princess übernommen. Und ich hätte mein ganzes Lebenswerk aufgegeben, hätte ich mich darauf eingelassen. Reicht Ihnen das?*»

«*Ich nehme an, Edward wollte Sie zwingen, ihm eine Fünfzig-Prozent-Beteiligung an Ihrer Firma abzugeben*», sagte Francis.

«*Woher weiß er das?*», fragte Mark Clifford. Daphne konnte durch das Fernglas sehen, wie irritiert er war.

Sturgess blieb cool. «*Sicher von Alex Eaton. Der muss immer noch alte Verbindungen in meine Firma haben. Außerdem war Mrs. Penrose bei ihm.*» Er machte eine wegwerfende Handbewegung. «*Meine verdammte Beißhemmung gegenüber Alex!*»

Daphne musste in ihrem Versteck daran denken, wie Alex Eaton die Spionageapp auf ihrem Handy entdeckt hatte. Also war sie tatsächlich die ganze Zeit von Mark Clifford überwacht worden. Dann war er es auch gewesen, der sie vor dem Spielsalon in Truro entdeckt hatte. Es war unglaublich.

Wieder richtete sie ihre Augen auf Francis, der innerlich beben musste und trotzdem weiter auf Zeit spielte. «*War es viel Bargeld, das Sandra und der Vikar von Ihnen erpressen wollten? Neben der Firmenbeteiligung, meine ich.*»

«*Eine halbe Million Pfund*», sagte Sturgess. «*Zudem spekulierte Sandra darauf, dass Hammett sie nach seiner Scheidung heiraten würde. Sie wollte immer schon gerne Frau eines Reeders sein.»*

Mark dauerte das Ganze jetzt offenbar zu lange. *«Mitkommen zu den Klippen!»*, befahl er und drückte Francis die Pistole in den Rücken. *«Sie werden freiwillig springen. Jedenfalls würde ich Ihnen das empfehlen.»*

Daphne konnte durch ihr Fernglas beobachten, wie Francis sich umschaute. Suchte er nach einem Fluchtweg?

Plötzlich hörte sie eine flüsternde Stimme hinter sich.

«Achtung, wir sind hier. Sergeant Burns hat sich weiter links postiert.»

James Vincent! Der DCI stand dicht hinter ihr. Daphne drehte sich langsam um und flüsterte zurück: «Bitte, lasst sie nicht bis zu den Klippen gehen. Bitte, James!»

«Was hat Sturgess vor?»

«Francis soll freiwillig springen, aber er wird versuchen, sich vorher irgendwas einfallen zu lassen. Ich weiß das.»

James nickte und verschwand wieder. Daphne hörte nur noch das Rascheln von Blättern, dann war sie wieder allein.

Sie atmete tief durch und konzentrierte sich noch einmal auf das Fairway. Hier gab es nun Bewegung, die drei Männer liefen langsam auf die Klippen zu. Sturgess ging hinter Mark und Francis her, Daphne konnte nur ahnen, wie es sich wohl anfühlte mit dem Lauf einer Pistole im Rücken.

Erst kurz vor den Klippen passierte das, was sie so sehr herbeigesehnt hatte. Mark Clifford drehte sich gerade zu Sturgess um, als sich Francis mit einem lauten Aufschrei zu Boden fallen ließ und Mark mit sich ins Gras zog. Es war mehr eine Handlung aus Instinkt als kalkulierte Strategie, doch der Moment der Überraschung reichte aus. Die Pistole rutschte zwischen die Beine des Reeders. Bevor dieser zupacken konnte, tauchten von zwei Seiten der DCI und

Sergeant Burns auf, jeder mit einer Waffe in der Hand. Mit lauten Rufen rannten sie auf die Gruppe zu. Während Sturgess verwirrt stehen blieb und die Arme hob, nutzte Clifford, was er als Marinesoldat Hunderte Male trainiert hatte: Blitzschnell sprang er auf die Beine, spurtete im Zickzack zu seinem Golfmobil und warf sich hinter das Steuer. Leise, aber erstaunlich schnell bewegte sich der Wagen dann Richtung Clubhaus. Warnschüsse ertönten, doch die hielten den Flüchtenden nicht auf.

Plötzlich geschah etwas, womit sicher niemand gerechnet hatte, besonders nicht Mark. Wie aus dem Nichts erschienen drei weitere Polizisten auf dem Fairway, einer von ihnen war Tom Curnow, Daphnes Neffe. Er trug eine lange Holzstange. Wo hatte er die denn her? Daphne blickte kurz zu Francis. Er war wieder auf den Beinen und rieb sich das linke Handgelenk, aber es ging ihm offenbar gut.

Am liebsten wäre sie sofort zu ihm gerannt, doch solange die Situation noch nicht endgültig geklärt war, konnte sie nur weiter atemlos zusehen.

Tom benutzte die Stange wie einen Speer und stellte sich dem Golfmobil in den Weg, während seine Kollegen die Bahn rechts und links sicherten. Clifford musste den Eindruck gewinnen, dass der gesamte Platz von Polizisten umstellt war.

Was würde er tun? Hatte er die Nerven, das Spiel endlos weiterzutreiben? Daphne sah, wie er anhielt, das Lenkrad losließ und mit erhobenen Händen ausstieg. Tom warf die Stange weg, und einer seiner Kollegen zückte die Handschellen. Es klickte zweimal.

«FRANCIS!»

Nichts und niemand konnte Daphne jetzt mehr zurückhalten. Sie rannte zu Francis und hielt ihn so fest wie einen wiedergefundenen Schatz. Immer wieder sahen sie sich an, stellten sich Fragen und küssten sich, als wären sie allein auf der Welt. Es dauerte eine ganze Weile, bis sie Tom rufen hörten. Hand in Hand liefen sie zu ihrem Neffen, der sie mit einem breiten Strahlen empfing. Er gratulierte ihnen, bevor er weitere Fotos vom Tatort machte.

Nachdem Clifford und Sturgess abgeführt waren, stieß auch Chief Inspector Vincent zu ihnen, der auffallend mürrisch wirkte. Ohne auf Daphne und Francis zu achten, wandte er sich an Tom und sagte barsch: «Könnten Sie mir mal erklären, wie Sie zu einem derart eigenmächtigen Einsatz gekommen sind, Constable Curnow? Sie können von Glück reden, dass die Festnahme so gut ausgegangen ist.»

Tom reagierte erstaunlich gefasst, sicher kannte er alle boshaften Bemerkungen, die seine Kollegen in Bodmin über den eitlen Chief Inspector gemacht hatten. «Ich bin telefonisch aus St. Austell hierhergerufen worden, Sir», sagte er höflich. «Es war Gefahr im Verzug.»

«Wann Gefahr im Verzug ist, habe noch immer ich zu entscheiden, Constable!», schnauzte der DCI. «Wer soll Sie denn gerufen haben?»

«Ich», sagte Francis lächelnd.

«Aber, ich verstehe nicht ganz ... Sie konnten doch gar nicht ... ich meine, angesichts Ihrer Situation ...»

Francis zeigte auf das moderne Holzgebäude hinter den Bäumen. «Vorne im Golfhaus gibt es einen Umkleideraum. Als ich vor dem Spiel meine Golfhose angezogen habe, war jemand in der Nebenkabine. Ich konnte seine nackten Beine sehen. Und das Tattoo.»

Vielleicht war es die Ruhe in Francis' Stimme oder das spürbare Glück zweier Menschen, die Schreckliches erlebt hatten. Plötzlich schien James Vincent die wahren Helden wahrzunehmen. Mit ein paar gezielten Anweisungen schickte er Curnow und die Streifenpolizisten an ihre Arbeit, dann wandte er sich an Daphne und Francis und sagte mit überraschendem Mitgefühl: «Alles gut überstanden? Mein Respekt! Für einen Moment dachte ich, wir kriegen die Sache nicht rechtzeitig in den Griff.»

«Wir werden sicher beide noch eine Weile daran zu knabbern haben», sagte Francis. «Aber ohne Daphne würde ich jetzt hier nicht mehr stehen.»

«Und nicht ohne deinen Mut», korrigierte Daphne ihn lächelnd. Dann blickte sie etwas provozierend zum Chief Inspector, dessen Tweedjacke voller Erdspuren war. «Dass die Mordfälle aufgeklärt sind, ist doch für alle eine Erleichterung, nicht, James?»

Der Chief Inspector nahm den Ball auf. «Ich hätte es am Anfang nicht gedacht, aber – euer Netzwerk in Fowey war wirklich hilfreich. Außerdem habt ihr ein paar kluge Schlussfolgerungen gezogen.»

Ein paar? Daphne und Francis schauten sich vielsagend an.

Der DCI blickte auf die Uhr. «Oh, schon so spät? Ich habe nachher eine Besprechung mit der Staatsanwaltschaft. Wegen Clifford.»

Die arme Erin, dachte Daphne, was für ein Schock würde das für sie sein.

Nachdem James Vincent sich verabschiedet hatte und davonstapfte, standen sie plötzlich allein an der Absperrung. Tom Curnow und einer seiner Kollegen markierten auf dem Fairway einige Stellen mit roten Stäben.

Daphne sah Francis von der Seite an. «Meinst du, wir werden hier noch gebraucht?»

«Jetzt nicht mehr», sagte Francis grinsend. «Jetzt, wo der Chief Inspector alles im Griff hat.»

# 24

«Nun, da wir wieder allein waren und die Last von uns genommen war, hatte ich das Gefühl beinahe unerträglicher Erleichterung.»

**Daphne du Maurier, *Rebecca***

Sie hatten den Hafen von Fowey mittags verlassen und segelten dicht an der Küste entlang nach Polperro. Das Nachmittagswetter war ideal, der Wind ging kräftig, die flockigen Wolken verrieten einen freundlichen Himmel. Erst morgen sollte es wieder stürmischer werden.

Obwohl es eng war, hatten sie sich zu dritt in das Schiff gezwängt. Mit achtzehn Fuß Länge – knapp sechs Metern – war Betty Astons alte *Troy* zwar eine begehrte Rarität, aber die traditionelle Holzbauweise und der Kiel aus Blei brachten auch Einschränkungen mit sich. Dennoch war Betty immer stolz darauf gewesen, noch ein Boot aus der Werkstatt von Archie Watty zu besitzen, dem Begründer der *Troy*-Klasse.

Das Ziel für den Segelausflug hatte Daphne gewählt. Sie liebte Polperro, die weißen Cottages, den Hafen und die Gassen mit den hübschen Shops. Es hatte seinen guten Grund, dass das Fischerdorf zu den meistfotografierten Motiven Englands gehörte.

Francis hockte mit eng angezogenen Beinen am Ruder, neben ihm Betty, dahinter Daphne, alle verpackt in warme Windjacken. Die Segel über ihnen waren gut gebläht, sodass der Bug der *Troy* spielend leicht durch die Wellen fuhr.

Daphne erzählte von ihrem letzten Telefonat mit Jenna. Das kluge Kind hatte sich gestern von Sean getrennt, der viele Streit und die notorische Bequemlichkeit des erhabenen Königspudels waren sicher nicht die einzigen Auslöser gewesen.

«Wem sagst du das?», kommentierte Betty ironisch. «Ich hatte auch mal einen. Eine Weile sehen Pudel ganz hübsch aus, aber ehe man sich's versieht, sind sie verfilzt und machen Arbeit.»

Daphne musste lachen, obwohl sie sich Sorgen um Jenna machte. Vor lauter Nachtdiensten in der Klinik blieb ihr viel zu wenig Zeit, um ihr Privatleben in Ordnung zu bringen.

Erst als sie an den sattgrünen Abhängen und Klippen von *Pencarrow Head* vorbeisegelten, erkundigte Betty sich nach den Entwicklungen im Fall Clifford. Für ihre Verhältnisse war die Anfrage vorsichtig, sie wusste, dass vor allem Daphne in den ersten zwei Tagen nach der Festnahme Probleme gehabt hatte, die Situation zu verarbeiten. Schlimmer stand es nur um den armen Harvey Clifford, Marks Vater. Noch am selben Nachmittag war er mit einem Nervenzusammenbruch in die Klinik transportiert worden.

Statt Daphne antwortete Francis. «Heute Morgen hat mich Sergeant Burns angerufen», sagte er. Daphne hatte sich im Sitzen zum Wasser umgedreht und schaute der Gischt neben dem Bootskörper zu, als wollte sie sich absichtlich ausklinken. «Die Anwälte haben Mark Clifford zu einem kompletten Geständnis überredet. Im Grunde wurde alles von Sandra McKallans Gier verursacht.»

Immerhin kannte man jetzt auch andere gruselige Details. Edward Hammett war nur deshalb so grausam ertränkt worden, weil Mark Clifford an ihm Rache nehmen wollte. Nach der Schule, mit neunzehn, hatte er sich bei der Reederei

Hammett in Fowey um einen Ausbildungsplatz beworben. Da Edward wusste, dass Mark mit siebzehn im Streit einen anderen Jugendlichen krankenhausreif geprügelt hatte, besorgte er sich beim Vater dieses Jungen, einem befreundeten Anwalt, den ärztlichen Untersuchungsbericht. Den hielt er Mark Clifford im Beisein des Personalchefs und seiner Mitarbeiterin vor die Nase, um ihm klarzumachen, dass man sich mit diesem Aggressionspotenzial nicht bei ihm bewerben sollte. Für Edward mochte das nur eine pädagogische Maßnahme gewesen sein, für Mark war es eine Katastrophe. Sein Traum vom Reedereikaufmann war zerplatzt. Kurz darauf trat er enttäuscht den Royal Marines bei, wo vor allem Kampfbereitschaft gefragt war. Damit konnte er auch Fowey den Rücken kehren, wo sich später kaum noch jemand erinnern sollte, dass Mark in der Pubertät eine zwiespältige Persönlichkeit gewesen war.

Auch den Doppelmord in Daisys Bootshaus hatte Mark Clifford genau geplant. Die Kommunikation zwischen allen hatte vorwiegend über kleine Zettel in der Kirche stattgefunden. Da Mark gegenüber Vikar Ipswich behauptet hatte, er hätte Montagnacht bereits die fünfhunderttausend Pfund und den kompletten Beteiligungsvertrag bei sich, war Ipswich gutgläubig mit dem Originalmitschnitt der Sturgess-Beichte im Bootshaus erschienen. Auch Sandra McKallan war eilig dazugestoßen. Doch bei aller Umsicht konnte Clifford ja nicht ahnen, dass der Vikar noch eine Kopie im Spind von *Carrow Beach* deponiert hatte.

Eigentlich hatte er schon an jenem Montag auch Edward Hammett umbringen wollen, aber Edward war überraschend nach London geflogen und hatte sich erst für Mittwoch früh mit Mark am Fluss verabreden können. Nicht ahnend, dass seine Geliebte und der Vikar längst tot waren.

«Wahrscheinlich lag Hemingway gar nicht so falsch», seufzte Betty. «‹Einen Menschen erkennt man daran, wie er sich rächt.›» Sie zog ihre Jacke am Hals enger. «Es ist traurig, dass dabei auch Leute wie Max Hammett oder Helen in Verdacht gerieten.»

«Helen werden wir wahrscheinlich nie ganz verstehen», sagte Daphne. «Aber dass Max und Mrs. Plummer ein Paar sind, ist doch rührend. Sie wollen es jetzt schon auf dem Kirchenfest verkünden.»

Betty schien sich aufrichtig zu freuen. «Wie schön! Vielleicht sollte ich ihnen dazu ein paar Fläschchen Wein spendieren.»

In der Ferne sah man die Umrisse von Polperro. Um im Hafen einlaufen zu können, mussten sie noch einmal kreuzen. Die Wellen wurden etwas höher, der Wind hatte zugelegt. Während Francis das Manöver ausführte, zog Daphne die Fock nach. Jetzt spürten sie die Fahrt noch kraftvoller.

«Ihr seid ein gutes Gespann», lobte Betty, die bei diesem Wind eigentlich gar nicht auf dem Wasser sein sollte, aber sie wollte es so. «Deshalb würde ich euch die *Troy* gerne schenken. Was haltet ihr davon?»

Daphne und Francis schauten sich überrascht an – und dachten beide das Gleiche. Es war zu befürchten, dass Betty ihren Vorschlag nur aus ihrer depressiven Stimmung heraus machte.

«Unsinn», antwortete Daphne. «Wenn du willst, können wir sie gerne ein bisschen bewegen, solange du weg bist, mehr aber auch nicht.»

Betty hustete verhalten. «Ihr nehmt die *Troy* und fertig!»

In diesem Moment klingelte Daphnes Telefon. Es war eine Telefonnummer aus Bodmin. «Oh Gott, der Chief Inspector!» Sie verdrehte die Augen. «Ich hätte mein Telefon ins Wasser werfen sollen.»

«Rangehen!», befahl Betty mit sarkastischem Lächeln, als würde sie wissen, dass es mit dem etwas überheblichen DCI unterhaltsam werden könnte. Daphne verzog den Mund, drückte aber gehorsam den kleinen grünen Knopf und die Taste zum Mithören.

«Hallo, James.»

«Guten Tag, Daphne.» Die Stimme des DCI war trotz Wind laut zu hören. «Ich wollte nur fragen, ob du alles gut überstanden hast.»

«Danke, ja. Wir machen gerade eine kleine Bootstour, und ich kann dich nur schlecht verstehen ...»

«Alles klar. Ich wollte nur kurz berichten, dass ich gestern ein Telefonat mit dem Buckingham-Palast hatte.» James machte eine bedeutungsvolle Pause. «Der Protokollchef war wirklich sehr beeindruckt, wie wir den Fall in Fowey gelöst haben.»

«Wen meinst du denn mit *wir*?», fragte Daphne mit gespielter Naivität. Sie sah die amüsierten Gesichter von Francis und Betty.

«Wir eben – meine Abteilung.» Eilig fügte er hinzu. «Und natürlich auch du. Unsere Mannschaft war ganz begeistert davon, wie gut du Lippen lesen kannst. Eine äußerst hilfreiche Eigenschaft.»

«Dann solltest du es auch üben, James. Es ist gar nicht so schwer, wenn man genügend taub ist.»

«Ich weiß, deine Kinderkrankheit.» Daphne war erstaunt, dass er sich daran überhaupt erinnerte. «Ähm ... ich hätte da eine Bitte. Wir haben morgen eine wichtige Überwachung, es geht um zwei Diebe. Sie werden ihren Hehler auf dem Markt von Newquay treffen. Wir dachten, dass es eine gute

Idee wäre, wenn du dabei sein könntest und ihnen ihre Unterhaltung von den Lippen ablesen würdest ... Eine halbe Stunde vielleicht, höchstens eine Stunde ...»

Daphne konnte es nicht glauben. Francis und sie hatten für diesen Mann drei Mordfälle gelöst, während er die meiste Zeit in Bodmin verbracht und den Protokollchef des Buckingham-Palastes gebauchpinselt hatte.

Sie sah, wie Francis sich an die Stirn griff, um anzudeuten, dass James Vincent wohl einen Vogel hatte. Daphne wusste, was sie zu tun hatte.

«Wann, sagtest du, soll die Überwachung stattfinden?», fragte sie, scheinbar interessiert.

«Morgen, zwischen zehn und zwölf Uhr.»

«Ach, wie ärgerlich», sagte sie. «Da bin ich auf der Hasenjagd.»

«Hasenjagd?» Der Chief Inspector war wie elektrisiert. «Wer ist denn morgen dran?»

«Ach, du kennst doch die Wemsleys», sagte Daphne lapidar. «Irgendein Lord hat immer Hasenjagd.» Sie tat, als würde sie ihn schwer verstehen. «James? Bist du noch dran? Es rauscht fürchterlich ... ich muss leider Schluss machen ...»

Während Betty mit zugehaltenem Mund vor Lachen gluckste und Francis so breit grinste, wie es sonst nicht mal Bertie von der *Royal Mail* schaffte, nahm Daphne genüsslich ihr Telefon, hielt es mit zwei Fingern über Bord und ließ es elegant ins Meer fallen.

Unter dem Rauschen der Segel glitten sie auf den Hafen von Polperro zu.

# Epilog

Wenn ich an meine Aufenthalte in Cornwall denke, sehe ich zuerst die geschäftigen kleinen Häfen und die wilde Küste vor mir, aber auch die einsamen Buchten. Die Strände von Porthcurno, Kynance Cove und Perranporth sind im Laufe der Jahre meine besonderen Lieblinge geworden. Andererseits wäre Cornwalls wildes und zugleich mediterranes Äußeres, die Frucht des Golfstroms, nichts ohne die eigenwillige Art seiner Menschen. Schriftstellerinnen wie Daphne du Maurier und Virginia Woolf, selbst extrem einzelgängerisch, haben hier nicht zufällig Anker geworfen. Rosamunde Pilcher, die große populäre Erzählerin, stammt aus der Nähe von St. Ives und ist ebenso überzeugt *cornish*, wie der Nobelpreisträger William Golding aus Newquay es war.

Wer in der Einsamkeit Cornwalls lebt, betrachtet die Welt mit besonderen Augen. Selbst die ursprünglich keltischen Namen zeigen hier ihre eigene Flagge. Schon früh lernt jeder den berühmten Satz: «An Tre- und Pol- und Pen- erkennst du alle Cornishmen.»

Ein Küstenort hat mich immer besonders fasziniert – Fowey. Seine Lage an der Flussmündung ist außergewöhnlich, die Verbundenheit mit der großen Daphne du Maurier nachhaltig. Bei meinen Recherchen für dieses Buch habe ich etliche Menschen in Fowey getroffen, die Daphne du Maurier gut kannten. Ihre Berichte haben mich dazu inspiriert, meine Hauptfigur Daphne Penrose mit Menabilly zu verknüpfen, du Mauriers Herrenhaus, ihr Vorbild für Manderley aus dem Roman *Rebecca*.

Natürlich sind alle Ereignisse und alle Menschen, denen Daphne Penrose in diesem Buch begegnet, fiktiv. Doch jede Fiktion braucht ihr solides Fundament.

Mein besonderer Dank geht an Rosamunde Pilcher, mit der mich eine lange Freundschaft verbindet und an deren Hand ich Cornwalls Schönheit, seine Geheimnisse, vor allem aber seine Menschen bei gemeinsamen Reisen kennenlernen durfte. Leider sind sich Rosamunde Pilcher und Daphne du Maurier nie persönlich begegnet, auch wenn Rosamunde einmal auf Menabilly bei den Rashleighs zu Besuch war und mir das Haus beschreiben konnte. Sie hat mir kürzlich einen sehr treffenden Satz über Cornwall geschrieben: «Cornwall ist immer der kreativste Teil Englands gewesen; die atemberaubende Landschaft, das Meer und die malerischen Dörfer haben diese Kreativität noch verstärkt.»

Danken möchte ich auch Ros Eaton und Peter Robinson, die mir das Alltagsleben in Fowey nähergebracht haben, sowie Pauline Diaper von der Fowey Library und Nicola Presley von der William Golding Stiftung, denen ich wichtige Kenntnisse über Cornwalls große Literaten verdanke.

Wie heißt es auf Kornisch?

*Dha weles! Bis bald!*

Thomas Chatwin, Mai 2018

# Persönliche Reisetipps des Autors

## Wohnen in Fowey und Umgebung

**Fowey Hall Hotel**

Fowey Hall, Hanson Dr, Fowey PL23 1ET, GB
Tel. ++44 1726 8338 66
www.foweyhallhotel.co.uk

Ehemaliges Herrenhaus von 1899 auf eindrucksvollem Gelände, 36 Zimmer, teils Familiensuiten, recht *old style*, aber kinderfreundlich und mit Spa. Lage oberhalb Foweys.

**The Carlyon Bay Hotel, St. Austell**

Sea Rd, Carlyon Bay, Saint Austell PL25 3RD, GB
Tel. ++44 1726 8123 04
www.carlyonbay.com

Dieses etwa zehn Kilometer entfernte Hotel gehört zur Luxusklasse der Umgebung, mit Spa, exzellentem Restaurant und Golfplatz unmittelbar vor der Tür. Die Lage an den Klippen und der große Park mit Außenpool sind spektakulär.

**The Cormorant Hotel**

Golant, Fowey PL23 1LW, GB
Tel. ++44 1726 8334 26
www.cormoranthotel.co.uk

Ein sehr sympathisches Boutiquehotel im Ortsteil Golant, mit eleganten Zimmern und Blick über den River Fowey. Wenige Autominuten vom Zentrum Foweys entfernt.

**The Fowey Hotel**

Esplanade, Fowey PL23 1HX, GB

Tel. ++44 1726 8325 51

www.thefoweyhotel.co.uk

Mein Lieblingshotel ist das 1882 erbaute Fowey Hotel, charmant im alten Stil, mit freundlichen Zimmern und herrlicher Lage über der Bucht. Die Terrasse mit sensationellem Hafenblick und der kleine Garten sind Cornwall pur. Hier schrieb der Schriftsteller Kenneth Grahame Teile seines Kinderbuches *Der Wind in den Weiden*. Selbst der eiserne Fahrstuhl von 1932 verkörpert noch britische Tradition. Weiterer Vorteil: Es sind nur wenige Gehminuten bis zum Zentrum Foweys.

**The Old Quay House**

28 Fore St, Fowey PL23 1AQ, GB

Tel. ++44 1726 8333 02

www.theoldquayhouse.com

Hübsches kleines Hotel mit elf Zimmern Nähe Hafen, guter Stil, gutes Frühstück. Perfekt gelegen für Bootstouren von Fowey aus.

**Bed & Breakfasts**

Zahlreiche Angebote bei B&Bs in Fowey unter:
www.babsfowey.co.uk

## Essen & Trinken in Fowey und Umgebung

### Havener's Bar & Grill

4 Town Quay, Fowey PL23 1AT, GB
Tel. ++44 1726 8345 91
www.havenersfowey.co.uk

Wer direkt am *Town Quay* von Fowey, nur wenige Meter vom Hafen entfernt, Blick und Atmosphäre genießen will, sollte sich auf einem der Außenplätze einen Lunch bei Havener's gönnen – vor sich das Treiben auf dem Fluss, in der Hand ein Glas Pimm's und auf dem Teller ein Fischgericht.

### King of Prussia

3 Town Quay, Fowey PL23 1AT, GB
Tel. ++44 1726 8336 94
www.kingofprussiafowey.co.uk

Auch dieser Pub ist uralt, sein Name geht auf den Spitznamen des Piraten John Carter zurück. Hier ist die Speisekarte bescheidener, aber das pinkfarbene Haus in der Nähe des Hafens ist einen Besuch wert.

### The Carlyon Bay Hotel

(Adresse, siehe «Wohnen»)

Im Feinschmeckersegment ist und bleibt das Carlyon Bay Hotel mein persönlicher Favorit für einen anspruchsvolleren Abend. Ausgezeichnet mit der britischen Feinschmeckerkategorie «Rosette».

### The Cormorant Hotel

(Adresse, siehe «Wohnen»)

Großartige Küche, besonders die Abendmenüs sind einen Besuch wert.

**The Fowey Hotel**

(Adresse, siehe «Wohnen»)

Wer abends gut und solide essen will, nimmt ein dreigängiges klassisches Menü im Speisesaal des Fowey Hotel ein, teils mit Blick auf die Bucht. An diesem Platz kann man verstehen, warum Kenneth Grahame und viele andere Literaten so gerne hier saßen …

**The Galleon Inn**

12 Fore St, Fowey PL23 1AQU, GB

Tel. ++44 1726 8330 14

www.galleon-inn.com

Ein guter Platz, um mittags mit einer Portion *fish 'n' chips* draußen am groben Tisch am Quai zu sitzen und den Lotsenbooten zuzuschauen.

**The Ship Inn**

Trafalgar Square, Fowey PL23 1AZ, GB

Tel. ++44 1726 8322 30

www.shipfowey.co.uk

Die Geschichte dieses wahrhaft urigen Pubs beginnt 1570, sein Ambiente ist der richtige Rahmen für einen Abstecher in die englische Welt der Pubs. Hier gibt es Fischgerichte und auch sonst alles, was die *cornishmen* an der Küste genießen. Ein Muss in Fowey.

## Sehenswürdigkeiten in Fowey

**Fowey Aquarium**

Town Quay, Fowey PL23 1AT, GB

Tel. ++44 7815 8404 67

Sympathisches kleines Aquarium am Town Quay von Fowey, das uns die Unterwasserwelt vor Cornwalls Küste erklärt. Hier erfährt man auch alles über den Riesenlobster Leonard.

**Fowey Museum**

1 South St, Fowey PL23 1BA, GB

Tel. ++44 1726 8335 13

Das Stadtmuseum befindet sich zentral in einem der ältesten Häuser Foweys, dem kleinen Rathaus. Die Ausstellung zeigt historische Funde und erklärt die geschichtliche Bedeutung des Hafens und der Seefahrt.

**St. Fimbarrus Church**

5 Church Ave, Fowey PL23 1BU, GB

Tel. ++44 1726 8330 91

Nur wenige Schritte vom Town Quay steht die anglikanische Kirche St. Fimbarrus, im 15. und 16. Jahrhundert aus früheren Kirchenbauten erneuert. Die Kirche mit dem fünfbogigen Hauptschiff ist aus Schieferstein im gotischen Stil errichtet, der mächtige Turm ist der zweithöchste Kirchturm Cornwalls.

## Ausflüge und Aktivitäten

### Der schönste Wanderweg in Fowey

www.nationaltrust.org.uk/fowey-estuary/trails/fowey-hall-walk

Der berühmteste Wanderweg rund um die Bucht von Fowey heißt FOWEY HALL WALK, Daphne du Maurier hat ihn geliebt. Er beginnt mit der kurzen Überfahrt nach Bodinnick (als Fußgänger auf der Autofähre), dauert rund zweieinhalb Stunden (6,4 km) und lässt am Ende das Herz für Fowey noch schneller schlagen.

### Eden Project

Bodelva, St Austell, PL24 2SG, GB

Tel. ++44 1726 8119 11

www.edenproject.com

In Bodelva, nur wenige Kilometer von Fowey entfernt und auch per Bus bequem zu erreichen, liegt das EDEN PROJECT. Der in einer Kaolingrube angesiedelte botanische Garten ist ein einmaliges Bio-Experiment mit den größten Gewächshäusern der Welt in vier gewaltigen Kuppeln. Darunter befinden sich tropische und subtropische Klimata unterschiedlicher Art mit 100 000 Pflanzen. Besonders interessant sind die spannenden Aktivitäten für die ganze Familie, sogar heiraten lässt es sich hier.

### Bootsausflüge

Ein Besuch in Fowey ohne Bootsausflug ist nur das halbe Vergnügen. Erst auf dem River Fowey und in der Bucht wird die Lebendigkeit des maritimen Lebens von Fowey deutlich. An der blauen Hütte auf dem Town Quay erfährt man die Abfahrtszeiten für das Rundfahrboot, auch andere Ausflüge gehen vom Town Quay aus. Dort lassen sich auch kleine Motorboote für die selbstgesteuerte Tour auf dem River Fowey mieten, natürlich abhängig von Ebbe und Flut. Wer Glück hat, entdeckt im Hafen den freundlichen Seehund, der immer wieder zu Besuch kommt, oder im Flussabschnitt bis Mixtow einen Delfin. Ansonsten sind Delfinsichtungen reine Glückssache. Einmal sollte man auch Foweys kleines Spiegelbild auf der anderen Seite der Bucht besuchen, POLRUAN, mit seinen pittoresken steilen Gassen; das Übersetzen dauert wenige Minuten. Vom Polruan-Anleger unterhalb des Fowey Hotel geht im Sommer auch das Schiff nach Mevagissey ab.

**Ausflug nach Mevagissey**

Um eine Bootsfahrt vor der Küste mit dem Ausflug in ein anderes Fischerdorf zu verbinden, nutze ich vormittags gerne das kleine Fährboot nach Mevagissey. Die Fahrt geht quer über die St.-Austell-Bucht – gelegentlich auftauchende Delfine eingeschlossen –, dauert fünfzig Minuten und endet in den bunten Gässchen eines interessanten Küstenortes. Für die Rückfahrt gibt es eine abwechslungsreiche Variante: eine kleine Wanderung von Mevagissey zu THE LOST GARDENS OF HELIGAN und zurück, abends von Mevagissey mit dem Bus 24 nach Fowey zurück.

**Trelissick Garden**

Feock TR3 6QL, GB
Tel. ++44 1872 8620 90
www.nationaltrust.org.uk/trelissick

Für mich gehört TRELISSICK GARDEN – in Feock, südlich von Truro – zu den schönsten Anlagen, die Cornwall zu bieten hat. Die Pracht der Blumen, gewaltigen Büsche und alten Bäume des im 18. Jahrhundert angelegten Gartens ist von tropischer Intensität, die Lage am Ufer des Fal besonders romantisch.

**The Lost Gardens of Heligan**

Pentewan, St Austell, PL26 6EN, GB

Tel. ++44 1726 8451 00

www.heligan.com

Ähnlich eindrucksvoll, aber etwas parkartiger, präsentieren THE LOST GARDENS OF HELIGAN bei Mevagissey ihre Gartenpracht, die erst in den Neunzigern wieder zum Leben erweckt wurde.

Beide Gärten lohnen sich auch für Familienausflüge.

**Bodmin Moor**

Gute Ausgangspunkte für Ausflüge und Wanderungen ins Bodmin Moor – Vorsicht, das Wetter schlägt in wenigen Minuten gefährlich um! – sind BOLVENTOR mit dem berühmten JAMAICA INN (an der A 30; Bolventor, Launceston, PL15 7TS, GB, Tel. ++44 1566 862 50) oder im Süden der kleine Flecken MINIONS.

Als perfekte Abwechslung für Schlechtwettertage empfehle ich das Herrenhaus LANHYDROCK bei Bodmin, ein viktorianisches Anwesen, das exakt so erhalten ist, wie früher in diesem Anwesen gelebt wurde. Hier ist Cornwalls Vergangenheit wieder sehr lebendig.

Weitere Informationen unter: www.fowey.co.uk

# Bibliographie

ATKINSON, KATE: *Ein Sommernachtsspiel*, Knaur eBook 2013, a. d. Engl. v. Anette Grube

DU MAURIER, DAPHNE: *Mein Cornwall*, Insel TB 3182, Insel Verlag Frankfurt/Leipzig 2006, a.d. Engl. v. N.O. Scarpi

DU MAURIER, DAPHNE: «Die Vögel», in: *Die großen Meistererzählungen*, Knaur 1989, a.d. Engl. v. Eva Schönfeld u. Anna-Liese Kornitzky

DU MAURIER, DAPHNE: *Gasthaus Jamaica*, Lizenzausg. mit Genehmigung des Scherz Verlags Bern/München für Bertelsmann Club, o. J., a. d. Engl. v. Siegfried Lang

DU MAURIER, DAPHNE: *Meine Cousine Rachel*, Suhrkamp 2017, a. d. Engl. v. Brigitte Heinrich u. Christel Dormagen

DU MAURIER, DAPHNE: *Rebecca*, Insel Verlag 2017, a. d. Engl. v. Brigitte Heinrich u. Christel Dormagen

GOLDING, WILLIAM: «Fable», in: *The Hot Gates* (Slg. von Essays), Faber & Faber, London 1965, a.d. Engl. v. Thomas Chatwin

James, P. D.: *Was gut und böse ist*, Droemer 1999, a.d. Engl. v. Christa E. Seibicke

Johnson, Samuel: Bonmot des engl. Gelehrten u. Schriftstellers, a.d. Engl. v. Thomas Chatwin

Kipling, Rudyard: *Falsche Dämmerung*, S. Fischer Verlag 2014, a.d. Engl. v. Gisbert Haefs

Kipling, Rudyard: *Kim*, Deutsche Buch-Gemeinschaft, Berlin/Darmstadt 1955 (Lizenz des List Verlags), a.d. Engl. v. Hans Reisiger

Lawrence, D. H.: Letter of 25 Feb. 1916 to Ottoline Morrell, in: *The Collected Letters of D.H. Lawrence*, hg. v. Harry T. Moore, Heinemann, London 1962 (Neuaufl. 1970), a.d. Engl. v. Thomas Chatwin

Lewis, C. S.: *Über die Trauer*, Patmos Verlag 2006, a.d. Engl. v. Alfred Kuoni

Macauly, Rose: Bonmot der brit. Autorin, a.d. Engl. v. Thomas Chatwin

Maugham, William Somerset: *Honolulu und andere Erzählungen*, Diogenes 2008, a. d. Engl. v. Gerd Haffmanns, Ilse Krämer u. Kurt Wagenseil

Pilcher, Rosamunde: *Die Muschelsucher*, Wunderlich Verlag 1993, a. d. Engl. v. Jürgen Abel

PLATH, SYLVIA: *Die Glasglocke*, Suhrkamp 2013, a.d. Engl. v. Reinhard Kaiser

QUILLER-COUCH, ARTHUR THOMAS SIR: *The Mayor of Troy*, Methuen Publ., London 1906, a.d. Engl. v. Thomas Chatwin

SAYERS, DOROTHY: *Diskrete Zeugen*, Rowohlt Verlag 2016, a.d. Engl. v. Otto Bayer

SHAW, GEORGE BERNARD: *Komödien des Glaubens*, S. Fischer Verlag 1911, a.d. Engl. v. Siegfried Trebitsch

WILDE, OSCAR: *Das Bildnis des Dorian Gray*, Clap Publishing, LLC., 2018, a.d. Engl. v. Hedwig Lachmann u. Gustav Landauer

WILDE, OSCAR: *Oscar Wilde. Ein Leben in Briefen*, hg. v. Merlin Holland, Karl Blessing Verlag 2005, a. d. Engl. v. Henning Thies

WOOLF, VIRGINIA: *Mrs. Dalloway*, Anaconda Verlag 2012, zweisprachige Ausg., a.d. Engl. neu übers. v. Kai Kilian

WOOLF, VIRGINIA: *Orlando*, S. Fischer Verlag 2012, a. d. Engl. v. Brigitte Walitzek

## Weitere Titel

*Daphne Penrose ermittelt*

Post für den Mörder

Mörder unbekannt verzogen

Mord frei Haus

Die Rowohlt Verlage haben sich zu einer nachhaltigen Buchproduktion verpflichtet. Gemeinsam mit unseren Partnern und Lieferanten setzen wir uns für eine klimaneutrale Buchproduktion ein, die den Erwerb von Klimazertifikaten zur Kompensation des $CO_2$-Ausstoßes einschließt.

www.klimaneutralerverlag.de